读懂贾平凹

DU DONG
JIA PING WA

胡功胜 ◇ 著

全国百佳图书出版单位
时代出版传媒股份有限公司
安徽人民出版社

图书在版编目(CIP)数据

读懂贾平凹/胡功胜著. —合肥：安徽人民出版社，2014.9
ISBN 978－7－212－07745－7

Ⅰ.①读… Ⅱ.①胡… Ⅲ.①贾平凹—文学研究 Ⅳ.①I206.7
中国版本图书馆 CIP 数据核字(2014)第 307607 号

读懂贾平凹

胡功胜 著

出 版 人：胡正义
责任编辑：周子瑞　王若石
封面设计：宋文岚

出版发行：时代出版传媒股份有限公司 http://www.press-mart.com
　　　　　安徽人民出版社 http://www.ahpeople.com
　　　　　合肥市政务文化新区翡翠路 1118 号出版传媒广场八楼
　　　　　邮编：230071
　　　　　营销部电话：0551-63533258　0551-63533292(传真)
制　版：合肥市中旭制版有限责任公司
印　制：合肥创新印务有限公司
　　　　（如发现印装质量问题，影响阅读，请与印刷厂商联系调换）

开本：710×1010　1/16　印张：15　字数：175 千
版次：2015 年 1 月第 1 版　2015 年 1 月第 1 次印刷

标准书号：ISBN 978－7－212－07745－7　　定价：29.00 元

版权所有，侵权必究

| 前　言 | 001 |

第一部分　阅读 …………………………………… 001
　　一、早期乡土题材创作 …………………………… 002
　　二、说不尽的《废都》 …………………………… 015
　　三、《白夜》《土门》：所谓的都市小说 ……… 031
　　四、《高老庄》：无奈的精神还乡 ……………… 044
　　五、《怀念狼》：人类生存的哲学寓言 ………… 056
　　六、《秦腔》：乡土家园的彻底破败 …………… 072
　　七、《高兴》：无根的漂泊 ……………………… 086
　　八、《古炉》：另起炉灶或者最后的补课 ……… 100

第二部分　风格分析 ……………………………… 115
　　一、聊天体 ………………………………………… 119
　　二、意象化 ………………………………………… 135

第三部分　卖点分析 ……………………………… 155
　　一、神秘感 ………………………………………… 158

二、性描写	174
第四部分　定位	189
一、一个人的乡土小说史	190
二、属于世界的贾平凹	206
参考文献	227

前　言

与贾平凹相遇,纯粹是一种精神层面的相知。

同是农裔出身,同样经历了城乡身份的蜕变,我理解贾平凹作品中那种乡土身份的认同,那种"归去来兮"的家园情结,这是我对贾平凹的第一层相知。

我的家乡在大别山深处,直到初中快毕业时,从县城通往家乡的公路才开通到距离乡政府七八里地的山头上,学校集体劳动时,到那里抬水泥,我才第一次见到汽车,是辆蓝色的大卡车,载重量应该是五吨。我和同学们围着那神秘的大家伙转了一圈又一圈,忍不住伸手摸摸这儿,摸摸那儿。司机高傲地抽着香烟,目不转睛地盯着我们的手,生怕我们摸到了不该摸的地方。到县城中考时,我才第一次看到楼房,在进城的北门十字路口分不清东西南北,带队老师反复叮嘱不要随便走出旅馆的大门,要不然迷路就麻烦了,其实那时的县城也就短短的几条小街。

大学报到时,见到迎接新生的学长,我张口说出了第一句家乡味道很浓的普通话。大学期间我本来学的是哲学,却不务正业,与同学一起办文学社,还担任《校园文学报》的副总编。工作后,虽然单位还不错,但蛰伏在内心的文学情结一直让我不得安生,在社会上折腾几年后还是成了现当代文学的研究生,后来一直从事文学研究工作,梦是圆了,但一直憋不出一个像样的作品来,直到现在都还想放下理论研究,重温年轻时的旧梦。与贾平凹相比,我虽同样有股拼命三郎的劲头,但还是晚不成大器,贾平凹注定是一些文学从业者的精神标高。

多少年中,我非常忌讳我的农民出身,在大学时我微薄的稿费收入大多用在穿戴上,举手投足都要表现出一个城里人的身份。其实我的大学生活是无产阶级的绝对贫困,与贫困有关的故事至今都令人回味无穷。一次,一个老乡请客吃茶叶蛋,大概是花钱心痛了,他质问小摊老太:"为什么把破鸡蛋卖给我们?"这位老乡现在人在美国,不知道他在曼哈顿的街头可会想起此事。迎接另一个老乡入学,"接风宴"上我在第二食堂破费请他吃了一勺五毛钱的花生米,他为此感动了好几年。这位老弟后来在省政府工作,天天大餐,但为这勺花生米我们不知喝了多少酒。其实当年我就是喜欢拿出城里人的派头接人待物,直到人到中年,我才敢像后来的贾平凹那样,大胆地宣称"我是农民"!

也是在大学期间,我从《废都》中开始认识了贾平凹,老实说,这时的我并不懂多少文学,贾平凹给我的第一印象就是一个"流氓"作家。崇高的文学殿堂中怎么能摆放那么多"□□"呢?后来我才从海量的高深批评中知道了那些浮艳的文字下面居然还埋藏了那么高深的思想。于是乎,贾平凹的作品我一篇接一篇读了下来。直到后来从事专业的文学研究,尤其是近几年的文学消费研究,我才知道贾平凹为什么要那么写,也才知道别的作家没有才气那么写。贾平凹就是贾平凹,欣赏也好,忌妒也罢,贾平凹都是中国当代文学的一个重要存在。硕士学位论文,我写的就是贾平凹,认为他是最好地继承了中国文学传统的作家。有了比较扎实的作品阅读,有了十几年的理论学习,在文学精神上,我便对贾平凹有了第二层相知。

我非常偏爱《废都》写作前的贾平凹,同是人到中年,精心经营的一切都稀里哗啦地打碎了,好在文学可以张扬人的想象,现实的残缺可以在作品中获得想象性的满足。于是,我一边阅读着贾平凹,一边与同行交流着阅读感受,一边敲下我并不成熟的认识,时光就如此飞速地流逝,不知不觉一年多时间过去了。写作是快乐的,这是我对贾平凹的第三层相知。

有了这三层相知,我欣然接受了安徽人民出版社的约稿。在此得感谢丁怀超总编,他曾鼓励我大胆地写,灵活地写;也感谢本书责编,他们非常尊重我的观点,使拙作能够完整、快捷地与读者见面。可惜时间仓促,学力不逮,不足之处也请读者批评指正。

第一部分

阅 读

　　还在读大学的时候,贾平凹就以儿童文学走上文坛,但乡村生活场景和人事纠葛也开始进入他的作品。在1977—1979年期间,贾平凹写出了数十篇乡土题材小说。现在看来,受当时流行文学观念的影响,这些作品非常普通,主题不外乎是表彰先进、批评落后的一般格式,能够打动读者的东西并不多。

在 20 世纪 70 年代末崛起的新时期作家中,贾平凹是为数不多的从未中断过纯文学创作并保持连续高产的作家之一,他一两年一个长篇的勤奋刻苦与一篇一种探索的创新精神让文坛瞩目。有人认为他坚守着现实主义的批判精神,有人认为他张扬了浪漫主义的文化想象;有人认为他现代,有人认为他传统;有人认为他高雅,有人认为他粗俗;有人认为他清高,有人认为他功利;有人认为他开放,有人认为他保守。就是这么一个偏安西北一隅的"独行侠",却一次接一次地引爆文学界的争鸣风波,毁誉参半,褒贬不一,在当代中国文学史上留下了很多说不完的话题。新世纪以来,尤其在《废都》"解禁"之后,众多学者、评论家开始重新思考贾平凹作品阅读的价值观念和阐释逻辑,即使是那些曾经在 20 世纪 90 年代对贾平凹颇有微词的专家学者,也开始反思自己当年的轻率和偏颇。在这种更加开放的文化语境中,已经掀起了一波接一波重读贾平凹的热潮。

一、早期乡土题材创作

贾平凹的小说创作,是从乡土题材开始的。还在读大学的时候,贾平凹就以儿童文学走上文坛,但乡村生活场景和人事纠葛也开始进入他的作品。在 1977—1979 年期间,贾平凹写出了数十篇乡土题材小说。现在看来,受当时流行文学观念的影响,这些作品非常普通,主题不外乎是表彰先进、批评落后的一般格式,能够打动读者的东西并不多。难能可贵的是,他的作品一开始就表现出一种清新淡雅的风格,有如孙犁的荷花淀派,流行的主题表达中不乏田园诗般的意境,又如赵树理的山药蛋派,素朴简练的文字中散发出浓烈的乡土气息和泥滋味,这种文体风格格外引人注目,确实给当时"伤痕"累累的文坛带来了一股清风。

爱情与事业的联姻是贾平凹这一时期小说的主题,他甚至危言耸听地说:"事业和爱情是我的两大支柱,缺了哪一样,或许我就自杀了。"[①]在贾平凹笔下,爱情与事业是新时期青年农民生活的一体两翼,他们努力学习、辛勤劳动,经营着或大或小的事业,在这个过程中也获得了纯洁高尚的爱情。在改革开放的时代大潮中,这种爱情模式浸透着浓重的时代气息,闪烁着中华民族传统美德的光华。在《泉》中,一个牧羊的后生和一个护林的姑娘,虽然在生活和事业中不断发生摩擦,但终于有一天他俩发现这都是为了集体的利益而产生的分歧,于是就在摩擦的火花中爆发了爱情。在《回音》中,一个致力于育种的好青年有幸得到了那个漂亮的"玫瑰花"的爱,"玫瑰花"不幸被毁容后,他不但不离不弃,反而爱得更加深沉。故乡的山山水水与乡村的事业爱情融为一体,显现出别样的生活气息和诗情画意,这些作品后来结集为《山地笔记》。在题为《山地向导》的自序中,他真诚地描述了他与乡土的关系:"我是山里人……我是在门前的山路爬滚大的,爬滚大了,就到山上割那高高的柴草,吃山果子,喝山泉水,唱爬山调。山养活了我,我也懂得了山。……后来,我进了城;在山里爱山,离开山,更想山了。"收入这个集子中获全国短篇小说奖的《满月儿》是贾平凹早期乡土小说风格形成的代表作,也是作家第一个引起全国广泛注目的作品。小说的成功之处,是写活了满儿、月儿两个农村姐妹的形象,一个文静内秀,一个天真热情,但都热爱生活,爱好学习,为家乡的发展共同编织着一个

---

① 贾平凹:《贾平凹性格心理调查表》,《丑小鸭》1982年第2期。

个美丽的梦,清新的文笔中透发着时代的气息。这个时期,别的作家正在低吟着"伤痕文学"的悲苦之音,贾平凹没有加入这个时代的大合奏,而是用他对乡村田园诗般的情怀给文坛带来另一种声音,另一种旋律。

不过,也许是由于作家刚刚踏入社会,对现实生活矛盾的复杂性认识不够,这些作品还是缺少震撼人心灵的东西和对社会现实的深度思考,贾平凹自己也意识到这个问题,开始不满意这种路数的创作。进入20世纪80年代,他的小说创作进入了一个新的阶段,由单一的歌颂转向深刻的批判,由简单的抒情转向复杂的思考。在《丈夫》《春愁》《玉女山的瀑布》等作品中,他转向现代婚姻爱情观中伦理道德的批判,始乱终弃是这类作品主要的情节模式。小说中贤惠、温柔、多情而又富于牺牲精神的女性形象非常丰满,她们对爱情坚贞不屈,却很难活出一个独立自由的自己,她们的个性如山泉一样纯净,感情又如烈火一样炽热,与前期乡村牧歌式的爱情相比,这些作品中的感情生活、人物个性更趋复杂,单纯的歌颂与简单的批判都是作家力求避免的东西。这些作品文笔细腻而轻灵,既有现实生活的真实描绘,又有人物心灵的精细剖析,较之以前的作品更具思想价值和审美水平。随后,贾平凹转向了对社会弊病的抨击和国民性的剖析,很多作品极具反讽色彩,作品的意义深度也得到进一步的开掘。《上任》中的大队支书提拔为公社书记后,仍保留着艰苦朴素、深入群众的作风,但群众认为这样的行为不像个公社书记,一个本来可贵的革命传统却处处成为现实工作的障碍。《下棋》的主人公还是一个小小的公社生产干事时,在棋场上是人人嘲弄的小人物,但一当上了书记,地位变了,棋艺也随之不同凡响,成了小镇里常胜将军,连老辣的"山中老怪"也成了他手下的败将。《瓦罐》中是同一个水罐,在书记夫人手里,被人们公认为珍贵的文物,书记死后,水罐的价值也因之一落千丈。在这期间,贾平凹还写了两篇带有自叙传性质的姐妹篇小说《纺车声声》和《头发》,得到评论界的普遍赞誉。前者写母亲,后者写父亲,他们的慈祥、勤劳、坚忍和正直,感动了一个时代的读者。

在接下来的《好了歌》《二月杏》等作品中,贾平凹开始"向内转",由对社会弊端的揭露转向国民性的深刻剖析,创作观念上由情绪化的激愤转向老庄式的达观,叙述语调上由冷峻的调侃转向沉重的叹息。《好了歌》里的刘宝成家境贫寒,老实厚道,眼里全都是好人,他浑浑噩噩地生活,没有希望也没有目的,只知道把所有的精力投入到生产劳作上。一个好吃懒做的老婆子看中了他,把失身沉沦的女儿李玉玉许配给他,住进刘宝成家后,她反客为主,把刘宝成当成盘剥奴役的对象。与刘宝成相反,李玉玉在无力自卫失身之后,自甘堕落,认为世界上全是坏人,两度与他人私奔。不管是家庭的虐待还是老婆的无情,刘宝成都毫无怨言,始终以宽容善良的姿态去等待与迎接她的归来。只有当他们都青春已逝的时候,才真正认识到人生与幸福究竟是什么,一对苦命的夫妻最终得以团圆。《二月杏》颇有点"伤痕"的味道,写了一男一女两个青年,他们在"文化大革命"中精神都受到非人的摧残。男主人公大亮在"文化大革命"中为了自己的革命立场,抛弃了家庭出身不好的女友,"文化大革命"后随地质队到了偏僻的山区后,在良心的忏悔中变得十分孤僻;女主人公"二月杏"因下乡插队时被奸污,遭到人们的歧视和流氓的骚扰。一对问题青年虽然走到了一块,但他们的爱情非常苦涩,没有任何憧憬和希望,二月杏甚至以一种变态的心理和大亮分手,以示对社会的报复。《"厦屋婆"悼文》中的厦屋婆本来是一个很安分的少妇,活泼可爱,很有生气,成了寡妇后则变得火爆刚烈,人生的最后时期,她孤身一人,穷困潦倒,最终看破红尘,发出了人生如梦的感叹。虽然自己的不幸经历与可悲结局都是封建伦理道德和极"左"政治造成的结果,但厦屋婆不愿也无力对这些深奥的社会问题作出深入的思考,表现出足够的反抗与挣扎,她最多只有一点迷惘与怀疑,把自己当成了一棵在社会上无足轻重的小草,只想悄悄地走完人生的旅程。与当时流行的"伤痕"和"反思"小说不同的是,贾平凹对于农民悲剧性命运的揭示,不是借助社会外部激烈的矛盾冲突来实现的,而是从乡村社会的特殊环境和农民自身的精神弱点来分析,他着力表现的是一场规模宏大的思想解放运动在一个小山村所激起的细波微澜,由此折射出一个混乱时代给平凡老百姓带来的人性扭曲与心灵创伤。

　　1982年这一年,贾平凹写了大量的散文,小说的写作则告一段落。随后的几年中,散文创作也成为贾平凹收获盛名的重要体裁。这些散文均以商州的民情风俗、自然风光、历史现实为背景,着力表现时代剧变中商州子民文化心理和个人命运的渐变历程。不论是写山、写水还是写人,这些散文无不内含着黄土的气息、秦腔的旋律和汉唐的雄风,在上世纪80年代中期以来的中国"文化热"中,贾平凹的散文占有重要的一席之地,不仅有别于其他地域文化的书写高手,也见异于同属秦文化系统的周涛等作家。贾平凹这个时期的《黄土高原》《秦腔》《走三边》《商州初录》《商州又录》等散文,在浓郁的地域文化氛围中,表现了商州子民个性的古朴淳厚、生命力的坚韧绵长。《黄土高原》从"绳一般地缠起来"的路到沙质的土,从冬日吃饭的情景到婚丧红白喜事,全景式地刻画出了陕北高原的自然景观、风土人情以及生于斯、长于斯、老于斯的一代代商州子民的生存状态。《秦腔》中的秦腔,有着与秦川广漠同构的音乐旋律,与秦川农民的生活融为一体,彪悍而粗犷,单纯而复杂。《走三边》中,作者边走边看,以三边(定边、靖边、安边)沿途奇特的见闻,极力抒写了陕北"三边"的辽阔、富饶、美丽、粗犷,情、景、人、事融为一块,活脱脱的一幅幅西北风情的连轴风景画。

　　1983年以前,贾平凹的创作虽多取材于商州的民俗、景观和人物,但只是"无意识"的随意为之,并未刻意发掘商州世界的独特神韵。这种"无意识"状态,并没有带给读者一个独一无二的商州。继续写商州的目标虽然明确,如何突破却很茫然,成为贾平凹这个时期创作上最大的苦闷。正是在这种苦闷中，1983年初，贾平凹一过春节便重返商洛寻找创作灵感。他沿丹江，"一个县一个县地游走，每到一县，先翻县志，了解历史、地理，然后熟人找熟人，层层找下去，随着这些在下面跑着的人到某某乡、村、人家，有意无意地了解和获得了许许多多的人和事。"①在这个过程中，他领略了商州的高山大河，感受着时代的风云变幻，一直走到"一脚踏三省"的商南县白浪街。这个一时的冲动对他的整个创作产生了重大的影响，从结集而成的《商州初录》到《浮躁》结束的那一批作品，评论界习惯把它们称为"商州系列"，是中国寻根文学思潮的代表性文本。"商州系列"不但让外界认识了商州，也让作家发现了自己，作家不但找寻到了自己一直苦苦寻求的精神故乡，也让商州民俗风情开始与中华民族文化相关联。于是，一次偶然的精神冲动转化为持续的文化追求，作家接着二下商州，三下商州，在接下来的3年时间里，他写了20多部中篇，如《小月前本》《鸡窝洼人家》《腊月·正月》《天狗》《古堡》等，这些中篇和《商州》《浮躁》两部长篇，最终形成了作家毕生创作的第一个黄金时代。由此，贾平凹不但确立了自己在中国文坛上的地位，同时也开始走出国门，在美国、苏联、日本等国有了他的研究者。

《商州初录》由包括《引言》在内的十五篇系列散文组成，按照文学界关于小说体裁的新观念，一般评论家把它们归类为小说。它们吸取了中国古代方志、游记、笔记稗乘等体例形式，有一种通俗、练达的散文美，一些奇闻逸事的叙述中又颇有中国古代话本小说的风味，多种文体的融合为当代笔记体小说的革新作了有益的尝试。《初录》先由《引言》慨说商州，再从"黑龙口"开始游走于商州的自然风貌、风土民情、历史沿革和社会现状。《黑龙口》《龙驹寨》《棣花》《白浪街》，这些作品以其荒山野趣的情境，给人一种时空的疏

---

① 《贾平凹答〈文学家〉问》，《文学家》1986年第1期。

离感,富有边远情趣。以卫道士自居却管不住自家女儿的"屠夫刘川海"、才高命薄的"小白菜"、相貌奇丑却执着于爱情追求的"摸鱼捉鳖的人"、富有传奇色彩的"刘家兄弟",这些或今或古、或远或近、或大或小、或俗或雅的奇闻逸事,令人产生耳目一新的感叹:中国还有这么一方水土,这么一群子民;这里的民风是那样古朴,人心是那样敦厚;在这里,古老传统习俗的力量是那样强大,现代文明新风尚处处遭遇尴尬;在这里,一切都难以改变,但千百年的停滞状态又正在被打破,世道人心都在悄然发生着深刻的变化。这种时空对比产生了奇特效果,给人一种历史的沧桑感,一种文化反思的厚度,大大改变了此前作品中那种感伤虚无的调子。

《商州初录》是记写商州变革之声的序曲。商州地处陕南一隅的南北交汇地带,这里的世情民风中保留着较为典型的传统农业文明特征。改革开放的思潮漫过关山大野,使得封闭文化与改革开放的冲突在这个地区表现得更加复杂、更加尖锐,农业文明与现代意识杂陈,土地意识与商品观念同在,这些矛盾冲突愈是复杂和尖锐,愈是给文学留下了更多的表现空间。紧接着《商州初录》之后,贾平凹接连写出了《小月前本》《鸡窝洼人家》《腊月·正月》三部反映新时期商州农村改革的中篇,它们像一捆集束炸弹,迅速在文坛产生巨大的反响。贾平凹之前的作品,由于生活阅历所限,大多偏重于主观诗意的抒发,在社会生活矛盾的表现上没有下足够的工夫,三下商州后,这个创作局面有很大的改观。从这三部作品来看,贾平凹在认识和表现社会生活矛盾的能力,明显地提高并走向成熟。三部作品都透发出较强的时代气息,从爱情、婚姻、家庭的角度,写出了实行生产责任制后,偏远农村从自给半自给经济向商品经济社会转变过程中,人们内心的思想、情绪及其价值观、道德观所掀起的巨波微澜,深刻地揭示了时代转变、社会转型的各种矛盾虽然尖锐突出,但改革开放、社会发展的时代潮流已经势不可当。

《小月前本》《鸡窝洼人家》写的是男女青年婚姻爱情观念的变

化。《小月前本》的主人公农村姑娘王小月,有文化,心气甚高,她在婚姻上面临着两个抉择:一个是她爹属意的、只会在地里刨食的才才;一个是颇有经济头脑、不务正业的风流人物门门。她感情的天平是倾向于门门的,但是她不能伤老爹的心,也不忍心放弃和才才从小到大青梅竹马的感情,迫于无奈,她允诺了与才才的婚事,并希望才才定亲后能听进自己的话,看清外面的改革形势,找个门路发家致富。直到太古板的才才完全让她失望,小月才最终下决心和才才分手,同门门一起出走闯世界去了。《鸡窝洼人家》写了两对夫妇,禾禾和麦绒,回回和烟峰。复员军人禾禾不安于三四亩薄地里的劳作,想在广开生产门路上试一试身手,结果生意赔了本,也伤了麦绒的心,夫妻离异。烟峰因同情禾禾的遭遇,支持禾禾多种经营的尝试,而遭到丈夫回回的猜疑,夫妻分居直至分手。最后,同是安于现状的麦绒和回回在患难互助中产生了爱情,结为夫妇;而禾禾和烟峰也在共同的进取中发展了友情,成为伴侣。看似乔太守乱点鸳鸯谱,但由爱情观念的变化引发家庭结构的改变,折射出的是新型农民伦理价值观念的变化。勤劳忠厚的才才和老实憨厚的回回一样,都是中国传统农民的代表,笃信土地能给他们带来安宁与幸福,但在现代商业文明的冲击下,他们传统的农耕生活方式和农民的价值观念显得那么不合时宜。小月和烟峰作为农村中的新一代女性,捕捉到这种新的时代气息,敢于放弃传统男耕女织、自给自足的生活方式,把自己的婚姻和幸福建立在新的价值平台上。这是贾平凹借山地子民爱情婚姻关系的变化反映中国农民伦理价值观念的转型。《腊月正月》的时代气息更为浓厚,正面揭示了传统与现代两种价值观念不可避免的文化冲突。德高望重的乡村文化人韩玄子固守着传统的价值观念,巧费心思去压制和贬损率先在农村创办食品加工厂而富裕起来的王才。在小说的高潮处,韩玄子和王才同时宴请村人,村里人还有一乡之长都不约而同去王才家祝贺,韩玄子家门庭冷落,这一事件充分反映了在新的时代风潮中,人心向背正在悄然发生着变化，村民们的趋利务实之风已然形成，发家致富比什么都显得迫切和实惠。透过这组作品，可以看出贾平凹鲜明的改革意识，在为新成长起来的以门门、禾禾、王才等为代表的具有鲜明商业意识的新农民欢呼，作品反映了农村生活的新变化，揭示了时代社会发展的某些客观规律，正如作者自己所说的，"以商州这块地方，来体验、研究、解剖中国农村的历史发展，社会变革，生活变化，从一个角度来反映这个大千世界的变化"。[1]

这种自觉的创作观念造就了贾平凹这一时期小说的现实主义风格，但这个时间并不是很长，因为贾平凹不是一个非常热衷于传统现实主义书写的作家。1985年前后，他的那种现实主义书写热情就开始消退，由社会矛盾冲突的直观书写转向对社会变革中世风人情、人性人道和伦理道德的冷静思考。贾平凹在谈到他的商州小说创作时曾说："历史的进步是否会带来人们道德水准的下降而虚浮的繁衍呢？诚挚的人情是否适用于闭塞的自然经济的环境呢？社会朝现代化的推移是否会导致古老而美好的伦理观念的解体或趋尚实利之风的萌发呢？这些问题使我十分苦恼，同时也使我产生了莫大的兴趣。"[2]《远山野情》《冰炭》《天狗》《黑氏》《火纸》《古堡》等中篇小说就是这种思考的结果。这些小说中的故事均发生在农村商品经济观念已深入人心之际，但作家没有如主流现实主义作家一样去描写市场经济给农村带来的生活转变，也无意于着力叙述那些"万元户"怎样发家致富、带领村民共同富裕的主题故事，而是笔锋一转，去探讨伴随商品经济而来的趋利尚实之风面前，那些普通劳动者仍然有曲折多艰的命运，仍然在坚守着诚挚、坚韧、善良的美好品格，同时也对一些传统的人性弱点展开激烈的批判。《远山野情》写的是山民偷矿的故事。作者没有一本正经地揭露这种非法行

---

[1] 贾平凹:《在商州山地——小月前本·跋》,《贾平凹文集》,陕西人民出版社2008年版,第123页。
[2] 《腊月·正月》后记。

为给国家利益带来的损失,而是别开生面地去体察这一恶劣现象中主人公的美好心灵。光棍吴三大因外出营生被骗,无奈以偷矿为生。他浑身充满着男子汉气概:敢吃太岁肉,愿代香香犯煞,见不得队长的丑恶行径和流氓行为。香香的丈夫则是一个软弱无能、畏缩自私的人,他眼里只有金钱没有感情,为了钱,不惜让妻子忍受耻辱去背矿、收矿。两个男人的人品放在一起,上下高低一目了然,也难怪吴三大接了房东香香的几次矿后,香香便对他心生爱意。但吴三大因同情香香的跛子掌柜,虽然心里有意,终究没有越过雷池,也再不肯同去偷矿,最后毅然离去。《天狗》中的主人公天狗,自小跟随"井把式"李正打井,"井把式"受伤致瘫后,天狗便入赘到师娘家里,成为师娘名义上的丈夫。"井把式"李正的妻子美丽善良,打心里爱着天狗,天狗对师娘也有着无限的爱恋,但是传统的桎梏约束了这种有违人伦观念的爱情,正常的婚姻生活对这对非正常的夫妻来说是那么的无奈和苦涩。天狗只能用自己努力所得的钱财维持"井把式"的家庭,以一个有名无实的丈夫名义挑起井把式家庭生活的重担。其实"井把式"李正也是个财迷心窍的人,但与《远山野情》中的跛子掌柜不同,他是一个农村典型的小生产者意识浓厚的手工艺人,小生产者的优点和缺点在他的身上都有充分的体现。为了不分钱给别人,宁肯一个人单干吃苦受累也不收徒弟,即使收了徒弟,也只让徒弟做个帮手,不传技术,四六分钱心里都难受,最终还是辞了徒弟,让儿子退学回来打井挣钱,挣了钱连儿子泳裤也舍不得买。到后来打井出事,见天狗以德报怨,"井把式"李正才悔恨不已,终以死相报,促成了妻子与徒弟的好事。在情节的突转里,人性的光辉也立即闪现出来。《黑氏》中,面对木犊和来顺,黑氏内心的真实情感和传统道德的约束之间也存在着两难抉择。她的丈夫木犊是一个典型的传统农民。一方面,他勤劳、善良、仗义,以隔墙送洋芋、痛打无赖赢得了黑氏的爱情,以挑断三根扁担的苦行、下窑挖煤的壮举博得了黑氏的怜惜;另一方面,他木讷寡言、粗手笨脚,只知出死力气干活,"别的一点不

会"。虽然艰苦的劳作换来了生活的富裕,却不能满足生命力旺盛、感情丰富的黑氏的情感生活。来顺了解、怜惜黑氏,为她打抱不平,对她热心帮助,在求亲失败后,虽十分痛苦,但仍然尊重黑氏的选择,言语、行为都非常检点,直到两个人心心相印,水到渠成,他才敢带着心爱的黑氏大胆出走。可见来顺性格中既有传统的一面,又明显地带有时代赋予的新因素,敢于追求属于自己的爱情,这应当看作改革开放给人们的精神生活带来了勃勃生机。不过,与一般作家那种急切表白不同的是,贾平凹的可贵之处是以两性关系为视角,透视传统习俗和伦理道德观念现代化进程中的艰难蜕变。小说中的主人公都面临着相似的情感和道德选择,是顺从自己的内心欲望还是归依于传统的道德规范,这不像一道单选题那么直接和简单。古朴的村民同样有对情爱的追求,有时也会任由内心欲望的驱使而越过道德的边界,但是,在一个封闭的传统世界里,比个人欲望更有力量的是传统的道德规范。这种挣扎的结果,要么返归传统道德规范,在人性的压抑中也不失可敬与单纯之处;要么大胆的越界,在生命力的释放中彰显人性的现代性光华。这是一般作家操行的二元对立思维,贾平凹对此的洞察非常独到,不愿做出一个简单的选择,也许作家意识到,在一个新旧交替的时代,在一个刚刚打开大门的封闭山村,一切挣扎的结果只能是摇摆于传统与现代之间,非此即彼的思维并不真实。复杂的人性和传统的习俗,与外在生产方式和生活状态的变化相比,属于内在的人类心灵的秘密和社会运行的潜在动力,它们能更幽微地反映社会的发展和时代的变迁,贾平凹这组小说的风格魅力正在于此。

有了前期优秀中短篇小说的历练,"商州系列"的第一部长篇小说《浮躁》的横空出世就顺理成章了。《浮躁》是贾平凹上世纪80年代创作的阶段性总结,出版后获1988年"美国美孚飞马文学奖"、法国文化交流部颁发的"法兰西共和国文学艺术荣誉奖",并有英文、越南文等多种外文版本行世,奠定了贾平凹在中国文坛的实力派地位。

作者说:"《浮躁》是我自己比较喜欢的一部描写商州生活的作品,我试图表现中国当代社会的时代情绪,力图写出历史阵痛的悲哀与信念。小说写到的仍是我许多作品曾经写过的地方,我希望人们意识到那块土地所蕴藏的意义,企图把这种意义导向对于历史对于传统对于现实的民族生活,对于种种人生方式及社会人性内容的更深刻的醒悟和理解。"①所谓的"中国当代社会的时代情绪"就是"浮躁"。小说取名《浮躁》,反映的正是当时社会变革环境下国人普遍存在的浮躁心态。在改革开放的春风里,封闭落后的农村也迎来了各种各样的机遇,农民解决温饱、发家致富后,开始寻求人格上的尊严和精神上的独立,然而,在一个脱胎于传统宗法社会的乡村社会,各种残存势力和落后观念并不允许人们对美好生活的诉求一蹴而就,于是,就出现了美与丑的角斗,智慧与权力的较量,现代与传统的碰撞,各种欲望的满足与受挫使得整个社会都表现出莫名其妙的亢奋和躁动。"浮躁"就是这种时代情绪的象征和隐喻。

《浮躁》中的主人公金狗是浮躁情绪的主要体现者。金狗本是仙游镇土生土长的农民,也是仙游镇上较早具有商业意识的人物,参过军,视野比一般农民开阔,参军回来在州河上撑排,成为州河上的"浪里白条"。改革开放的时代氛围激发了金狗的生活激情,他不甘心待在仙游川这个闭塞狭小的天地里,要为维护自我尊严、实现自我价值努力拼搏一番。由于不满田中正的以权谋私行为,他孤注一掷、不择手段地争取到了进州城报社当记者的机会,以实现自己匡扶正义的抱负。但在州城报社里,他迎来的是一次次阻挠和打击,终于知道了在中国,官僚主义不是仅仅靠几个运动、几篇文章所能根绝得了的,最后决定重新回到州河表现自己的能耐,实现自己的抱负,目标是让全州河的人都真正富起来、文明起来。单从这个

---

① 张英:《文学的力量——中国当代作家访谈录》,《贾平凹访谈录》,民族出版社 2001 年版,第 153 页。

故事来看，是一个很普通的改革文学中的个人奋斗故事，贾平凹的高明之处是在这个普通的故事中贯穿了一个不普通的情爱故事，使得整个故事情节发展的心理驱动更加复杂起来，从而表现出了一种时代的浮躁情绪。在感情生活上，金狗是浮躁的金狗。金狗与小水本是一对青梅竹马的恋人，当他遭到小水拒绝之后，同时得知州城报社分给仙游川一名记者名额时，便把感情的天平倾向了田中正的侄女英英。达到目的之后，就与英英毅然断绝关系。在州城日报失意时又与石华越过了雷池。小水在极度伤心之中嫁给了憨厚的福运，但金狗一直把她当作心中的"神"，在他心中如影随形。在小水不幸成为寡妇后，金狗又回到了她的身边，绕了一个大圈之后，又回到了起点。也就是说，贾平凹并没有如当时一些作家那样，把金狗当作一个改革开放中正统的人物典型来写，在他身上单纯地堆砌美好的品质，而是让他充满了复杂的矛盾。金狗身上既有一个时代潮流所赋予的积极因素，又深受传统文化、时下风气的负面影响，目的与手段、欲望索求与伦理道德之间总有一种难以克服的激烈冲突，我们可以给予他理解和宽容，也可以不耻和反感，总之无法下定一个立场鲜明的判断，这样，不管是个人的奋斗还是与这三个女性的分分合合，都表现出一种浮躁倾向，是情绪冲动在决定他的一切行为，他自己也无法对自己的所作所为做一个理性的决定。时代的转型也许总是有些矫枉过正，由于距离太近，让金狗对一个时代的转型做出理性的分析并不现实，在良好的愿望与重重的阻力之间尽情地表演莫名的浮躁也许更为真实，但也正是这种浮躁，动摇了封建宗法势力的顽固统治，改变着人们固有的生存状态和思想观念，给人以发展的前景和各种希望，这是小说不期然获得的良好效果。它虽落笔于州河边上小小的乡镇社会，揭示的却是一个时代躁动不安而又充满生气的精神特征。也正是这种以时代情绪透视社会变动的写法，使《浮躁》超越了一般写改革的作品，成为一部对一个时代做宏观把握、展开精神反思的精品力作。

二、说不尽的《废都》

《废都》是贾平凹一个非常有争议的小说,自它横空出世以来,争论一直没有停止过。现在看来,《废都》是贾平凹对一个时代的情绪宣泄。

贾平凹一再声称这部作品是"苦难之作",是为了"安妥我破碎了的灵魂"。① 因为感觉到这个城市里已没有供他写这本书的桌子,《废都》是贾平凹"流亡"到一个县城里写就的,条件非常艰苦,每天只吃两顿饭而要写上万字,心理情绪、身体状况都不是太好。在个人生活上,"这些年里,灾难接踵而来,先是我患乙肝不愈,度过了变相牢狱的一年多医院生活,注射的针眼集中起来,又可以说经受了万箭穿身;吃过大包小包的中药草,这些草足能喂大一头牛的。再是母亲染病动手术;再是父亲得癌症又亡故;再是妹夫死去,可怜的妹妹拖着幼儿又回住在娘家;再是一场官司没完没了地纠缠我;再是为了他人而卷入单位的是是非非中受尽屈辱,直至又陷入到另一种更可怕的困境里,流言蜚语铺天盖地而来……。我没有儿子,父亲死后,我曾说过我前无古人后无来者了。现在,该走的未走,不该走的都走了,几十年奋斗的营造的一切稀里哗啦都打碎了,只剩下了肉体上精神上都有着毒病的我和我的三个字的姓名,而名

---

① 贾平凹:《废都·后记》,中国文艺出版社 1993 年 6 月版,第 507 页。本书所引《废都》如无特别标注皆为此版本,以后只标出页码。

字又常常被人叫着写着用着骂着。这个时候开始写这本书了。"①在写作事业上,贾平凹赶上了一个不好的时代。20世纪80年代后期是中国商品经济风起云涌的年代,举国上下兴起了下海热、经商热,不少作家为了生存与发展,放弃了纯文学创作,有的主动"触电"搞起了影视,有的利用自己的盛名成立了文化公司,基本都获得了不错的收益。在这个文学日益边缘化的年代里,要想继续凭借自己手中的笔爬格子生存下去、日子过得好点就不得不拿出抢眼的作品。贾平凹有自知之明:"我除了写作再不会别的,我过去怎样现在还怎样。"②他拒绝了南方某些文化单位经济上的丰厚诱惑,坚守在贫瘠的大西北,顽命地笔耕不辍,但在那个年代的中国文坛,纯文学的路子是越来越窄,这也不可避免地让贾平凹感受到了极大的失落,过去对文学的执着信念现在产生了怀疑:"舍去了一般人能享受的升官发财、吃喝嫖赌,那么搔身子头发,淘虚了身子,仍没美文出来,是我真个没有夙命吗?"③面对一个急功近利的社会环境,他感到迷茫、困惑,但也开始醒悟:"往日企羡的什么词章灿烂,情趣盎然,风格独特,其实正是阻碍天才的发展。"④他想坚持走纯文学之路,但决定在写作策略上大大改变,不想再造不食人间烟火的空中楼阁,而是顺应时代,社会需要什么便写什么,读者看什么快乐便写什么,当然,写什么赚钱更是在他首先考虑的问题。总而言之,他要用这部作品对自己的过去作一个了断,作一个总结,为自己的未来寻求一个突破。《废都》就是这种情绪纠结的结果。从这个意义上来说,《废都》也是贾平凹厌世与讽世的"戏作"。

《废都》的问世是上世纪90年代初文学出版界的一个大事件。1993年,《废都》在《十月》杂志连载,这时的贾平凹在文坛已经有相

---

① 贾平凹:《废都·后记》,第501页
② 肖夏林:《〈废都〉废谁》,学苑出版社1993年版,第19页。
③ 贾平凹:《废都·后记》第500页。
④ 贾平凹:《废都·后记》,第500页。

当的知名度,小说一问世就受到业界的追逐,许多出版社都派出精兵强将上门"抢"稿,最后花落北京出版社,各地图书发行商也表现出空前的市场意识,在出版社外严阵以待,以抢得最大的市场份额。1993年6月正式出版后,一时间洛阳纸贵,首印50万册,另有6家出版社以"租版型"的方式同时印刷,每家印数均逾10万册以上。据不完全统计,正式和半正式出版的《废都》有100多万册,加上盗版的大约超过了1200万册。那个时代的文化界,不管是国营书店还是个体书摊,都以拥有《废都》为荣,正版、盗版铺天盖地。一个时期,全国上下都在说《废都》,有名无名的评论家都在写评论,比如雷达、白烨他们,几乎没有人想放下这个话头,而且一开始多是正面评价。但1993年北京的那个春天还没过完,《废都》出版上市只有半年风向就发生突变,负面的评价立即占据优势压倒正面评价,一夜之间,贾平凹成了流氓作家、反动作家、颓废作家,帽子戴得特别大。一些读者对贾平凹的人品和人格产生了怀疑,其公众形象大大打了个折扣。虽然贾平凹在《废都》扉页写下"唯有心灵真实,任人笑骂评说",但否定的批评仍给作家带来了极大困扰。后来在与文学评论家谢有顺的一次对话里,贾平凹曾如此谈及《废都》对自己人生和写作的影响:"在我一生中,对人情世故了解得深刻的有两次,一次是'文革'中我父亲被打成了反革命,其次就是关于《废都》的争论。"①在以后的岁月里,贾平凹曾不止一次地说过,《废都》带给他个人的灾难是最巨大的,"《废都》留给我的阴影影响了我整个90年代,给我带来的是,'誉满天下,毁满天下'。《废都》出版前,我被文坛说成是最干净的人,《废都》出版后,我又被说成文坛最流氓的一个,流言实在可怕……"②1993年9月初,备受争议的贾平凹"不辞而别",一时有关贾平凹"失踪"或"自杀"的小道消息不胫而走。多少年后,贾平凹自己揭开了当年消失之谜,他是利用那

---

① 蒋文娟:《老编辑解密〈废都〉当年遭禁内幕》,《青年周末》2009-8-9。
② 蒋文娟:《老编辑解密〈废都〉当年遭禁内幕》,《青年周末》2009-8-9。

段时间住院治疗乙肝,但用的是叫"龙安"的化名。当这个身份被病友揭露后,他又去了四川绵阳。那段时间,贾平凹置身巴山深处,陶醉于蜀地山水。四川"避难"之旅,也使贾平凹迷上了丹青,以此排遣胸中块垒。有幸的是,贾平凹在这次养病过程中,结识了现在的妻子郭梅。1996年12月12日,携手郭梅,44岁的贾平凹再次走进了婚姻殿堂。婚后,郭梅辞去了护士工作,全心照顾贾平凹的生活起居。

围绕《废都》的评论成为一个时期最为热闹的文化事件,这个事件持续时间之长、观点分歧之大也为文坛罕见,国内一线学者、批评家,新闻界、学术界、出版界几乎全部卷入。赞之者誉之为"好书""奇书"。最早发出声音并极力推崇《废都》的是陕西评论界,先后编辑出版了《贾平凹与〈废都〉》《多色贾平凹》《废都啊,废都》,对《废都》表示力赞,认为在当代长篇小说创作中,《废都》是第一部完满实现了向中国古典审美传统回归的作品,所谓的《红楼梦》味儿即由此出,贾平凹用《废都》向现行的一套文艺理论和阅读习惯挑战,将传统的创作实践抛弃甚远,是中国小说回归自我的第一声响雷,是中国当代文学极具开拓性的一部小说。还有人认为《废都》是继《围城》之后写中国知识分子的一部杰作,是贾平凹的里程碑,标志着贾平凹进入自己艺术创造的巅峰状态。温儒敏、白烨、王富仁、雷达等批评家都给予作品以理解和同情,尤其是温儒敏的观点至今都能被接受:"贾平凹的《废都》对传统与现代的碰撞交汇所形成的人文景观进行了深入的思索,或者说,是以矛盾痛苦的心情去体验当今历史转型期的文化混乱,表现现代人生命困厄与欲望。"[1]毁之者称之为"黄书""黑书",相关文章结集为《废都滋味》《废都废谁》《失足的贾平凹》等等。北京大学年轻的博士们更是义正词严地批判了《废都》的媚俗、颓废和性描写:"贾平凹披着'严肃

---

[1] 温儒敏:《剖析现代人的文化困扰》,《废都废谁》,学苑出版社1993年版,第217页。

文学'的战袍,骑着西北的小母牛,领着一群放浪形骸的现代西门庆和风情万种欲火中烧的美妙妇人,款款而来,向人们倾诉世纪末最大的性欲神话,令广大读者如醉如痴,如梦如歌。"①"我完全有理由把《废都》看作一部'嫖妓'小说。与那些不入流的黄色淫乱作品相比,不同的是《废都》经过了'严肃文学'的包装,它在技巧和结构上更圆熟,并且出自于名家之手罢了。"②北京某民主党派出版社的总编辑声色俱厉地说:"《废都》张狂的性描写简直是一种犯罪,是一种是可忍孰不可忍的作家堕落行为。《废都》无疑是一部令人心惊的黄书淫书,实在与中国的第一淫书《金瓶梅》没有什么差别。……这既是作家的堕落,也是社会的堕落。我认为我们应该追究当事者的责任。中国的扫黄应该从《废都》始。"③在《废都》热中,一家晚报甚至刊出一条骇人听闻的消息:一个男孩正在看《废都》,看得兴起,进来一个女孩,此男孩就将此女孩强奸并致死。美国出版的几个华文报纸也把《废都》与《金瓶梅》《肉蒲团》并称"中国三大淫书"。

不过,文化市场对此的反响是相反的,《废都》因禁而愈红,愈批愈热销,盗版从未间断过,可以说是盗版书延续了《废都》。除了《废都》的盗版,还有人续写《废都》,据说有十几个版本。被禁的17年里,《废都》话题也一直没断,一直是文学批评界一个绕不开的话题。更不可理解的是,《废都》在国内被禁时,在国外却深受欢迎,被翻译成日文、法文、俄文、韩文、越文等多个版本,可以说是有华人的地方就有《废都》,就连非洲都随处可见它的身影。1997年,就在《废都》淹没在国人口水中的时候,在国外却获得法国三大文学奖

---

① 陈晓明:《真"解放"一同给你们看看》,《废都滋味》,河南人民出版社1993年版,第24页。

② 孟繁华:《拟古之风与东方奇观》,《失足的贾平凹》,华夏出版社1994年版,第49页。

③ 引转自温儒敏:《剖析现代人的文化困扰》,《废都废谁》,学苑出版社1993年版,第136—137页。

之一的费米娜(femina)文学奖(即"法国女评委文学奖")。喜讯传来,国内大多数媒体在对此事报道的措辞上非常微妙,语言含混,许多报纸报道的都是:贾平凹因其长篇小说创作而获得九七年度法国女评委奖,而闭口不提《废都》。16年后的2009年,《废都》正式得到官方同意"解禁",获准再版重出江湖,上市半年销量就达20多万册。各个媒体又重新争相炒作这个话题,这也是2009年度中国文坛的大事件。一句话,《废都》的生生死死,都受到了国人的格外关注。

有幸的是,时过境迁之后,《废都》作为"重放的鲜花"由作家出版社再版,当年一些激烈批判《废都》的学者都为自己曾经的过激言行做出了深刻的反思。那个年代,批评界对《废都》的责难主要集中在文本中所弥漫的"颓废"情绪和过度的"性描写"上,对此,如果我们用今天的视角冷静观察当时的批评之声,贾平凹可算是代一个时代受过。程光炜曾经回顾:"90年代初,邓小平南方讲话,市场经济兴起,80年代的理想浪漫色彩急剧褪去,人文知识分子所主导的文化市场被书商和各类小报全面占领。贾平凹写作《废都》的真实目的由于争论不休很难裁断,但从当时许多读书人心中弥漫着的浓厚的'废都情绪'却可明察。在强调'文化抵抗'的反面,这是他招致绝大多数批评家反感的主要原因。"[①]也就是说,贾平凹先知先觉,揭示了一种已然存在的时代情绪,并进行绝望式的"文化反抗",但这种方式并不能得到文化当局和一些反应慢了半拍的评论家的认同。程光炜还引用后来李陀和陈晓明两位评论家的文章来佐证这一判断。可以说,当时的批评家们仿佛都一致认同"理想而浪漫"的80年代,而对90年代的时代情绪以及人文环境的变化持心理反感的态度,"'好的80年代''坏的90年代'在人文知识分子那里已经成为了一种知识共识,两位批评家正是在这种知识结构中

---

① 程光炜:《批评对"贾平凹形象"的塑造》,《当代文坛》2010年第6期。

对贾平凹的形象重新做了定位,他们对'90年代思潮'的反感决定了他们对《废都》的看法。"①对于《废都》中"过度"的性描写,当年的批判者陈晓明后来发表了深刻的反思:"当年对《废都》的批判,是知识分子出场的方式,既有对它过度阐述的一面,同时也有它的一种历史必然性。道德化对知识分子来说是最熟悉最容易表达的话题,所以在那个时候就不分青红皂白说写性如何不对。其实,任何作品都在写性,所有名著都在写性,为什么成为贾平凹的一个罪证,这是那个时期知识分子找到了道德的一种批判的立场和方式,而重新出场……"②"重新出场"是90年代知识分子对自身边缘化的一种反抗,而贾平凹"不合时宜"地作为一只出头鸟,一棵招风的大树,被当作90年代"市场化"中"道德沦丧"的代表而成为批评的靶子也就在情理之中了。

　　对一部作品竟然出现观点如此对立的评价,而且双方言辞都是如此的激烈,这也折射出上世纪90年代那个历史转型期文学界和学术界思想观念的动荡。拂去历史的尘埃,如果我们不做太多严肃沉重的思考,贾平凹当年的写作动机便开始露出马脚,一切原本就是那么简单,可以这么说,是他写作观念的革新策动了一场社会舆论的哗变,其根本目的还是迎合消费阅读的时代潮流。上世纪90年代,中国的消费文化思潮悄然启动,而作为这种文化生产者的作家却日益"边缘化",一些颇感失落的作家开始对自身的价值和持有的文化观念产生怀疑,站在什么样的价值立场、采取一种什么样的方式来迎合消费社会的文化需求已经成为一个共同的话题。后来成功策划"布老虎丛书"的安波舜辛酸地回忆:"1992年,也就是'布老虎'出生的前一年,文学跌进了最低谷,出版社出版长篇小说几乎就意味着赔钱。我当时正在创作一部书写少年时期成长经历

---

　　① 程光炜:《批评对"贾平凹形象"的塑造》,《当代文坛》2010年第6期。
　　② 陈思和、丁帆、苏童等:《作家,是属于时代的——贾平凹作品学术研讨会》发言摘要》,《当代作家评论》2006年第5期。

的长篇小说,每天晚上写得泪流满面。可是想想,写完之后怎么样?谁给出?出了以后谁会看?当时不光我,我周围的许多作家,包括著名的先锋作家马原、洪峰他们都很沮丧。"①贾平凹在文化市场是一个多面手,倒腾字画还能挣点钱,但也仍然牢骚满腹:"现在的作家太穷,稿费太低,我并不奢望靠写稿发大财,这是不可能的,但如果太低,实在不公,生计问题解决不了,难以保证好的创作。言义的是君子,言利的也是君子。"②在纯文学作家的这种生存背景下,《废都》的出现无疑是一个时代的号角,它表明了某些作家开始放弃精英文化立场,率先在大众消费文化市场进行投机以攫取可观的利益。《废都》直接沿用了传统市井小说和才子佳人小说的情节模式,以性为噱头,玩弄着传统文人的萎靡情调,以神秘性为卖点,充分调动读者的阅读趣味,并且启动了出版、传媒、批评的立体化运作,当时大街小巷的书摊上都标上了诱人的标贴——"当代《金瓶梅》",谁不想一睹为快!这完全是畅销书营销的典型模式。《废都》由此也成为上世纪 90 年代初期印刷媒体在通俗文化中大获成功的典型案例。从这个意义上来说,《废都》改变了中国上世纪 90 年代的文学场景,它完全改写了作者、出版商、读者之间的相互关系,传统的文学欣赏转换为现代的文学消费,传统的文学创作转换成现代的文学生产,文学的生产—销售—消费之间开始形成了一条完整的利益链条,而文学消费者口味的揣摩和欲望的满足,是整个利益链条上的中心环节。对于那个时代的作家来说,《废都》的出现是整个文化格局利益调整的大背景下,某些被市场唤醒的新锐作家重新出场的标志性事件,他们试图在市场经济的大形势中,获得与自己文化地位相称的物质利益,写什么、怎么写当然是他们首先必须考虑的问题。由是观之,时势造英雄,《废都》的横空出世也就

---

① 邵燕君:《倾斜的文学场——当代文学生产机制的市场化转型》,江苏人民出版社 2003 年版,第 134 页。

② 《贾平凹答记者问》,《废都废谁》,学苑出版社 1993 年版,第 26 页。

在情理之中。

回到《废都》现场，这部小说以西京四大文化闲人之一的作家庄之蝶一段由盛而衰、从声名巅峰跌落至人生低俗，最后中风于出走途中的生活经历为故事主线，以庄之蝶被卷入的一场文坛官司为缘起展开小说的故事情节，不过，所有的这一切都不至于形成小说的看点，只有庄之蝶与四个女人的性爱故事才是小说着力描写的重心，也是小说的最大卖点。撇开围绕《废都》的一切是是非非，现在可以追寻一下这部当年为许多论者诟病作品的积极价值。

"废都"给人的印象首先是实存的"废都"，即西京，这是一个有着光荣的过去而现在衰败了的历史文化古城：大街小巷不时能拾到唐砖汉瓦；破败的院落里的矮椅子、香炉很可能是某个价值不菲的文物；即将拆除民房门楼上的砖雕，竟是郑板桥的手迹；老百姓栖身的危房，有可能是簪缨之族的故居……其中的人事和风气也弥漫着一种神秘和颓败：从杨玉环的坟丘上取回来的土上竟能长出四色异花；城外土墙上不时响起的埙声如诉如泣；大街小巷中盛行着各种神仙道术、佛玄秘闻、膏丹丸散……不过，这些物象、人事和民风也只是外在的背景，作家要着力表现的是这个古城的精神之"废"，诚如贾平凹自己所言，在当今商品社会中，小至他小说描写的西京，大至中国和世界都是一座"废都"，他的目的就是要以这个古城为样本，极力描绘出一个当代人的精神废都。

《废都》之"废"其根本原因在于"人"之"废"。主人公庄之蝶是一位声名远播的作家，却不曾有一部像样的作品，而是写有偿的报告文学，写假情书，写假论文，写挽联，写假文章，捉刀代笔，李代桃僵；他也想洁身自好，无聊的官司偏偏降临到他头上；他也想追求爱情，却陷入与四个女人的肉欲追逐之中；他一半是心志高远，一半是精神猥琐、空虚无聊，灵魂始终处于无根的漂泊之中。书法家龚靖元是个十足的赌鬼，虽然一字千金，却经常靠卖字还债，创作激情没有了，眼里所见只有钱财，一旦自己的收藏被儿子挥霍殆尽，便万

念俱灰、自杀了结。画家汪希眠颇有才华却不曾有自己的创作,专以仿制名家画作为能事,招来财源滚滚,最终也免不了锒铛入狱。阮之非在正规乐团解散后开办起了私营歌舞厅,由一个艺术家蜕变为一个十足的商人,虽敛财有道,却难逃黑道之手而被弄瞎了双眼,不得不配副狗眼观看人世。属于西京文化精英的"四大名人"尚且如此,他们周围那些投机钻营的孟云房、洪生、周敏、赵京五之流及"四大恶少"更不必说了。这些所谓的文化人都只有物质欲望,没有精神追求,他们只能在自己的小世界里追名逐利、游戏人生,最后走向堕落、绝望的深渊。

在这种文化氛围中,社会经济无论如何发展都永远满足不了世人物欲的膨胀。西京的新市长为了挖掘丰富的文化遗产促进经济繁荣,修复了西京古城墙,疏通了护城河,沿护城河修建了极富地方特色的娱乐场。又改建了三条大街:一条为仿唐建筑街,专售书画、瓷器;一条为仿宋建筑街,专营全市乃至全省民间小吃;一条仿明、清建筑街,集中所有民间工艺品、土特产。经济的确是发展了,却把西京城变成了小偷、赌徒、烟鬼、暗娼的集散地,在牛月清的母亲眼里,西京城里的鬼比人还多。在这座"废都"里,只有物质,没有精神;只有性欲,没有爱情;只有利益,没有朋友;只有眼前的享乐,没有永恒的追求。人人都在钩心斗角、争名逐利、喝酒吃肉、拉帮结派、坑蒙拐骗,女人能傍大款的傍大款,有本事的男人就乱搞女人……这里一切都有可能是假的:人与人的关系是假的,字画是假的,古董是假的,书是假的,酒是假的,柿饼上的霜是假的,老太太的满口白牙是假的,气功师是假的,更有假鼻子、假奶、假屁股,连尼姑也是假的……总而言之,整个城市都笼罩在一种不可信任、盲目混乱、腐败颓废的氛围之中。

由此有人指出,贾平凹是20世纪末最具颓废倾向的作家。这种贬义的评语自然也包含两个积极的意义。首先是贾平凹表现了一种"世纪末情绪"。贾平凹在后来的《高老庄·后记》中也承认:

"世纪末的情绪笼罩着这个世界,于我正偏偏在中年。中年是人生最身心憔悴的阶段。"20世纪中国的世纪末主题话语是以市场经济为主导的体制转换及其文化转型,但相比于快车道中的市场经济,文化的转型依然非常缓慢,这种价值的真空地带是一个无神论的世界,人们从以往乌托邦式的精神世界中跳出来,反其道而行之,以物欲化的眼光考量一切、算计一切、谋求一切,金钱崇拜、物质享受与感官娱乐成为新的价值原则和人生目标,而知识分子已经基本失去了行动的能力,只能在有限的话语权中对那个世界发出微弱的声音,用贾平凹自己的话来说,"巨大的变化,巨大的希望和空前的物质主义的罪孽并存,物质主义的致愚和腐蚀,严重地影响着人的灵魂,这是与艺术精神格格不入的,我们得要做出文学的反抗,得要发现人的弱点和罪行"。① 这种"发现"肯定是虚构和放大了的,它就像一面显微镜将不可见的病毒都放大了呈现在世人的面前,让世人猛然看到了在各个方面都被异化的人,发现自己已经身处危险重重的社会漩涡,从而惊醒起来做出力所能及的反抗。所以,《废都》描绘的是一个与经验世界全然不同的艺术世界,它的价值不在于"废都"的真实程度,而在于一种"废都意识"。正像小说中预言"西京水要枯竭""西京城数年后将会沉陷"一样,重要的不在于这样的预言是否将成为事实,而在于这一充满焦虑感的警告所包含的哲理内涵和社会价值。

还有一点是如何认识这种"颓废"的积极意义。庄之蝶肯定不是拯救世界的英雄,在某些人眼里甚至可以说是个卑劣之徒,他的确是颓废了,但他的确感受到并理解了废都的精神颓废和文化危机,表现了与时人不同的生存焦虑。这就不难理解,贾平凹在世纪末的文化废墟上,对传统与现代的碰撞交汇所形成的生存景观进行的"恶之花"般的审美体验。对于一个作家而言,这种审美体验不

---

① 贾平凹:《答陈泽顺先生问》,《小说评论》1996年第1期。

可能诉诸直接的理性判断,而只能是一种情绪化的怨愤之言,一种危言耸听的超现实想象,甚至是一种放浪形骸的感性生活,《废都》把它集中展示于性,由此也让《废都》被世人诟病。当然,这样的性描写是污言秽语还是怨愤之笔,一直颇有争议。在市场化写作兴起的中国文坛上,贾平凹是一个非常滑头的作家,他总是把意义的阐释交给了专业的批评家,把阅读的快感奉献给普通的读者。作者在《后记》中云:"这本书的写作,实在是上帝给我太大的安慰和太大的惩罚,明明是一朵光亮美艳的火焰,给了我这只黑暗中的飞蛾兴奋和追求,但诱我近去了却把我烧毁。"《废都》中的性描写的动机和结果也许就是这样,作家明明有着一个崇高的立意,落笔却非常下作。作者曾说过:"《废都》是通过性,讲的是一个与性毫不相干的故事。"①性本来不仅具有生物性,而且具有社会性,在中外文学史上,它一直是一个特殊的文化符号,具有深刻的文化内涵。庄之蝶身处的时代,是中国政治经济社会正在发生深刻转型的历史时期,急功近利、见利忘义也已成为一个时代趋同的文化心理和价值导向。作为一个具有传统"士人"人格的知识分子,贾平凹对转型期出现的某些新的不合理现象的确非常迷惑,迎而不能,拒之不得,最终造成了灵与肉的分离、人格精神的分裂。一方面他退缩逃避到原始的自然生活圈套里:生吸牛奶、钻进故纸堆、收集古城墙砖、听哀乐埙乐……借此来寻找精神的寄托、排遣心中的苦闷,尤其是对哀乐埙乐的癖好,"直听到那埙声终了……又将那盘哀乐磁带装进录放机里低声开动,就拉灭了灯,身心静静地浸淫于连自己也说不清的境界中去了"(第112页)。一方面这种不安分的心灵在沉重压抑后总得寻找到一个发泄的突破口。英国哲学家罗素说过:"越是受压抑的东西越是拐弯抹角的寻找出路;回避自然的东西实际上意味着加强,而且以最病态的形式加强对它的兴趣;愿望的力量同

---

① 赖大仁:《魂归何处——贾平凹论》,华夏出版社2000年版,第115页。

禁令的严厉程度是成正比的。"①压抑的结果是庄之蝶性功能的丧失,妻子牛月清虽然十分贤惠但也会骂他没能耐。还是柳月看得清楚:"我认为庄老师之所以写女人都是菩萨一样的美丽善良,又把男人都写得表面憨实,内心又极丰富,却不敢越雷池一步,表现了他是个性压抑者。"(第134页)当他遇上唐宛儿后,意外地恢复了性功能,从精神的麻木中恢复过来,于是,四个女人相继出现在他的生活里,给他激情,给他动力,给他希望,他在性爱的狂欢中确证了自己的存在。他的心理动因是"求缺",在一个残缺的世界中排遣痛苦,在痛苦的升华中寻求生命的激情和艺术的灵感。但不可否定,庄之蝶对这四个女人动了真情真爱,他虽然把来自社会与个人、生活与事业中的全部压抑都发泄在她们身上,但更重要的是,他也把人性的赞美和生命力的寻求全部寄托给了这四个女人。这种生存悖论揭示了现代文明的缺陷和城市文化的危机,让人深深体味到,在一个物质主义的都市里,知识分子人性的异化和精英文化的没落,生命力和创造力的衰竭,灵与肉的分裂,一切传统文明和当下社会预设的文化宏图皆处于一种无可阻挡的颓势之中。如果暂时悬置一切作家应对消费性阅读的原初意图,我们不可否认,《废都》从最隐秘的生活层面切入,以性为透视点,通过性观念、性生活以及性行为这些"形而下"的文化符号表达了一种"形而上"的人文思考。这种结论并不是对《废都》的偏爱和无限拔高,而是小说叙事本身的一个重要层面,只不过,在那个物欲化的世界里,自以为是的"人"都为物欲所累,忙于行动而终止了思考,作家只好把思索人类生存危机的问题交给那头奶牛,把思索阴阳两界神秘现象的重任交给半人半鬼的牛老太太。

  贾平凹采用的是魔幻化的荒诞手法,用大量的篇幅让牛以非理性的意识流淌表现理性的思索。在"哲学家"奶牛看来:只有上帝

---

① 瓦西列夫:《情爱论》,三联书社1984年版,第16页。

和牛是至高无上地掌握着真理,因为"上帝无言",牛也无言,而人是愚昧的,生下来后就要学习,等到学好了也就死掉了,于是不断反复,永远处于愚昧状态,这样,人就不能真正认识自己也不能真正认识世界,当然也不知道自己已置身于生存的危机中。只有牛清醒地认识到人建造了城市,而城市却将他们的种族退化,残酷的现实就是如此,人类创造了城市文明,同时也制造了难以克服的诸多弊端:远离祖先生活的大自然,蜗居在钢筋水泥格子里,遭受着不断新变的疾病的侵扰,体质越来越弱;人们彼此冷漠无情,时刻防范着他人,一有机会便损人利己。它甚至"预感到了这个城市有一天要彻底消亡的……到那一日,整个城市塌陷下去,黄河过来的水或许将这里变成一个水泽,或者没有水,到处长满篙草。那时候。人才真正知道了自己的过错……"(第139页)人类社会的每一次进步,似乎都要以许多美好东西的损失为代价。现代文明就是一种工具性思维,万物为我所用,如果一切发展都以牺牲大自然的生态环境为代价,地球难免将有灭顶之灾。所以,牛对人类未来的预测是:"社会的文明毕竟要使人机关算尽,聪明反被聪明误,走向毁灭。"虽然是"杞牛忧天",但荒诞中表现的是作者对人类生存的焦虑,对都市命运的关切。牛老太太不会思考,却用怪诞神奇的言行精准把握了没有任何安全感和可信度的社会现实。她明明活着,却要睡到棺材里,因为只有睡在棺材里,她才能感觉到自己还活着;她即便大热天也关着门,满屋子充斥着闷气、死气、鬼气;她阴阳不分,能看到鬼的面目,知道阴间发生的事情,经常和死人对话,与鬼魂吵架;她出门时总要戴上面罩,说真面目不能让别人看见,女儿牛月清美容之后就是假的女儿……这些荒诞的言行隐藏着对社会现实的深刻洞见:人鬼一体,黑白不分,善恶不明,真假难辨。

　　庄之蝶是唯一直接吮吸奶牛乳汁的,也是唯一能够理解岳母牛老太太怪异行为的人,他有可能成为唯一觉悟清醒的人。不过,他虽然觉察到这座世纪末的古城正陷入无可救药的堕落,却无法拯救,除了纵身于情天欲海,用本能欲望的满足来填充个体生命的虚空、确证自身的存在外,剩下的日子只能是"泼烦",这是庄之蝶经常挂在嘴边的两个字。这种"泼烦"并非是由哪一桩具体的事情引发的烦躁,而是庄之蝶的一种根本性的精神状态,可以说是一种存在性的焦虑。他无所依附、灵魂漂泊,他心无所属、逞能纵欲,他背负传统、无力超越,他身处现代都市、无限向往自然,所有这一切都使他陷入了一种丧失个体性存在的本体性状态中。在那样一个物欲膨胀、精神荒凉的现代废墟中,庄之蝶并没有解决一个知识分子的存在性困境,而只能由"文人"而"名人",由"名人"而"闲人",由"闲人"而"废人",最终"耗尽"到连出走都没有了可能。"他人就是地狱",但他自己也成了他人的地狱,不独庄之蝶如此,《废都》中几乎所有的人都陷入难以解脱的"存在与虚无"的生命困境中。无疑,《废都》中传达出的是一种生命的悲剧意识,这种悲剧意识渗透在小说中人情世态的各个方面,最集中地通过如泣如诉的埙声表现出来。作品从头至尾十几处写了周敏在城墙上吹埙的埙声,"它吹动的是人生的悲凉","废都里的人不悲壮,也不凄凉,只是悲凉"。①那声音幽怨呜咽,如泣如诉,吹出了人物内心的悲凉,每次都让庄之蝶如痴如醉,而且庄之蝶悲伤烦躁之际,基本都是周敏内心苦闷之时,在人生苍凉感方面,庄之蝶与周敏堪称知音。其他各种神秘现象、孟云房的算命、测字及牛报应的故事等等,都隐含了作者对于生命存在的悲剧性体认:冥冥之中自有定注,人在生活中苦苦挣扎也无济于事,人,在劫难逃。小说借城市这一舞台展示了一群文化人的种种原欲,将一切理性和文明毁灭给人看,非常符合悲剧的叙事观念。这种沉重的悲剧意识无疑大大消解了《废都》性描写泛滥的负面作用,相反,在那种生命狂欢的间歇里,我们看到更多的是作家的焦虑和不安,迷惑与寻求。从这个意义上来说,废都意识也就是

---

① 贾平凹、王新民:《〈废都〉创作问答》,《文学报》1993-8-5。

焦虑意识,它反映了一种世纪末情结,它是一曲时代的挽歌,一曲传统知识分子的悲歌,一曲人文主义者的哀歌。

历史也证明贾平凹的这种思考在1995年前后的文化论争中得到了回应,在《废都》的形象描述之后,学界开始从理论维度思考现代人文精神的危机与传统伦理道德的丧失问题。当年力批《废都》的陈晓明后来也对《废都》所揭示的这些意义非常肯定:"确实,《废都》抓住了时代潜意识,否则它不会有如此巨大的影响,不会在商业上获得如此巨大的成功。"所以,在某种意义上讲,"……《废都》就像一张招贴画,被牢固地张贴在历史之墙上,谁也揭不下来,无法还其纯粹的文学之身,只要揭下来,它就破碎不堪。它已经与那段历史紧紧地黏附在一起,那是它的葬身之地,它是它(历史)的碑文,它只有在铭刻着自己的死亡时它的意义才能全部显现。"[①]贾平凹正是以其"不道德"的书写方式,快人一步地抓住了时代的"脉搏",揭示出了时代转型之"痛",现代文明之"痒",其智慧的洞察力和文字的穿透力,显然已经超越了政治、文化、社会学者对当代中国的思考。

---

① 陈晓明:《本土、文化与阉割美学》,《当代作家评论》2006年第3期。

三、《白夜》《土门》：
所谓的都市小说

在发表《废都》之前，贾平凹一直都是以他笔下的"商州世界"闻名于中国当代文坛，是一个实力派的乡土作家。进入上世纪90年代以后，不惑之年的贾平凹才产生了创作城市题材小说的冲动，他自己是这样说的："我是陕西本土人，进城前在乡下生活了十九年，入城已有二十一年了，从事创作以来，一直写乡下的生活，没有一部小说写到城市。写写城市生活，是我梦寐以求的，我之所以迟迟没有写出，是我找不着一种感觉，即进入一种境界的角度，一种语感。"①1993年出版的《废都》是贾平凹第一部真正意义上的反映城市生活题材的长篇小说，两年之后，贾平凹又创作一部都市市民生活题材的长篇小说《白夜》，仅隔一年，长篇小说《土门》又问世了。虽然后两部作品没有《废都》那样沸沸扬扬，但都同样表现了一个知识分子对世纪之交中国都市生活的心理体验和城乡文化格局的思考，也改变了人们只把他看作乡土作家的偏见。

不过也可以说，这三部小说都算不上非常地道的城市题材小说。城乡身份的模糊是这个时期贾平凹文学创作的总体特色，他在写农村的时候，一般都少不了一个作为知识分子的叙述人，在写城

---

① 《〈废都〉创作问答》，《〈废都〉废谁》，学苑出版社1993年版，第23页。

市的时候,又总是以乡土的眼光来观察城市。

《商州》中的叙述人大致是这样一个身份:他出身农家,跳出家门后在城市中事业有成,但城市生活使他疲倦和无聊,找不到了生活的激情,一旦离开城市重返自然的怀抱,生命力立即得到恢复,仿佛找到了失落已久的灵魂。在这个叙述人身上,无疑潜伏着作家"归去来兮"的乡土情结、"返璞归真"的审美理想,他一直在用怀疑的眼光审视现代文明与自然人性的背离现象。从《远山野情》《天狗》《商州初录》《商州又录》到《火纸》《黑氏》系列作品,贾平凹进行的是一场艰难的文化寻根之旅,从令他身心疲惫的城市出发,穿过三秦大地的高山大河,山寨古镇、穷乡僻野的乡风民情令他流连忘返,不知归途。他笔下商州的生活情调、人际关系、道德风尚,仍然保留着的小农社会的原始风貌,以它的古朴淳厚抗拒着现代文明的侵袭。那里有敢爱敢恨、精明泼辣的山乡女子,如烟峰、小月、香香,有着大山一样坚实、自然一般粗糙的山野农夫,如回回、禾禾、吴三大,他们身上所体现出的人性美与人情美,都是作者对都市文明的一种强有力的反拨。

一个农民的身份认同集中体现他的《我是农民》一书中,从作家在城市的情感历程来看,书名的自白和宣告应该是非常诚挚的。贾平凹直到19岁的时候才被推荐到了大都市西安读大学,但他并没有如《人生》的高加林那样激动地发出内心的呼喊:我的人生从这里开始了!而是在城市面前产生了强烈的自卑感和心理恐慌。贾平凹后来这样描述了他刚进城时对城市的陌生与惶惑:

> 从山沟走到西安,一看见高大的金碧辉煌的钟楼,我几乎要吓昏了。街道这么宽,车子那么密,我不敢过马路。打问路程,竟无人理睬。草绳捆一床印花被子,老是往下坠。我沿着墙根走,心里又激动,又恐慌。坐电车,将一顶草帽丢失了。去商店,看见了香肠,不知道那是什么,问服务员,遭到哄堂大笑。我找

不着厕所,急得变脸失色,竟大了胆儿走进一个单位的楼上,看见"男厕所"字样,进去,却见一排如柜一样的摆设,慌忙退出来;见有人也进去了,系着裤带走出来,便疑惑地又进去,水火无情,记得我一拉那柜的门儿,才发现里边正是大便池子……①

与城市的这种相遇定格在贾平的记忆中,很多年后他仍在说:"当我已经不是农民,在西安这座城市里成为中产阶级已二十多年,我的农民性并非彻底退去,心里明明白白地感到厌恶,但行为处事中沉渣不自觉地泛起。"②这种根深蒂固的乡土情感和徘徊于农民与市民的身份意识严重地影响了他的文学创作。可以说,在贾平凹的潜意识中,城市一直是作为他的对立面而存在。贾平凹自己在反思这种情绪时不得不承认:"说到根子上,咱还有小农经济思想,从根子上咱还是农民,虽然你到了城市,竭力想摆脱农民意识,但打下了烙印,怎么也抹不去,好像农裔作家都是这样,有形无形中对城市有一种怨恨心理,有一种潜在的反感,虽然从理智上知道城市代表着文明。"③

从贾平凹首次以《废都》描写大城市开始,城市即代表着腐败、堕落,在城市文化生态中,美好的传统在失落,个人的刚健在蜕化。在《废都》里,吏治腐败,世风日下,男人阳痿,女子淫荡,人与人之间感情淡漠、争名逐利,夫妻感情名存实无、同床异梦,年轻的一代沉溺于色情、毒品、金钱之中难以自拔,表面繁华的城市如鬼魅飘忽的坟场。作家借那头牛表达了他对城市的看法:"城市是什么呢?城市是一堆水泥嘛……山有山鬼,水有水魅,城市又是有着什么魔魂呢? 使人从一村一寨的谁也知道谁家老爷的小名,谁也认得土场

---

① 贾平凹:《我的台阶和台阶上的我——人道与文道杂说之三》,《平凹文论集》,青海人民出版社1985年版,第101页。
② 贾平凹:《我是农民》,陕西旅游出版社2000年版,第22页。
③ 贾平凹:《关于小说创作的问答》,《生佛》,太白文艺出版社1995年版。

上的一只小鸡是谁家饲养的和睦亲爱的地方,偏来到这一家一个单元,进门就关门,一下子变得谁都不理了谁的城里呢?"(第137页)可怜这头牛在城市的重度污染中得了不治之症,成了城市生活的牺牲品,直到临死前,还在深深怀念家乡终南山。

　　代表城市文明的知识分子的下场也好不到哪里去。从《废都》到《白夜》再到《土门》,贾平凹都是以近乎残酷的笔触去描绘知识分子的尴尬处境和人格危机。《废都》中的庄之蝶是一个为众多读者所熟知的知识分子形象,其所处的困境与危机自不必说。《白夜》的主人公夜郎是个知识型人物,不是真正意义上的知识分子,只是一个都市的"飘零者"形象。《白夜》中真正的知识分子有两个:吴清朴和祝一鹤。吴清朴原系西京一支考古队的队长,专业上颇有建树。巨大的生活压力和未婚妻的感情压力,迫使他加入下海经商的大潮。钱挣了不少,仍然阻止不了未婚妻邹云的背叛而傍上了一个为人粗鄙、人格低下的"大款"。他终于意识到自己的微不足道,也无法对抗整个社会的物欲横流,便义无反顾地重返考古队,但他的精神并不能在辛勤忙碌的工作中获得拯救,只落得个死后连骨灰都被吹落在山野间的悲惨结局。祝一鹤原是一个教师,偶然步入仕途后平步青云,官至市府秘书长,但这位书生意气的官员,很难适应官场上的新变化和潜规则,最终成了权力斗争的牺牲品,官位丢掉了,学校也回不去,一下子成了社会的"多余人"。命运的巨大落差让他失去了思维能力和生命活力,只能像一个植物人一样苟活于世。到了《土门》,知识分子的形象已经到了猥琐不堪的地步,小说中塑造了两个百无一用的知识分子形象。一个是范景全,他只能写谁也不爱读且总是发表不了的小说,不时成为众人口中的笑料。他虽然热心地为仁厚村摆脱生存危机出谋划策,但也只是螳臂当车,最终一事无成,只好逃进自己的乌托邦世界进行自我抚慰。另一个是老冉,虽然身为研究员,一个高级知识分子,却对周围的一切漠不关心,对仁厚村的现状和前景都无动于衷。他在女朋友梅梅面前更是全面暴露了他的猥琐与可怜,"早泄"使他做不了一个真正的男人,频繁发作的痔疮更让人恶心。从精神到肉体,他都是一个残缺不全的人。

如果说《废都》中的知识分子还能在欲望的海洋中折腾几下的话,《白夜》中的知识分子基本是在流浪、漂泊,给人透心凉的幻灭感。贾平凹自己也这么说:"《白夜》无意要作什么社会的、政治的批判,它只是诉说人的可怜和可悲。"①而到了《土门》,贾平凹笔下的知识分子形象发生了更大的变异。他们在被社会彻底的边缘化后,作家也残酷地落井下石,不想给予他们多少同情,也不再费心思为他们寻找出路。这种价值立场和身份意识虽然值得商榷,但不可否定贾平凹敏锐而深刻地感觉到在社会的急速转型中,有很大的一部分知识分子,特别是人文知识分子的现实利益受到了前所未有的冲击,精神操守对他们来说已经是一种奢望,他们别无选择,只能在商品经济大潮里挣扎和沉沦。

知识分子与农民的双重身份交替出现在这些城市书写的小说文本中,贾平凹更多的时候是以一种乡下人的眼光去打量城市文明,由此也使得他的都市小说与当代其他作家的都市小说风格迥异,显示出与众不同的个性特征。现代都市景观的乡村化,是贾平凹对都市的一种典型的变形描写。在他的笔下,基本没有一个完全纯粹的城市景象,城乡结合部是他小说中故事展开的主要场地,《废都》里的孕璜寺、双仁府,《白夜》里的竹笆街、保吉巷、城墙头,《土门》的仁厚村,都表现出一种乡村景象,即使偶尔为之,素描出一点城市场景,其里活动着的基本也是一些与乡下有过多关联的城市人。在人物塑造上,城市人的乡村化,乡村人的城市化,对人物心态的换位处理是贾平凹对都市小说的又一种变形。作者在这些都市小说中塑造了一系列人物,不论是《废都》中的庄之蝶、周敏,还

---

① 贾平凹:《答陈泽顺先生问》,《小说评论》1996 年第 1 期。

是《白夜》中的夜郎,他们都是从农村来到现代都市的,有才能、有思想。《土门》里的成义可以算作一个都市里的乡村人,富有传奇色彩,几乎无所不能,但是,在这个现代都市里,他们同样没有生存与发展的空间,甚至没有自己的立足之地。而且,在贾平凹的文学创作中,与城市文明相比,他更偏爱于抒发对乡土传统文明的赞美之情,而对现代城市文明有"一种仇恨心理","一种潜在的反感,虽然从理智上知道城市代表着文明"[1]。在人物塑造上,贾平凹还表现出一种明显的对都市文明的逆反心理,他笔下的乡下人经常显得雄心勃勃,而有心理优越感的城里人多是卑微畏缩,即使是某些代表现代都市文化形象的人物也基本成了另类,消极、颓废、玩世不恭,表面上文质彬彬,骨子里男盗女娼,从这里也可以看出明清世情小说对贾平凹的影响。《废都》里有社会闲人四大恶少,都是一些古典戏剧中经常出现的脸谱形象;有文化闲人四大名人,都有毛病,都是不正常的人,汪希眠玩女人,龚靖元沉溺于赌博,阮知非玩转三教九流,庄之蝶在家性无能、在外面却是一个地道的纵欲狂。对女性描写的错位更是明显,那些现代都市女性,如景雪荫、虞白,都没有乡下女人,如唐宛儿、柳月、梅子、颜铭那么可爱。那些有知识、有文化、有教养的女性,如牛月清、西夏等等,都被改变成中国传统型的贤妻良母,而一些农村女性,如柳月、梅子、颜铭,却表现出现代都市女性心态,完全失去了农村女性的味道。这种人物设计出于作家对现代都市文化的一种逆反心理,他是以一个乡下人的眼光去打量现代都市,所以现代都市在他眼里就变了形,而乡下人身份、个性和人格的越位,下意识地实现了他对现代都市文明一种近乎怨恨的回击,让这些乡下人实现他超越性的身份想象——城里人并没有多少身份的优越。因此,尽管贾平凹有时也想极力走出乡土小说家的圈子,但是,由于对农民身份和乡村观念执拗的认同,他不可能写出纯

---

[1] 《贾平凹"醉眼"观世界》,《〈废都〉废谁》,学苑出版社1993年版,第60页。

粹意义上的现代都市小说,这是他的个性风格,也是他致命的局限。

《白夜》虽然没有《废都》那样轰轰烈烈,但在思想内涵上可以说与《废都》一脉相承,在揭示现代都市人的精神苦痛、灵魂无着、无家可归的立意上,它甚至比《废都》更为急切,也更为深刻。小说中形形色色的现代市民,无论男女老少、尊卑贵贱,都不同程度地患有精神贫困症,主人公夜郎尤为突出。由乡村进入都市的夜郎没有庄之蝶那样显赫的社会地位,他的人生理想与事业追求也并非好高骛远,但一切努力皆以失败而告终。经过一番苦斗之后,他仍然觉得自己生活在别人的城市里,成了城市中一个另类的无业游民,终日郁郁寡欢,最后竟用恶作剧般的方式来反抗社会对他的不公平,落得个阶下囚的下场。贾平凹通过夜郎的现实奋斗和精神漫游,揭示了如《废都》一样的深刻主题——西京这座昔日辉煌威严的皇城,如今只是一个黑白颠倒、是非不分的"废都",人的肉体不是真实的,精神也在随处漂泊。

颜铭原本非常丑陋,她通过整容彻底改头换面,甚至以一去不返的离乡直接宣告自己的"死亡",她成了一个城市的"再生人"。她用虚假的美丽找到了夜郎这个其实并不爱的男人,但也的确给夜郎带来了短暂的自信和快乐。小说中夜郎和颜铭第一次做爱后,夜郎把当时垫在下面的毛巾用报纸包了起来,因为这是一个男人的得意之作,更是一个纯真处女的证明,他想在那个借居的大杂院里当众晾出,宣布在这个城市里,他什么也没有了,但他拥有了爱情,一切都肮脏了,而他的女人是干净的!但夜郎最后还是发现,在这个一切都肮脏的城市里,他最后的这么一点自信与快乐竟然也是虚假的,女儿出世的遗传基因最终揭穿了颜铭面目的虚假。这座城市处于无处不在的虚假中,颜铭只得又回到了"再生"之前的生活,继续他的虚假和流浪。爱情与事业同样失败的夜郎染上一身"鬼气",成了一个"人鬼",只能在城市的夜晚梦游,不能生活在这个城市的真实空间。他没有自己真实的肉体与精神,直到有一天,他"感觉到了头发、眉毛、胡须、身上的汗茸都变成了荒草,'叭叭'地拔着节往上长,而且那四肢也开始竹鞭一样伸延,一直到了尽梢就分开五个叉,又如须根。荒芜了,一切都荒芜了……"①小说里其他人物也同样生活在幻灭和梦幻中。敏感内敛、矜持自傲的虞白犹如一个都市的没落贵族,不堪精神折磨的她也在努力寻找自己的家园和人世的温暖,但骨子里贵族式的高傲让她把可能属于自己的幸福拒之门外,只能眼睁睁地看着另一个女人抢占去本来属于自己的男人。虞白这种乌托邦式的空中爱情与商业社会的情感表达方式非常不协调,她只能曲高和寡地沉浸在自己用百年古琴弹奏的古乐里,在感伤与怀旧中安妥她那凄清孤傲的灵魂。这些都市人物的精神之旅,都如作品中"再生人"那把钥匙永远寻找不到要打开的锁,他们没有目标,没有终点,只有永无休止的漂泊流浪。在经济社会转型期各种利益的驱使下,每个人都企图抢占欲望的制高点,然而,在一个竞争无序的时代,一切努力都事与愿违,殊途同归,只剩下无穷的焦虑、烦躁和不堪承受的精神疲惫。出现在小说开端的那把"再生人"不得其门的钥匙,在小说的结尾仍在无奈地晃荡,这是一个意味深长的意象,象征着一个个漂泊、孤独的灵魂找不到属于自己的真正归宿。作家由此也向世人发出了追问:何处是家园之门?这个问题一直出现在贾平凹的后续作品中。

《白夜》之后时隔一年的1996年,我们又读到了表现乡土城市化的《土门》,看到了城市对乡村的进逼与同化,看到了"乡"与"土"的退缩与沦丧。这一点与《废都》《白夜》小说构架有所不同,《土门》不是以人物的命运沉浮与性格刻画来建构小说的艺术世界,而是以城市化潮流中现代城市文明与传统文明之间的矛盾冲突来构建小说的框架。小说中的仁厚村是一个有着数千年文明传统的城中村,在大规模的城镇化潮流中,正遭受着被城市文明侵吞的命运。

---

① 贾平凹:《白夜》,春风文艺出版社2006年版,第19页。

小说的主题非常宏大,揭示了乡村都市化这个世界性问题。作品中,贾平凹既倾情于乡村文化的无限魅力,又无情地审视了乡村文化中因袭的陋习。

现实生活中"土门"是指西安的一处街市,历史上这里是农村,在城市的扩张中才成了城市。小说《土门》则是一个文化寓言,它是乡土之门、家园之门,也是农民的生命之门。贾平凹在《后记》中详细引录了《现代汉语词典》中"土"与"门"的释义,对"土门"作了富有哲学意味的阐发:"土与地是一个词,地与天做对应,天为阳为雄,地为阴为雌。"①贾平凹视"土门"为出产、供养万物的大地,但在现代商业社会里,"大地"沦为"土地","村民"升格为"市民",这一升一降中暗藏着无数的故事,夹杂着十分复杂的感情。贾平凹通过对乡土沦丧的寓言化书写,表现的是作家对乡土城市化的哀婉和伤悼,同时也写出了保乡守土者"无望的抗争"。正如有论者指出:"'土门'如果说是仁厚村的乡土之门,他们不得不走出这道最后的门槛。正是在这个意义上,与其谈仁厚村是某个地方,不如说它是某种精神状态,因而,丧失家园就成了精神蜕变的隐喻。"②

小说用第一人称,以仁厚村村民梅梅的口气述说了西京之郊的"仁厚村"一步步被蚕食、吞并的故事。大多数祖辈生息于此的老一代土著和家园意识浓厚的年轻人,比如梅梅、云林爷与成义等,为保卫土地和家园想方设法拒绝城市粗暴的同化,他们希望按自己的设计和步骤融入城市,走向现代化。领导人成义从古今文献中得到启示,勾画出一个"伟大设想":"决心使仁厚村变成中国最有特色的一个村子。不但在全中国城市化的今日保持一块村社的净土,还将成为一个团结的、有正气的、特别能战斗能共同富裕的典型。"③

---

① 贾平凹:《土门·后记》,春风文艺出版社1996年版,第334页。
② 钟本康:《世纪之交:蜕变的痛苦挣扎——〈土门〉的隐喻意识》,《小说评论》1997年第6期。
③ 贾平凹:《土门》,春风文艺出版社1996年版,第176页。

他整洁村容,一改乡村破败肮脏的面貌,力图使"仁厚村"成为"都市里的村庄",成为现代城市文明中的一道乡村风景线。他致力于破除陋习和弘扬传统的工作,整肃村风,惩罚打架、骂街、内讧、分裂行为,并依托云林爷治肝炎的神奇医术,开办了中药房,又规划住宅,修建陵园,树立牌坊,这些措施的确使仁厚村形成了抗争的凝聚力。同时,他们祭起祖先崇拜的大旗,以雄壮的游行队伍、气势宏大的明王阵鼓向城里人"显示仁厚村的存在和永远存在的决心"①,让政府找不到拆迁的理由。然而置身于商品经济大潮中,个体与局部的力量都显得非常有限,成义没有足够的经济实力按照自己的规划去实现自己的设想,为了在短期内筹到足够的资金,他铤而走险盗窃文物,最后被判死刑。表面看来,一场轰轰烈烈守护家园运动失败了,但深究起来,它是中国农民的种种劣根和痼疾使然,最终导致了乡土家园的丧失和乡土文化的失落。成义能当上村长并不是因为他的德高望重、能力出众,相反,他是一个"阴阳手",一个劣迹斑斑的飞天大盗,他的故事成段成段地在仁厚村流传着,但几乎全是些劣迹,村民推举他的理由非常可笑:"狗东西成义是一身毛病,可他是能顶住事的人。"②当了村长的成义全然是一个专制的"土皇帝",断独专行、飞扬跋扈,仁厚村是一个现代新农村的代表,又俨然一个现代版的地主庄园。更为重要的是,这场保护家园失败的根本原因是深藏在大多数农民身上的小农意识和见利忘义的自私本性造成的恶果。在现实的物质利益面前,家园的丧失并未给他们带来多大的痛楚,相反,他们以做奢华、方便、舒适的城市人为荣:眉子公开投靠了城市商人;老冉嫂子羡慕城里人的煤气灶;一笔可观的拆迁费更让许多人蠢蠢欲动,撕破脸皮;仁厚村办了肝病医院,本是为了治病救人,让患肝病的人越来越少,可是一旦发现有利可图,乡民们争病人便争红了眼,恨不得天下的人都得肝病。在这样的时代

---

① 贾平凹:《土门》,春风文艺出版社1996年版,第254页。
② 贾平凹:《土门》,春风文艺出版社1996年版,第38页。

风气下,他们的抗争实在没有多少能说得出的理由,大多是一种集体无意识的逆反,一种从众的宣泄和起哄。一场足球赛就可以让家家户户倾巢而出,没有人想到足球场曾经是他们赖以生存的耕地。一方面,城市的诱惑无处不在,威力无比,它们轻而易举地摧毁了仁厚村人与人之间的传统美德和脉脉温情;另一方面,中国农民的劣根性不但不会随着现代化进程的加快而迅速消失,恰恰相反,见利忘义的城市文明很容易成为中国农民身上种种顽固性病灶复活暴发的温床,这两种力量的反向牵扯让仁厚村四分五裂,让成义的"伟大设想"成为痴人说梦,这也决定了那场守护家园的抗争是一种无望的抗争。成义的生命和他所谓的"治病主义""仁厚村主义",那充满诗性的茅屋和炊烟,那充满田园牧歌般的亲情与乡情,连同仁厚村一起,都在推土机的轰鸣声中化为乌有和废墟,取而代之的是城市化的商业区和现代化的豪华建筑。作为精神与文化之根的乡村乌托邦,已经被功利现实的城市文明彻底淹灭。我们不能否定,成义所领导的保护仁厚村的所作所为是针对狂热的都市化潮流的一种反动,他的设想和主张对缓解和治疗某些日益严重的"城市病"并非全无用处,但他的主张虽有道理却不合时宜,因为现代化、城市化的进程不可逆转,在不可抗拒的时代潮流中,成义所坚持的村社意识的确是蝼蚁撼石、螳臂当车。"仁厚村"被城市吞并了,成义也因铤而走险被执行了枪决,这都并不令人意外,只不过作家设置的象征意义有点令人吃惊:为什么要把吞并"仁厚"、枪决维护这种"仁厚"的成义作为城市化启动的标志?两者之间有没有什么因果关联?而且成义之死并不能让仁厚村人心生怜惜,倒像阿Q之死一样,只是满足了一下看客的观赏趣味,而且这点趣味都不能持久,更不用说对也算是为仁厚村的存在付出了生命代价的成义有所怀念。在一个餐馆里,"几个人吃饭,每人面前是一大堆鱼虾贝壳的渣,有人一边剔牙一边看一张报,说:'瞧,瞧,那飞天大盗枪决了!'一个说:'旧得不能再旧的新闻了!'"①这究竟是一个什么样的悲剧,真是耐人寻味。

有人说,成义的悲剧是贾平凹为古老的农业文明唱出的最后一曲挽歌。贾平凹自己也说:"我是站在仁厚村的角度来写这一进程的,写行为上的抗拒,心理上的抗拒,在深深的同情里写他们的迷惘和无奈,写他们的悲壮和悲凉,写一个时代的消亡。"②由此可以理解,面对汹涌而来、席卷一切的城市化浪潮,坚守乡土文化之根的贾平凹感到一种无奈和悲哀,作家没有行动的能力,只能发挥他超人的想象,在小说中,他虚构了一个世外桃源般的"神禾塬",那是一个"新型的城乡区",它是城市,有完整的城市功能,却没有像西京的种种弊害,它是农村,但更没有农村的落后,那里的交通方便、通讯方便、贸易方便、生活方便、文化娱乐方便,但环境优美,水不污染,空气新鲜。城与乡的优长在这里实现了完美的融合,但愈是完美就愈难现实化,它只是属于贾平凹关于城乡文化发展愿景的乌托邦,令人神往却永远不能接近。贾平凹对此有自知之明,借范景全的设想表达了自己的感受。在小说的结尾,肉体和精神飘荡无着的梅梅接受了云林爷"你从哪儿来就往哪儿去吧"的启示,突然灵魂出窍,回复到母亲的子宫,喃喃地说:"这就是家园!"在子宫隧道的尽头,她看到了"神禾塬"。正如有论者所认为的那样,神禾塬的想象"与其说范景全是为仁厚村设想的出路,不如说是他言说了自己的生存态度:在现实的迫力下,他除了以逃向乌托邦的方式自我安慰之外,实在已别无他途"③。

在《土门》里,那只通人性的狗阿冰被吊死之时,正是仁厚村被拆迁之际,作者在这里发出了一番感叹:"呵,我们是没有家园了,

---

① 《土门》评点本,穆涛评点,长江文艺出版社1999年版,第229页。
② 《关于长篇小说〈土门〉的通信》,《土门》评点本,穆涛评点,长江文艺出版社1999年版,第241-242页。
③ 孟繁华:《面对今日中国的关怀与忧患——评贾平凹的长篇小说〈土门〉》,《当代作家评论》1997第1期。

不是真正的家园而暂居这里的阿冰也没有了家园和生命。真正的狗没有了,我们成了又一群丧家的犬。我们将到何处去,何处将怎样等待着我们呢?"[①]作者怀着感伤与惋惜的心情,书写了对乡村文明的赞美与留恋,同时又理性地审视和剖析了它必然走向消亡的历史命运。贾平凹在以文化批判的目光审视城镇化潮流中种种问题的时候,他的心理总是充满矛盾和纠结,他既认识到城市文明是时代发展、社会进步的标志,又对传统农耕文明的失落表现出深深的焦虑和无奈的感叹。当仁厚村不可避免地融入现代都市的时候,作家这种矛盾纠结的心理表现得非常强烈,他既眷恋着传统文化的魅力,又看到了传统文化难以根治的缺陷。这个矛盾纠结一直呈现在后来的《高老庄》《怀念狼》等小说文本中。

[①] 《土门》评点本,穆涛评点,长江文艺出版社 1999 年版,第 227 页。

四、《高老庄》：无奈的精神还乡

有了《废都》的"前科"，《高老庄》可以说是贾平凹自《浮躁》以来受到最好礼遇的一部长篇，作家也有意借此小说洗刷《废都》带来的不白之冤和名誉损失。小说在《收获》1998 年第 4、5 期上刊出的同时，顺利通过了出版管理部门严格的常规审查，陕西太白文艺出版社于 1998 年 10 月出版了小说的单行本，初版就有 20 万册，并判定它"是贾平凹长篇小说中写得最好的一部"，完全有可能角逐下届茅盾文学奖。① 这个可能性后来虽然没有实现，但丝毫不影响这个长篇的文学价值，也没有太多影响众多文学爱好者对它的喜爱。从贾平凹的整个创作历程来看，《高老庄》是一部承前启后的作品。

大概从《浮躁》开始，经由《废都》到《高老庄》，小说的男主人公的身份非常类似，他们都来自农村，在中国乡土文化的浸淫中长大，他们有机会摆脱黄土地的羁绊，进入城市实现自己作为知识分子的价值。与那些城市里出生与成长的知识分子不同，他们改变不了一个农民的根性，无法完全适应现代都市生活。以一个乡土知识分子的文化身份打量城市文明，又以一个现代知识分子的身份反观乡土中国，大致可以概括贾平凹世纪之交文学创作中的心路历程。

---

① 孙见喜：《贾平凹前传》（第三卷），花城出版社 2001 年版，第 447 页。

《浮躁》中的金狗是一个典型的中国乡土知识分子形象。他的离乡出走是在20世纪70年代末80年代初改革开放的文化背景下发生的,他与那个时代的所有农村读书人一样,在"文化大革命"中辍学回家,后来有机会参了军,在部队里当通讯干事,握起了笔杆子。复员回乡后,他并不安于做农民,喜欢往州城跑,挂在嘴上的经常是"国家的事,联合国的事"。尽管与乡村姑娘小水有着甜美的爱情,但一有机会走出乡村,他决然抛弃爱情而选择前途和事业,进城做了一名报社记者。如《人生》中的高加林,年轻的金狗,也成为了那个时代一个出走的中国乡土知识分子形象。那个年代的知识分子都肩负着传统文化中文人清官为民请命的神圣使命,金狗也试图用笔杆子实现自己作为知识分子的人生价值和责任担当,他关注民生疾苦,利用自己记者的身份顽强地抗衡着田、巩两大官僚势力,利用内参的形式扳倒了弄虚作假坑害老百姓的东阳县委书记,对"州深有限公司"背后的权钱交易做了大胆的揭露,甚至为此身陷囹圄,差一点丢了性命。金狗在都市记者岗位上实现自己的人生理想、确证自己知识分子角色的时候,却对自己所拥有的乡土身份有着清醒的体认。他毫不忌讳地承认自己从前的职业是"农民",城市的生活改变不了他的农民本色,城市的情人石华也一直认为他就是一个农民,事业的挫败更是让他认识到自己是一个社会最底层的最无能的农民的儿子。这种身份认同夹杂着金狗对自己不城不乡、又城又乡的尴尬身份的酸楚和无奈。

　　金狗经过州城的一番历练和挫折后,选择了重返州河实现自己的人生理想,目的是让全州河的人都真正富起来、文明起来。这里出现了两个问题:一是全州河的人都真正富起来、文明起来后,金狗是否会再次进城;一是对于作家贾平凹而言,金狗式的"归去来兮"只能是作家精神性的思归田园,他的身子无论是否适应都市文明的游戏规则,他都得在那里生活下去,继续经受物质的考验和精神的折磨。《废都》里庄之蝶形象的出现似乎是一个现存的答案。庄之蝶出生在潼关乡下,他妻子牛月清曾说他十年前刚来西京时,是个穷光蛋,一副村相,大概也与金狗当年没有多少差别。但经过十年书斋里的打拼,他终于名利双收,成了一个小有名气的作家,跻身西京四大名人之列。相同的乡土出身、人生经历和乡土情结使我们有理由认为庄之蝶与金狗之间有着必然的精神联系,庄之蝶可以视为归来的金狗或者没有返乡继续在城市打拼的金狗。

在20世纪90年代的经济社会转型期,一个中国乡土知识分子在都市中面临的生存环境更加艰难险恶,所要经历的生活更加斑驳复杂。庄之蝶之所以能成为西京四大名人之一,是因为他还能清醒地意识到自己是一个知识分子、一个作家。"书中自有黄金屋",他不止一次地呼喊:"我要写书呀!我是作家,我很想静下心来写我的书!"他不想做官,只想当他的作家,靠他写的文章吃饭。但"树欲静而风不止",他无法逃避被经济大潮裹挟的命运,他的一只脚勉强放在书斋,另一只脚却被挤下了海,他开了书店,办了画廊,还为了5000元钱的巨额稿费给"101"假农药撰写广告。旧式文人的习气在他身上死灰复燃,他与三个年轻貌美的女性有着复杂的两性关系。作为一介文人,他却在不知不觉中卷入了市长与人大常委会主任之间的权势纠纷,一场与从前恋人马拉松式的官司更是搞得他焦头烂额、身败名裂。知识分子的个性操守与商业社会的世俗欲望就这么纠结在一起,最终导致了庄之蝶人格上的分裂。好在贾平凹在小说中安排了一头会思考的牛,扶起了庄之蝶颓废的躯体,不致使整个小说的精神一败涂地。从这个意义上说,那头牛应该就是另外一个庄之蝶。它来自终南山,与庄之蝶一样也是进城的"乡下人"。它曾经在伙伴们羡慕的目光中来到西京,现在却认为到这个城市来并不是它的荣幸和福分,而简直是悲惨的遭遇和残酷的惩罚,因为在它眼里,"城市是一堆水泥",而且"正在下陷",在喧哗的西京城里,他深深地体味到了"孤独、寂寞和无可名状的浮躁"。贾平凹把欲海里的沉浮交给了庄之蝶,把充满理性的批判交给了一头并不会说话的牛,两者合而为一,恰恰就是某些中国乡土知识分子在城乡两种文化冲突中的切身体验和深刻反思,结果证明了这类中国乡土知识分子的都市之旅走到了末路穷途。哪里又是真正的精神家园,中国乡土知识分子还得再次踏上寻找的旅程,《高老庄》的问世就成了这个寻找之旅中的一个驿站。

《高老庄》是贾平凹20世纪最后一部长篇小说,它以大学教授高子路携第二任妻子西夏返乡参加父亲三周年祭日为源起,在高老庄琐碎日常生活一地鸡毛式的呈现过程中,审视和考察了故土的今人和先祖,审美地表述了乡土中国的文化出路。

《高老庄》与《废都》在许多方面都表现出作家创作思考的承接性,《高老庄》中的高子路与《废都》中的庄之蝶的文化身份尤其相似。与庄之蝶一样,高子路也出生在乡下,十五年前由父亲陪着到省城去上大学,他带着高老庄人特有的矮体短腿,在省城读完了大学,也在高老庄男人的矮体短腿的自卑中养成了好学奋斗的品格,成为一名大学教授。高子路与庄之蝶都经历了从乡村走向都市,并通过个人奋斗,获得了文化身份和社会地位,一个是大学教授,一个是知名作家。作为在乡土生活中养育、在乡土文化氛围中陶冶成长的文化人,他们都无法远离乡土传统、归附城市文明,在他们的文化人格和心理结构中,仍然打下了传统乡土文化的深深烙印,时常会处在乡土文化与城市文化的矛盾冲突中倍感困惑和焦虑。《废都》里的庄之蝶最后离京出走了,《高老庄》里的高子路则从省城逃离到乡下。在两者的心路历程上,完全可以把高子路看作庄之蝶生命的延续和发展,高子路是替庄之蝶进行一次精神的还乡,寻找真正属于自己的精神家园。

在《高老庄》中,子路的成长经历与都市情感都具有乡土知识分子的典型个性。他是在高老庄出生长大,甚至与乡村姑娘菊娃结婚生子,他的身子虽在城市,他的"根"却在高老庄。作为一名大学教授,社会地位和生活环境的改变,也的确使他产生了彻底逃离乡土、融入城市的想法和冲动。在省城生活的日子久了,子路看多了城市女人,就开始嫌弃结发妻子菊娃,数落她不会打扮,恨不得按照城市女人的标准对她进行彻底改造。他开始了婚外恋,尝到了城市现代女性的滋味后,一发不可收拾。与菊娃离婚后,他发誓要找一个自己最满意、让外人眼红的城市女人。他要改变自己的活法,更想换掉自己已经相沿数代的矮体短腿的高老庄人种,见到高大漂亮、开朗热情的"大宛马"西夏后,他穷追不舍,终于达到了目的。

然而这一切并没有完全改变子路的文化心理结构,在他的意识深处,仍然潜伏着一个高老庄人矮体短腿的自卑感,精神上也依然处于无根漂泊之中,难以完全融入现代都市文化。他仍然会时时想到故土高老庄,想到结发妻子菊娃和残疾儿子,都市的安逸安妥不了他浮躁的灵魂。子路返乡的深层心理根源在于:既然城市里没有真正的家,没有真正的归属,那么就回到他的出生地、没有遭受任何现代文明浸染的故乡,也许在那里可以找到安妥自己灵魂的精神家园。这也就很容易理解,高子路一回到高老庄,便有一种回归家园的欢愉,他本来被妻子西夏改造成了一个标准的城市文明人,原来的许多农村生活习惯都没有了,可是一回到高老庄,就逐渐恢复了高老庄人特有的本性。他不再坚持睡前的洗刷,甚至还想把刷牙的瞎毛病改了;他吃完饭伸舌头舔碗,不分场合、无所顾忌地放屁,很不文明地蹲在尿桶上拉屎,甚至还津津乐道小时候怎么在野地里排便,用土块或石片刮屁股,为了不让肥水流入外人田,还要用石头把粪便砸飞。……对于子路的这些土气,西夏十分反感,讽刺他说:"真是猪八戒回到了高老庄,完完全全还原成一头猪了。"①"你现在是教授,教授!你一回来地地道道成了个农民了嘛!"子路振振有词:"……入乡随俗……我原本就是农民么。"(第81页)正如《西游记》里的猪八戒一样,纵有36变,无论表面上变得多么衣冠楚楚、风

---

① 贾平凹:《高老庄》,安徽文艺出版社2010年版,第79页。

度翩翩,关键时刻还是要现出猪的原形。他甚至吃着碗里,看着锅里,已经携得美女西夏归来,还想与菊娃重温旧梦,新欢与旧情他想兼得。总而言之,一个中国乡土知识分子被深深掩藏的乡土身份在这里彻底暴露,由于在这块土地上生活的时间太长,在乡土文化里浸淫太久,子路的乡土身份不可能在城市文明中完成彻底的蜕变,中国的乡土知识分子与乡土家园总是有着藕断丝连般的联系。

  高子路这次返乡的另一个重大计划就是想让西夏在高老庄怀上孩子,利用"大宛马"的优良基因改造他这个来自高老庄的矮体短腿的人种。历史上高老庄的人种非常优良,西夏发现、抄录了许多记录高老庄历史沿革、表彰其文武人才、节夫烈妇的碑文,并寻觅到一部残缺的《高氏族谱》,片断还原了高老庄辉煌的过去,发现了历史上高老庄人的高大形象。高老庄的先人体格强健,勇猛可嘉,曾团结在一起抵抗过土匪和外族的侵扰,也涌现过显赫的文官武将。西夏还搜集了一批简朴、粗犷的画像砖石,也是与祖上那个时代刚健、清新的世风相称的艺术格调。在祖上高老庄人的参照下,高子路周围的乡亲父老们显得更加猥琐。曾经强健的生命力蜕变得如此的脆弱,种族的退化成为不争的事实。是什么原因导致了高老庄人种的退化?西夏从高家家谱发现,高家是附近唯一的汉族家族,因坚持不娶外族女为妻,世世代代保持了汉族的纯粹血统,所以高家庄人又矮又丑,表现出了明显的人种退化迹象。子路与菊娃在高老庄生的儿子石头,身体残疾,个性也非常怪异。子路还听说村里有些人性功能丧失,要"借种"了,他由此心生恐惧,担心再过十年二十年,高老庄人最大的困境倒不是温饱,而是生育了。而且,生活在今天的高老庄人不时受到被怪病夺去生命的威胁。人种的无法延续,正常的生命健康没有保证,高老庄这片土地面临着毁灭的潜在威胁,没有比这更令人可怕的了。换种已经是一件非常迫切的事,但事与愿违的是,子路回到高老庄后,性事上变得非常粗鲁、草率,并且功能越来越差。西夏对此非常抱怨,说就是生个娃娃,恐怕还要矮还要丑的,她感叹高老庄的人种退化了,高老庄人恐怕是要借种了。子路嘴上不愿承认这一点,骂西夏胡说,其实这些抱怨击中了他内心的痛处和要害,他本来就有着高老庄血统的自卑感,正因为潜意识要换种,才娶了西夏这个"大宛马",如果这个良好的初衷难以实现,人种的蜕化和家园的失落就在所难免。

在这种心理恐惧中,子路打消了在高老庄怀孩子的念头,也对自己是否应该回归高老庄、是否还要在高老庄待下去产生了疑虑,加上各种复杂关系和人情纠葛给他带来的也是无穷的烦恼,最初回归家园的轻松和快乐也就慢慢消退了,只剩下莫名的烦躁。高老庄最使他割舍不下的应该还是对菊娃的感情。菊娃虽然与他离了婚,可是并没有离开婆婆的家,继续与子路先天智障的儿子和他的老母亲生活在一起,支撑着一个破碎的家,也算是守住了子路的乡土之根。这次子路回家,对菊娃产生了重燃旧情的冲动,菊娃虽然没有完全拒绝他,但也仅仅是感情上的死灰复燃,热量非常有限,不可能再次完全倾心于他,因为彪悍的蔡老黑和老板王文龙都在追求菊娃。子路有一次偶然躲在前妻的窗子下亲眼看见了蔡老黑和菊娃在一起时的亲热情景,深感失去的不可能再回来了,这使他醋劲大发,非常烦躁,十分沮丧。在乡里其他的所见所闻,也使子路感觉到高老庄已经不是他心目中的高老庄了。晨堂赌博被抓,庆来的借种事件,南驴伯儿子得得之死引发的家庭矛盾,村人疯狂的盗伐林木、围攻地板厂等等,人性的丑陋、人格的猥琐和欲望的疯狂一一展示在高子路面前。还有脏乱一片的村庄,除了知道在地里刨食就没有生活目标和精神追求的村民,他们单纯而粗野,愚笨而盲从,寡情而自私,保守而迷信,在他们身上再也寻觅不到祖先威武的遗风,整个一派民生凋敝、民风不正、人种退化的凄凉光景。难怪他对西夏这样表述着对故土的印象:高老庄和《水浒》中的阳谷县一样有着矮人,有着争权夺利的镇政府,有着凶神恶煞的派出所,有着土匪一样的蔡老黑,有着被骂着妓女的苏红,有躺在街上的醉汉,有吵不完的架,有臭气熏天的尿窖子,有苍蝇乱飞的饭店……一直定格在自己记忆中的美丽、单纯、和谐、安宁的乡土如今已经荡然无存,留下的只是难以言说的失望。

众所周知,"高老庄"这个词在中国文学史上有一个特指意义。"对于神话主人公猪八戒而言,高老庄是一个阻挡取经志向的回家情结。"①当年从农村奋斗到城市,子路获得了令世人眼红的一切,然而他在都市中并没有寻找到真正属于自己的精神家园,他克服不了内心深处人种退化的自卑,他的灵魂无所依归,因此他回到高老庄具有一种"精神还乡"的意义。不料今日从城市重返农村,故土给他的结果却是身心的疲惫和家园的幻灭。贾平凹在这些现象的描述背后,出示的是他的文化思考:封闭性的乡土文化传统造成了人种的退化,从外部形态看是形貌的矮丑,从内在精神看是文化人格的缺陷。可贵的是,他在揭开故土温情脉脉的面纱后,并没有止于批判和揭露,而是审美地展示了他的文化建构。有论者认为,子路、西夏、菊娃这个三角形的人物关系,是作者文化追寻和文化建构的一个象征。菊娃作为传统而又正在变异的乡村文化的代表,西夏作为现代城市文化的代表,子路作为由乡而城的文化代表,组合在一起构成了以菊娃为起点,西夏为终端,子路为连接过程的一个发展图式。这是许多当代农裔城籍知识分子的心路历程和文化转型图式②,看起来的确有相当的道理。

高老庄这个村名有些戏说的成分,贾平凹以孔子七十二贤徒中的子路为主人公命名却是一本正经、别有用心的。历史上真实的子路是孔老夫子最得意的学生之一,为人亢直鲁莽,好勇力,事亲至孝,重朋友,讲信义,闻过则改,闻善则行,见义必为,见危必拯,但他也很教条倔强,非常有气节,临死都得衣冠整齐,不失风度。其德行

---

① 李裴:《自述体民族志小说——从高老庄看中国小说新浪潮》,《民族艺术》1999 第 3 期。
② 参见肖云儒:《贾平凹长篇系列中的〈高老庄〉》,《当代作家评论》1999 年第 2 期。

位列十哲,世称先贤。小说中子路的一言一行,处处体现着儒家文化的影响,显然作家试图用他笔下的这个人物来代表长期居于传统文化正宗的儒家文化,同时高老庄也可以看成是以儒家文化为支柱的宗法社会,但贾平凹只取了孔子贤徒子路的某些个性,最主要的是取其"倔",整体来看,历史上真实的子路与小说中作家虚构的子路有很大的出入,甚至带有一种反讽色彩。

取其"倔",体现了贾平凹的处世态度,面对日新月异的世风变化,他倾向于守成固执,而不愿圆滑变通。他笔下的子路也是如此,他虽有积极向上的一面,由一个农民奋斗成了一个大学教授,想极力接受现代文明,融入都市生活,但是农民的本性却是如此的根深蒂固。贾平凹与生他养他的故土始终保持着一种血肉般的联系,不管现代都市生活是如何充满诱惑,他都无法接受自己对故土的背叛。人到中年后,当他深知自己的农民本性不可改变时,又一厢情愿地设想让家乡永远逃脱现代城市文明的浸染,好让这个世界为他保持着一块世外的桃花源,在厌倦了都市生活的时候,能有一块让人心灵安静的乐土供他休养生息。这实际上是一个世纪以来中国乡土知识分子对故土的一种普遍情结,是他们对传统的依恋,对同化的拒绝,对异化的抵抗。在世纪之交的历史转型时期,这种守成心态是一种难得的身份认同,同时也是面对历史巨变不可抗拒的自我安慰,并不能给他们带来真正的快乐,相反,"高子路对高老庄既充满了眷恋,又深怀失望,过去种族的荣耀和今日种族的退化已成为他不可化解的焦虑"。[1] 高子路就陷入了这种矛盾纠结中,一边是难以割舍的家园情结,一边是都市文明的无限诱惑。他的身子在城市挣扎,根却一直留在家乡,但是他理想中的家乡只是记忆中的乐土,一旦真的回到真实的故乡反而会水土不服,对此贾平凹在接受记者采访时就曾说过:"以往当农民的时候一心向往城市,在城

---

[1] 孟繁华:《民间传统与现代性的冲突》,《科学时报》1999-1-17。

市的时候又想回到大自然,回到乡下去。但是由于在城市待的时间长了,真叫你回乡下去,又不习惯了。起码生活方面你就不习惯了。它的取暖问题、吃水问题、卫生问题,它一无所有问题,你又不习惯了。就像把鸟关在笼子里,整天想出去,但是把笼子一打开又飞不出去了。道理就是这样的。"①乡土之根是守不住了,对都市文化的开放接纳也非常有限,这就是一个农裔城籍知识分子的内心纠结。

说是一种反讽,很容易让人想起乔伊斯的《尤利西斯》。这部现代主义意识流小说的经典之作虽然在人物、情节和结构上与荷马史诗《奥德赛》相对应,但作者将古代神话向现代平庸作了极具反讽性的转换:二十年广阔惊险大自然中的历险变成了一昼夜欲望泛滥现代都市的漫游;古代英雄悲壮的历史置换成了现代庸人猥琐的现实;驰骋沙场的英雄变成了逆来顺受的广告商;坚贞不渝的王后沦落成为肉欲横流的荡妇……这就是古代英雄史诗向现代反讽的转换。同样具有反讽色彩的是,《高老庄》中的子路也不是历史上的子路那样敢作敢为,有责任担当,他虽然接受了现代文明的洗礼,但内心里充满了龃龉和矛盾,不但没有集成传统与现代、都市与乡土两种文化的优点,反而不断暴露出虚荣、固执、冷漠、狭隘、胆小等毛病。他爱讲排场,给父亲做祭奠时不惜代价请了六七十桌;他在乡亲们面前极力炫耀自己的新欢西夏,却容不得离了婚的发妻另有他人;高老庄发生矛盾冲突时,他的反应是冷漠、麻木,不愿介入是非;在坏人称霸时他不敢挺身而出,对西夏帮助乡亲的热心行为又百般阻挠、冷嘲热讽。与历史上光彩照人的子路相比,《高老庄》中的子路是一个彻头彻尾的窝囊废,他的存在仅仅是一个文化符号,他无力给乡亲们伸出援助之手,乡亲们实际上也并不需要他。这种强烈的反差无疑喻示着儒家文化在现代社会中无法挽救的衰微,儒家思想中的家国天下的崇高信仰在一些精英知识分子中已经不复

---

① 许戈辉:《在争议中生活的作家——贾平凹》,汉林书城 www.Hanlin.com。

存在,仁、义、礼、智、信的基本信条也在现代社会中也对一切交往行为失去了约束力,就像高老庄人那样,记录他们祖先追求仁义、恕道壮举的碑文被弃之若敝屣,取而代之的是不择手段的利益追求,无休无止的人事争斗。

相比于儒家正统的"子路"而言,"西夏"是中国历史上一个少数民族的称号。《高老庄》中的西夏,身材修长而貌美,有少数民族血统,她来自于城市,接受的是现代文明的教育,又有着善良正直的个性,洒脱豁达的天性,富有同情心和正义感。她从事艺术工作,有着追逐新奇的强烈欲望。作为都市文化培育出来的知识女性,西夏厌烦了都市生活的浮躁和矫饰,一到高老庄,便立即对平和、宁静的乡村有了一种认同感。她处处表现得很得体,为人处世都很热情仗义。她极力与丈夫的前妻搞好关系,真诚耐心地接近性情乖张的石头;她对子路和菊娃之间藕断丝连的情感非常宽容,与婆婆也很亲近;她特别反感嚼舌头的人,与丈夫家的亲戚、朋友相处起来都非常融洽;她谅解乡亲的欺骗和奸猾,为蔡老黑的葡萄园出谋划策而不图名利;她在危险的矛盾纷扰中仗义执言,在村民们围攻地板厂时挺身而出保护苏红;子路回城后她毅然留在高老庄,帮助陷入困境中的蔡老黑……西夏本来是完全隔绝于高老庄封闭系统之外的客人,但她一旦进入这个封闭的系统,便立即表现出对乡村文明的亲和,以练达的人情、开阔的胸怀兼容一切。她持有的是一种异族的目光,表现的却是一种文化的认同。总而言之,这个从未有过乡村生活经验又有着外来民族血统的城市女性,回到高老庄后没有丝毫的不自在,她不仅自觉地接受了各种乡村生活的伦理规范和行为准则,而且对高老庄的历史和现实都具有超出常人的见解和理性。她从高老庄人胡乱遗弃在茅厕、荒野、猪圈里的大量碑板中,看到了他们的先人不仅身材高大、孔武有力而且尚武好德、崇义尊神、宽厚恕道。她甚至从土匪般的蔡老黑身上看到了坦荡而有勇气的爱,并为之感动,这些都是任何一个土生土长的高老庄人不能发现的东西。

这一切当然表明,在与异质文化的碰撞交流中,传统汉族文化体现出了容纳百川的兼容性,在经历了几天乡村生活后,西夏完全被改造成为一个汉民族典型的贤妻良母。但不可忽视的是,有了西夏这种异质文化的介入,传统汉文化的弊病也有了一定程度修复的可能。在子路逃离故乡的时候,西夏却选择了留下,其直接的动机是为了蔡老黑的官司,但更深层的原因是为了高老庄的社会秩序和文化生态的重建。西夏与高老庄的双向选择,一方面意味着传统文化仍然具有涵化万物的力量,另一方面暗示着贾平凹在西夏身上所寄寓的文化理想:以传统本土文化为基础,充分吸收优秀外来文化,融合产生出一种新的有生命力的文化来,用以拯救日薄西山的乡土文明,重建业已倾覆的精神家园。在贾平凹的意向里,西夏留下来,可能会有一个全新高老庄的出现。不过,贾平凹仍然是非常矛盾的,他既有感于乡土文明的蜕化,寄希望于城市现代文明对乡土文化的改造,同时又不能确定这种改造的实际效果。在小说的结尾,西夏送走子路后,看到了高老庄上空飞过的飞碟和村庄里南驴伯的鬼魂,恍惚迷离的意境营造中,喻示的也许是作家的矛盾和困惑。

  贾平凹在《高老庄》中安排了一个颇有含义的结尾。子路放弃在高老庄有纪念性地怀上孩子的计划,迫不及待地要回到城市,他与故乡的诀别是那样坚决:撕毁了记载高老庄方言土语的笔记本,并且在爹的坟头哭着说"我恐怕再也不回来了"。子路研究故乡的方言土语,西夏对于碑板的探寻,与其说是一种职业行为,倒不如说是一种文化寻根。至此,对于子路来说,一次乘兴而来的换种计划和文化寻根都以扫兴而归。也就是说,高老庄不是子路的栖身之地,也不可能成为他的精神家园,他当初从乡土走向城市,现在又从城市里返归乡土,继而又从乡土逃回城市,他的精神之旅是如此终结还是继续漂泊?这次无奈的精神还乡后,子路或者说作家自己又将到哪里去寻找自己的精神家园呢?子路不清楚,贾平凹自己也许不知道。

五、《怀念狼》：人类生存的哲学寓言

《怀念狼》是贾平凹新世纪里的第一部长篇小说，小说创作历时三年，经过四次修改，被作者认为是"自己最满意的作品。"[①]一进入小说的情境，读者很快就又感受到了那种久违了的"商州"气息，这部故事离奇、意象丰富的长篇小说曾因此被誉为中国商州版的"猎人笔记"。

贾平凹因写"商州"而出名，出名之后还是继续写他的商州，不管写城市还是乡村，商州永远是他心灵的根据地。《浮躁》写的是走出商州，《废都》《白夜》写的是乡村的"对立面"——城市，《土门》写的是城市与乡村的结合部——城中村。这里的乡村当然是埋藏在作家心中的商州，而《高老庄》与《怀念狼》，则好像是从城市回到了真正的商州。表面看来这是一个循环，但并不是简单的重复，因为此商州已非彼商州了。在《高老庄》后记中，作家说道："我现在写《高老庄》取材仍是商州和西安，但我绝不是写商州和西安，我从来没承认过我写的就是行政管理意义上的商州和西安。"此前的商州是地理意义上的商州，而此时的商州恐怕只能是作家心灵中的商州，记忆中的商州了。在《浮躁》之前的作品中，商州意味着和谐和美好，作者以审美的眼光来写商州梦一般的地理风貌、历史遗

---

① 张英：《〈怀念狼〉：关于生存现实的寓言》，《中国文化报》2000-7-18。

存和民俗文化,虽然偶尔落笔于不和谐的人事,但很少写到剑拔弩张的社会矛盾和互不相容的文化冲突。到了《浮躁》,这种和谐与宁静被打破了,由社会变革引发的一轮新的城乡冲突,带来了历史转型期的典型情绪——浮躁。到了《废都》《白夜》,强烈的文化冲突是小说的主要内容,作品的主人公(庄之蝶和夜郎)没有成为这种冲突的胜出者,而是陷入了绝望,最后都在心灵的崩溃中出走了。在《土门》中,作者建构的"城中村"理想只能是个乌托邦,家园的失落还是作家一以贯之的主题。到了《高老庄》,主人公子路展开了一次到故乡的寻根之旅,试图进行一种理想文化模式的重建,但最后还是逃回了城市。《怀念狼》相承的几乎是同样的主题:城市给主人公子明的是丑陋和麻木,是百无聊赖,生命里满是虚空,他在城市的喧嚣中逐渐丧失了生活的乐趣和创作的激情,于是他开始怀念商州,怀念狼,他从西京回到了商州,试图在狼勃发的野性生命中寻找一点生活的激情。

然而,在寻找狼的过程中,主人公又悲哀地发现,一切都发生了改变,一切都已经无法挽回,商州不是过去的商州,狼也不再是过去的狼。十几年前作者笔下的商州,风光优美,民风古朴,在他的心目中简直是个世外桃源。《怀念狼》里的商州已经被现代文明冲击得千疮百孔:有抛掷孩子撞车以讹诈钱财的为富不仁者,有吃活牛肉的食客,有倚楼卖笑的土娼,有权欲熏心的乡干部,一个捕狼的猎人烂头可以一路上风流韵事不断……归根结底,《怀念狼》里的商州是物欲横流的商州,昔日的古朴淳厚之风已经荡然无存。狼,在过去的商州是一种听起来就让人毛骨悚然、惊恐万分的凶兽,它们与匪患一起并称商州两大灾祸。随着工业的发展,环境、时代的变迁,人类大阔步地向自然进军,狼的生存领地相应地急剧缩小,狼的数量不多了,狼患开始消失,猎人不以打猎为生了,幸存的狼也开始生病。生态失衡了,人们开始意识到狼的存在价值。在这个时代背景下,生态环境保护委员会颁布了禁猎条例,并把商州地区仅存的 15

只狼编了号进行保护。狼,这个人类昔日凶悍的对手,面对无止境的垦荒与现代化狩猎武器的威胁,变成了只能依靠《保护条例》生存的弱者,人狼之间的攻守关系发生了戏剧性的转化。这15只狼本来是一个威胁人类生命和财产安全的猛兽,如今变成了日益消逝的一道供世人欣赏的大自然风景。

《怀念狼》正是以"我"的舅舅傅山、成员"烂头"寻找商州尚存的15只狼,并为它们拍照存档的过程为主线。傅山作为一位昔日捕狼队队长在新的历史条件下竟成为生态环境保护委员会的委员、禁猎条例的参与者。"我"是一个城市里的小记者,到商州采访时,被商州十五只狼的故事激起了好奇心,与舅舅离奇相遇后就加入了以舅舅为首的寻狼之旅。小说在寻狼的过程中,穿插了众多与狼有关的轶事传闻,弥漫着浓重的神秘色彩,小说全面展示了人与狼在商州历史与现实中经历的生与死、善与恶、是与非、温顺与残暴的较量。从整体上来看,狼与人的关系构成了小说的意义之源。

首先是狼与叙事人"我"的关系。"我"是一个长着"一张苍白松弛的脸","下巴上稀稀的几根胡须"的男人,城市生活的压抑已使"我"找不到生命的阳光:"咳,生活在这个城市,该怎么说呢? 它对于我犹如我的灵魂对于我的身子,是丑陋的身子安顿了灵魂而使我丑陋着,可不要了这个身子,我又会是什么呢? 如果没有在初夏的四月,因争着争着还要先进而被派去商州采访,并从商州行署所在地的州城又去了一趟镇安的老县城,商州的人事于我就非常非常地疏远,而我的生命也就此在西京坠落下去,如一片落叶于冬节的泥土上,眼见着腐烂得只留下一圈再捡也捡不起来的脉网了。是狼,我说,激起了我重新对商州的热情,也由此对生活的热情……"[1]偶然的机会使我成了一位生态环境保护主义者,踏上了去商州为仅存的15只狼拍照存档的征途,并赋予了所从事的这项工

---

① 贾平凹:《怀念狼》,作家出版社2000年版,第2页。本书所引《怀念狼》如无特别标注皆为此版本,以后只标出页码。

作以崇高的使命："我估摸我将要从事一项重要的工作了，竟一时完全地沉浸到了对于狼的怀念和保护的意识中，可以说，我立地成佛，突变式地成为了一位生态环境保护主义者。我发誓从此不杀生，并开始吃素……"（第23页）这时的我的确是一个真正的生态环境保护主义者，清醒地认识到狼虽曾严重地危害人类，但现在已同大熊猫一样面临绝迹的命运，如果不加以保护，商州将失去一个物种，保护狼也就是保护生态平衡。回到商州后，西京已经远去，我感觉到了一种轻松，"用不着喝那熬得像鼻涕一样的麦片，用不着按老婆的要求必须吞下五粒维生素C和两粒维生素E，晚上也用不着一定得刷牙、洗脚才能上床，奇怪的是我长年患着的口腔溃疡竟好多了。"（第24页）此后在对商州尚存的15只狼的拍照存档过程中，"我"虽然听够了种种关于狼的恶毒行径的故事，心中增添了不少对狼的恐惧，但是每逢狼有危险，我仍然挺身而出，提醒同行猎人："狼是不能捕杀的，咱们地区现在只有十五只狼了，狼是要受到保护的。"（第44页）一路上与狼遭遇，"我"始终坚信保护狼的宗旨，对舅舅射杀狼的行为颇为愤恨。一次，"我"再三阻止舅舅打狼时，竟惨遭雄耳川人的一顿毒打，用一条麻绳捆在了门前的柿树上。充满悖论的是，"我"在阻止别人来杀狼的同时，最终还是无法承受对狼的恐惧，"我"的保护意识全被舅舅的猎人捕杀本能给击溃了，在人与狼的殊死决斗时最后还是向"狼"射出了最后一枪（其实是根宝），猎杀了最后一只幸存的狼，这一意外的行为使"我"由狼的保护者一跃而为狼的敌人，这样，"我"在商州为狼拍摄照片的实际结果是给狼带来灭绝性的灾难，15只狼都在"保护过程中"死在保护者的枪口之下。在狼彻底绝迹之后，回到城市的"我"工作生活一直不顺心，总是生活于自己的冥思苦想之中。当从商州带回的狼皮被老婆埋掉后，"我"歇斯底里地叫喊"我需要狼！"（第268页）

进而是狼与猎人的关系。文中的傅山是"最后一个猎人"，他的一生都与狼结下不解之缘，五岁随父亲猎狼，七岁为救母亲被狼叼过,长大后担任捕狼队的队长,一生杀狼无数。他所到之处,野兽闻风而逃。他自己也说:"我和狼是结了几代的冤仇!"(第35页)"我就是为狼而生的呀!"(第37页)捕杀狼给他带来过荣耀,赢得了人们的敬重。他也自认为猎杀狼是他人生的全部意义,将狼斩尽杀绝是他作为一个猎人的天职。他通狼"语",熟悉狼的性情,能揣摩狼的心理,狼无论怎样狡猾地变成精怪,都逃不过他的慧眼。商州仅剩的15只狼都认得他,他也能如数家珍般道出它们的来龙去脉。作为猎人的人生目标初步实现后,捕狼队也随之解散,昔日的猎狼英雄也就失去了对手,这不但没有给他们带来轻松和惬意,生命力却奇怪地萎缩。州禁猎狼《条例》颁布时,那些彪悍、英勇的捕狼队员们竟然患上了连现代医疗技术都束手无策的怪病。昔日英姿勃发的捕狼队长阳痿了,情绪低落,怪病缠身,脚脖子短时间内变得很细。烂头害了头痛病,头痛起来就得用拳头捶打自己的脑袋,捶得咚咚地响,看了许多医生,都断不清原因,只得每日服三次"芬必得"。另一个捕狼队队员患上了更可怕的病,浑身的骨节发软,四肢肌肉萎缩,饭量却依然好,腰腹越来越粗圆,形状像个蜘蛛,现在双脚已经站不起来了。那些曾做过猎户的人家,都慢慢传染上了一种十分怪异的病——先是精神萎靡,浑身乏力,视力减退,再就是脚脖子手脖子发麻,日渐枯瘦,其中病得最严重的一个人后来死了,死时身子萎缩得只有四五岁的孩子那么大。不仅身体如此,他们的精神也日益脆弱无聊,似乎除了打架、酗酒,再也做不出什么有意义的事情。不能捕狼,那些昔日的捕狼队员只好在河川道上演猎兔的闹剧:三十个猎人、三十条猎狗花几小时围猎五只野兔,野兔逮住了,放掉再猎,这完全是失去挑战对象后的自我麻痹、自我消遣,用假想的狩猎情境去回味昔日作为一个猎人的勇猛剽悍。奇怪的是,商州幸存的狼在没有对手后,也变得多病、慵懒,惶惶不可终日,有的甚至争先恐后地抢着跳上去把头挂在树梢上吊死。正是寻狼与保护狼的行动给了这些猎人新的激情,也激发15只幸存之狼所剩无几的野性。一场新的角逐开始了,人与狼之间展开了最后的疯狂。外表看起来粗糙、笨拙、缺乏激情的傅山在和狼斗争时却表现得异常敏捷,当熊猫专家叫喊有狼时,"他是一下子将蹲着的身子弹起,跃出了五步之远,我看见的是他突然拉细拉长,几乎是他平时的一倍,落到地上了,又收缩一团,而枪已经端起来了。"(第42页)追狼时,"舅舅影子一般地腾挪闪动、而每腾挪闪动一下,身子却是贴在巷两边的土墙上,像是刮来的风将一片树叶贴在了墙上,显得身子是那样的薄而贴得那样的紧。"(第235页)打狼时候的傅山恢复了他昔日打狼英雄的面目。这支队伍的出发点原本是保护几近绝迹的野生狼,然而,一路上总有狼主动跳出来挑衅猎人。不管是猎人还是幸存之狼,都全然不顾人类与狼之间最新的"停战协议",天生的敌人之间都激情迸发,重新开始了最后一轮人狼之战。虽然一路上猎人们在"我"的时刻提醒下记住了此行的任务,但是,狼的骄傲、野性、凶残复苏了他们作为猎人的天性,他们最终还是没有抑制住捕杀狼的欲望。在现代化的精准武器面前,一只狼都没有了,猎人最后失去了继续存在的意义。

最后可上升为狼与人类的关系。狼对于人类来说,它就是一种四足长尾、凶残暴戾的野兽,是人类的天敌,素以恐惧的形象蛰伏在人类的心中,一声"狼来了"可以令世人噤若寒蝉。商州人与狼天然为敌,狼患和匪患自古以来就是这个地区的两大灾害,"那些旧的匪首魔头随着新的匪首魔头的兴趣而渐渐被人遗忘,但狼的野蛮、凶残,对血肉的追逐却不断地像钉子一样在人们的意识里一寸寸往深处钻。"(第7-8页)道光五年,商州的一座千年老城,竟然就被狼灾毁了:月光下那黑压压、成千上万只的狼群,眼睛放着绿光,围住了城池,嗥叫之声如山洪暴发,它们前仆后继,如士兵攻城般"叠罗汉往城墙上爬",顽强得死了一层又扑上来一层,最后从南门口的下水道钻进了城,咬死了数百名妇女儿童,掏食人和牲畜的内脏。千年老城在狼灾中毁灭了,几乎成了一片废墟。其他如白狼的传说、12个女孩的惨死、王生的新婚之日惨遭狼害、狼变人、狼变猪等事件,让世世代代的商州人惶惶不可终日,"狼"由此也成为商州人内心的恐惧。狼的凶残本性决定了它们不可能不吃人,人为万物之灵长决定了他们不可能不捕杀狼,人与狼的对立没有多少调和的余地,由人狼谱写的历史始终伴随着血腥、杀戮和死亡。过去,狼多人少,狼强人弱,人们不得不团结起来拿起简单的武器尽可能地捕杀狼;现在,人多狼少,人强狼弱,单枪匹马的猎人都可以凭借现代化的武器让狼种灭绝。但任何一个物种的灭绝都会造成生态环境的失衡,所以,要保护狼!这对于世世代代受狼侵害、时时刻刻与狼为敌的山里人,尤其是捕狼队员来说,保护狼的《条例》简直就是天方夜谭!当他们猎杀最后那只叼过傅山并活了150年的老狼后,商州的野狼终于绝迹了,千百年来的人狼之战终于有了最后的结局,然而,商州人并没有由此进入一个高枕无忧的生活状态。雄耳川人在没有了狼后,由于失去了恐惧的对象,自己的生命力在日益萎缩,许多人得了一种奇怪的病,脸上开始长毛,时常半夜嚎叫,喜欢攻击陌生人和动物。也就是人在向狼的方向蜕化,人在把自己变成狼,把自己变成了自己的对手,人代替狼而成为商州人的最大恐惧。这也意味着,在这场人狼的大决战中,人类表面看来获得了最彻底的胜利,实质上却是损失最为惨重的失败者。

  从以上人与狼关系的解读中,我们大致可以归纳出《怀念狼》的题旨。贾平凹为什么要写《怀念狼》?源于一种恐惧:"45岁以后,我对这个世界越来越感到恐惧,我也并不明白是因为年龄所致,还是阅读了太多战争、灾荒和高科技成果的新闻报道"①,这有点类似于托尔斯泰"阿尔扎马斯"的恐惧。② 随着现代科学技术的不断

---

① 廖增湖:《贾平凹访谈录——关于〈怀念狼〉》,《当代作家评论》2000年第4期。
② 1869年,托尔斯泰为了田产的事情去了一次阿扎县省,中途在阿尔扎马斯过夜。夜里两点钟,他突然产生了一种从未有过的感受,出现了许多异乎寻常的思想,苦恼、害怕、恐惧,感到一种可怕的东西在追赶他、纠缠他,让他无法摆脱,疑惧万分中他听到了死神的声音:"是我,我在这……"

发展,人类不断地利用自然、改造自然、征服自然,在人类面前,自然变得越来越易驯服,也越来越脆弱,只要愿意,人类甚至可以轻而易举地把自然毁灭。的确,人是万物之灵,为了生存和发展,可以让大自然为我所用,人定胜天的思想一直让人类在大自然面前为所欲为。人类在征服大自然的过程中,一方面获得了更为舒适的生存环境,另一方面却以生态平衡的破坏为代价。表面看来,人类一直在向大自然挺进,实际上,人类可供生存的范围却在不断缩小。人类在不断的相互战争、利益角逐,甚至在高科技的发展中制造大大小小的灾难,而最终恰恰是人类自己成为各种灾难的承受者。在《怀念狼》中,贾平凹集中思考了一个问题:人类在高度文明化的过程中,自然生命力在日益萎缩。与狼的自然野性相对比,小说中用大量笔墨描述了一个大熊猫繁殖基地。大熊猫之所以有"活化石"的美誉,恰恰在于它们脆弱的生殖能力,它们性欲低下,即便交配了怀孕几率也微乎其微,即便怀孕了,一百多公斤的大熊猫母亲产下的"婴儿"仅十克左右,存活率也只是10%。大熊猫萎缩的生命力可以看作人类自身的隐喻,懒洋洋、优雅地生活着是现代人不断追求并已成为现实的生活方式,男人不长胡子了,整天在舒适的生活中却提不起冲动的激情,一个潜在的威胁是,人类毫无节制地开发自然所造成的生存环境的破坏,不能让这种生活方式保持长久,如此恶化下去,熊猫的现在也许就是人类的未来。无论高科技如何发展,无论人类在大自然中具有多少得天独厚的优势,无论人类如何自以为是地以万物之灵长自居,也无法避免人种的退化、生命力的衰退。

　　这种"恐惧"促使贾平凹的去思考宏大高远的人与自然的关系问题。在《怀念狼》的访谈录中,贾平凹有过这样的交代:"我这样做或许是一种对恐惧的逃避,或许是生命本能中的一种寻找对抗的需要。"贾平凹把他的寻找集中在"对抗的需要"上:"人是在与狼的斗争中成为人的,狼的消失使人陷入了恐慌、孤独、衰弱和卑鄙,乃

至于死亡的境地。怀念狼是怀念着勃发的生命,怀念英雄,怀念着世界的平衡。"①也就是说,人是与狼的"对抗"中成为人的。贾平凹在小说中借记者"子明"之口说:"作为一种生命,人需要一种对抗性的东西,如果一种对抗性的东西消失以后,他需要活下去,他必须在他的血液中间保持一种对抗性的能量,人和动物都活在这个世界上,一旦动物都消失了,人也没啥对抗的东西,人必然就萎缩了,下场就不妙了,只有把自己变成了狼。人是在与狼的争斗中成为的人的,狼的消失使人陷入慌恐、孤独、衰弱和卑劣,乃至于死亡的境地。人见了狼是不能不打的,这就是人。但人又不能没有了狼,这就又是人。"(第260页)小说又借专员之口说:"狼是吃黄羊的,可是狼在吃黄羊的过程中黄羊在健壮地生存着……老一辈的人在狼的恐惧中长大,如果没有了狼,人类就没有了恐惧吗,若以后的孩子对大人们说'妈妈,我害怕',大人们就会为孩子的害怕而更加害怕了。你去过油田吗,我可是在油田上干过五年,如果一个井队没有女同志,男人们就不修厕所,不修饰自己,慢慢连性的冲动都没有了,活得像是大熊猫。"(第22页)有人说男女之间的关系就是"两性之间的战争","战争"状态激发出双方的活力与激情,最终走向和谐共处。人与狼之间的关系也是如此,只有相互威胁才能互相戒备,只有互相戒备才能相互制衡,只有对立的双方都保持积极的生命状态,才能在相互斗争中更加和谐共存于一个世界,这就是万物生存的辩证法。

由此可以理解,傅山和他的打狼队员们,在打狼的时代,他们的生命力得到充分体现,成为英雄,当他们无狼可打时,他们一个个的生命力却开始萎缩。也可以理解,当雄耳川的村民近乎疯狂地捕杀了残存的那几只野狼之后,他们就开始向自己的对立面转化,变成了"人狼"。在《怀念狼》里,人和狼处于一种悖论性的情境之中:一

---

① 廖增湖:《贾平凹访谈录》,《当代作家评论》2000年第4期。

方面人为了生存而不得不捕杀狼;另一方面,过度的捕杀使人失去了生命的对立面,人最终丧失了自身存在的意义,不得不从自身整体中分裂出自己的对立面。也许在贾平凹看来,人必须依赖对立面而存在,人以战胜对立面来实现人之为人的价值,保持着生命的激情。狼,作为人类对立面,以其生命力的顽强、坚韧令人惊叹,它们顽强的意志、矫健的身姿与当代人体质和思想的双重软化缺钙形成了鲜明的对比。这种对比赋予了小说里猎人和狼的象征意义,两者之间只有作为对立面才能共同存在,所以,作者说自己对狼的怀念,实则是怀念人勃发的生命力。这并非危言耸听,随着现代科技的进步,人类的过分张扬正在打破这个世界的和谐格局,越来越多的物种和资源正在从地球上永久性地消失。但是,大自然的所有物种是一个链式的结构,一环断裂,整个结构就失去平衡。动物没有了,人也不能孤立地生活在地球上;狼灭绝了,接踵而来的就是人自身的灾难,人类最终必须对灭绝狼的行为负责。从这个意义上来说,狼的悲剧性命运的结束其实就是人的悲剧性命运的开始。小说中猎人的病变、人变成狼等现象虽然只是一种文学性的神秘意象,内含的却是对人与自然关系某种形而上的审美思考。

揭示高度文明化过程中人的生命力在不断衰退,是贾平凹上世纪90年代后长篇小说的重要主题。贾平凹是一个典型的"农裔"作家,多年的城市生活不但没有让他真正的融入城市,甚至对城市现代文明非常排斥,对乡土文明、野性力量、生命力旺盛的东西很是偏爱。早在《废都》中,庄之蝶就是一个生活泼烦、生命力退化的城市知识分子形象,他试图通过性事进行身份确认和自我拯救,恢复生活激情和生命活力,但最后还是在颓废中沉沦。《土门》中的城市知识分子范景全和老冉的精神气质都非常怯懦、柔弱,老冉甚至丧失了作为一个男人的能力,他们都不是一个真正的男人。《高老庄》中的大学教授高子路已经是一个人种退化的产儿,他返乡的一个重要计划就是换种,但他的这个目标并没有实现,最后只能逃回

城市。到了《怀念狼》，贾平凹当年的疑虑进一步突显，人物的设置和故事情节的展开都围绕着这一主题，结果也同样是深深的绝望。

在文化视角上，《怀念狼》进一步开阔，之前的作品基本着眼于传统与现代、乡土与城市的文化冲突，在作家的文化视域中，是传统的负荷限制了人的发展，造成生命力的衰退和人种的退化，文化批判意味是非常明显的。写作《怀念狼》时，贾平凹展开了对生命本体的思考，作家的疑虑和恐惧则产生于生命本能中对抗力的衰退，认为生命本体一但失去外在于本体的对抗性对象，就会发生变异，丧失人之为人的生命力。小说最后发出"需要狼"的呐喊，并不仅仅是子明一个人的声音，而是一座城市、一个时代的共鸣。甚至可以说，《怀念狼》对人类生存困境的思考不再局限于民族、时代和地域上，而是上升到整个人类与自然环境的关系上。在整个商州系列作品中，贾平凹第一次将对商州的文化反思上升为对整个人类生存命运的思考，表现出一种终极关怀。这样，人与狼的对抗实质上是人与自然的关系问题，正是在这个意义上，诸多评论家把对《怀念狼》的解读定位在生态伦理意识或者中国传统天人合一的文学观念上。

所谓生态伦理意识是指以现代环境伦理为核心的哲学、伦理意识。它是在对工业文明和科技理性为核心的人类中心主义批判性反思基础上，建构起来的一种人与自然和谐共存的整体主义的生态理念，它是西方20世纪生态文学的理论基础。生态整体主义是生态伦理意识的集中表现。这种整体观认为，自然万物是一个生命整体，整体利益高于一切，生态系统中的所有物种之间都有着环环相扣的关系，任何一个环节的断裂，都会导致整体的混乱无序。"各部分将从整体中获得它们的意义。每个特定的部分都依赖于总体境况并由它确定。"①"去中心化"是这种整体观的一个基本前提，它

---

① 麦茜特:《自然之死》，吴国盛等译，吉林人民出版社1999年版，第325页。

不把整体内部的某种部分看作整体的中心，一直被认为是万物之灵长的人类当然也不是整个世界的中心，只是整体的一部分。《怀念狼》这部小说以商州作为文化地理空间，以人与狼的关系构成一个整体象征的寓言框架，形而上地表现了作家对人与自然关系的哲学思考，从而传达出强烈而鲜明的生态伦理意识。

小说对人狼关系的观照，始终把握了人与狼的相互依存关系，两者互相依赖、相克相生，同为一生命整体，人与狼的关系其实就是人与自然的关系。人与狼都是生态系统的组成部分，整体利益高于局部利益，任何一方脱离了整体生态系统，都难以维持基本的健康和可持续发展。但是，商州人长期以来都是以"人"为中心，把狼作为对立的"他者"加以屠杀。在小说的结尾，仅剩下的十五只狼都被打死了，打死狼的傅山变成了人狼，疯狂打狼的雄耳川人都变成了人狼。这是猎人的报应，是雄耳川人的报应，也是整个生态系统对人类的报应。这种意象的营构具有非常抽象的哲理深度，很容易理解，在这个主客体共同构成的世界中，人是主体，狼是客体，但是现在狼没有了，也就是说，人失去了客体和对象，其主体性自然也就不复存在。如果人类还要坚持人类自身的主体性，结果只能是人既是主体又是客体，或者说既不是主体又不是客体，对于人与狼的关系来说，人则既是人又是狼，或者既不是人又不是狼，一种最大的可能性就是成为人狼。人狼神秘现象的出现并不是作家天马行空的虚构，而是有着它深刻的哲理依据。从这里我们可以更加清醒地认识到一个具有普遍意义的自然法则，人不是自然和万物的主宰，而只是大自然链条中小小的一环，更不能以消灭对抗方的方式确保自身的绝对安全，而是应该在相生相克中和谐共存。傅山试图征服百兽、凌驾于狼之上，表面上看来他做到了，但他并没有成为最终的胜利者，其中的原因就是没有认清自己与狼的关系以及作为人在大自然中所处的位置。

同时，狼也并不是作为"他者"而存在，它作为人的对象，与人具有平等的地位。它和人一样,具有生命、力量和激情,它们有生存的权力并有权选择自己的生活空间和生存方式。它的确是作为人的对立面而在,也正是在和人的斗争中显示出狂野的生命力。猎人没有狼了就会害病,甚至于死亡,狼没有猎人了也会变得虚弱不堪甚至没有生存下去的兴趣,正如老道所说:"现在你们不猎杀狼了,狼自个倒不行了。"(第195-196页)狼似乎只有在和人斗争的时候才能确证自身的力量、显示其自身的价值,当狼感到生命无意义的时候,即使人不杀它,它也会自杀的。《怀念狼》的基本情节是保护几近绝迹的野生狼,然而,一路上狼主动出来挑衅,猎人走过的地方总是有狼出没。狼的这种行为方式可以理解为其生命力的回光返照,也可以理解为狼的集体自杀动作,他们在与人类争夺生存空间的过程中,已是损失惨重,他们要用同类的生命代价给人类以最沉重的报复。在日本有一个说法,报复仇家的最佳方式是吊死在仇家的大门上,狼似乎知道这种复仇方式,而且它们的目的实现了,人类自己亲手制造的灾难最终降落到了自己的头上,人类成了毁灭自身的凶手。真正意识到这种恶果的时候,人类开始怀念起了曾经与自己世代为敌的狼。

其次,小说的生态伦理意识还表现为"众生平等"的观念。西方生态伦理学要求人类承认和尊重自然万物各自的生存权和发展权,所有的生命系统是平等的,人不是自然的主宰和主人,人类也要像爱护同类一样去关爱自然万物。生态伦理意识虽然是现代西方哲学中成形的价值体系,但它更早就成为东方哲学的一个重大母题,儒家的"天人合一"、道家的"物格平等"、佛教的"生命轮回"和"众生平等"以及中西原始信仰中的"万物有灵"等,都是生态伦理意识的重要表现。贾平凹在形成自己的哲学思想时,原始信仰中的"万物有灵"和中国古代哲学中的"天人合一"等思想对他产生了深刻的影响,尤其是对"万物有灵"深信不疑,对民间神秘文化情有独钟,他相信"灵魂是随物赋形上世的"(第183页),在小说叙事上表现为对各种神秘事象的书写,许多小说中都充满超现实的荒诞气息。《怀念狼》中,山民老散因贪嘴吃了一颗沾着王生冤魂的枣子,居然被枣核堵住直肠几乎丧命。傅山随身携带的那张狼皮非常灵异,一遇大事便有感应,甚至可以将偷狼皮的村民郭财勒死,场景非常可怕:"晚上,他将狼皮铺在身下,但狼皮却裹住了他,狼皮见热收缩,越收缩越裹得紧,几乎要他约束窒息,他老婆用刀子一条一条割那狼皮才解脱出来。可从此身上生出血泡,起不了炕,第三天从炕上往下爬,一头从炕上栽下来就死了。"(第136页)其他如各种精变的幻象经常出现在商州人的日常生活之中:被舅舅救过的金丝猴变成一个女人来报答他;"我"在宾馆庭院中看见一个女子,走近时发现是一株丁香树,等等。作家借小说中的"我"表达佛教信仰的生命轮回和万物平等观念:"……那么,生活在这个地球上的一切都平等,我这一世是人,能否认上一世就不是猪吗?而下一世的我,或许是狼,是鱼,是一株草和一只白额吊睛的大虎。我越是这么玄想,越是神经起来,我知道我整个地不像是个商州的子孙了,或者说,简直是背叛了我的列宗列祖,对狼产生了一种连我也觉得吃惊的亲和感。"(第24页)凡此种种神秘事象的描写,都是作者"万物有灵""因果报应"观念的演绎。

  在贾平凹的笔下,狼是通人性的动物,与人一样有着喜怒哀乐的情感,当熊猫保护和繁殖基地的大熊猫死了后,三只狼"口里都衔着一撮野花,按顺序地放在院墙根"(第42页),哀悼大熊猫。它们还会像人一样为死去的同类举行葬礼,葬礼的仪式与情感的真挚丝毫不逊于人类。《怀念狼》中,不仅有人与狼相生相克的生态悖论,更有"天人合一"的赞歌。传统的"天人合一"观念认为:"人"与"天"是一体的,人和自然是相通的,一切人事都要顺乎自然规律,达到人与自然的和谐。《怀念狼》中红岩寺老道士的行为就是"天人合一"的体现,他长期收养包括狼在内的各种小动物,待它们恢复了生存能力就放归自然。其中有一段动人的描写:在一个风清月

白夜晚中的山庙里,师傅已经预感到狼的到来,猎人们和老道士都难以入睡,"我"隐约听见了门被抓挠的声音。

"谁呀?"老道士高了声。
"刷"。一把沙土打在庙门上。
"是狼吗?"
"刷,刷。"两把沙土打在庙门上。
老道士起身下炕去开门了,吱地一下,门半开,跌进来的是一片三角形的白光,一大一小两只狼出现在白三角光里。我立即认出就是曾经被我抱过的狼崽,它明显地强健多了,但有些羞怯,先在大狼的前面,后来就躲到大狼的身后,使劲摇尾巴。(第194-195页)

原来狼是来找老道士治病的。老道士为狼治过了脓疮,狼前爪跪地呜呜致谢后,走了。这里没有人狼对峙的紧张,一切都是那么平静,甚至还有点温情,就像熟人朋友相处一般。狼具有了人的秉性,有所乞求,也知道感恩;人也能听懂狼的话,长期生活在山林中的道长和狼之间似乎已经没有任何隔阂,就如隔墙而居的亲朋好友。善良的老道士去世的那天晚上,那只生过疮、找过老道士看病的狼叼来了金香玉感谢和悼念他,人世间的至爱真情也不过如此。这是狼以狼的身份与人的交往,表现的是大自然的和谐。小说中还有狼变成人后与人的交往和斗争,狼居然借着人形招摇过市。记者子明与这些狼的相遇是在黄昏的河边,三只大狼和两只小狼扮成三个大人和两个小孩,而且赶着一头猪,与子明亲切地交谈一番后,从容地"赶了猪从河滩走去了"。在小说的结尾,那条百岁老狼为躲避老对手傅山的猎杀,居然变成老头逃入村中,最后又变成种猪,披上雨衣,坐上五丰的摩托车后座,企图蒙混过关,身份暴露后死于众人的刀棒之下。这类事项虽然荒诞,但情理非常真实,在贾平凹心目中狼是有灵性的动物,从生态主义的眼光看来,人与狼的关系是平等的,人对狼不应有任何优越感,人与大自然中的万事万物虽然相生相克,但都应该和谐共处。

　　当然,这种生态主义的文学观只是贾平凹的某种文化理想,残酷的现实给他更多的是悲观失望,在他的小说观念里,人总是处于一种悖论性处境中。自《废都》以来,悲观就是贾平凹小说的主基调。如果说《废都》的悲观来自于转型期的社会现实,而《怀念狼》表现的则是对世界、对人类、对大自然的深切忧患。在《怀念狼》中,小说中的"我"作为一个深受狼害的家族后代,恰恰又成为这个家族的背叛者,要去保护曾经伤害了我先人的狼。在整个寻找狼的过程中,"我"虽然是对狼存在合理性的唯一认同者,但无论是对舅舅的劝诫,还是在老家雄耳川对族人集体屠杀狼的阻止行为,不但没有阻止狼被屠杀的命运,还遭遇到族人的捆绑殴打,在这里,我扮演的角色又是一个不受欢迎的生态主义者,最后只得仓皇地逃回了西京,这一结局与《高老庄》颇为相似。

六、《秦腔》：乡土家园的彻底破败

《秦腔》的创作过程是痛苦的，但它的问世可谓隆重。

贾平凹一直以拼命三郎和才华横溢著称文坛，倚马可待的行文速度对于他来说是一件常事，短篇一日、中篇一周、长篇一月也并非难事，曾经就有过靠在人行道树上用一支烟的工夫在纸烟盒上写就一篇美文的传闻。在他的创作高峰期，一度保持着一两年一部长篇的产量，而且出手皆是不凡的篇章，后来的对前一部均有所超越，这样的文坛快手在当下文坛恐怕无出其右者。这种高产量、高品质的创作状态是因为他认为写作是倾诉、是宣泄，有快感并不累，不写反倒难受。这次写《秦腔》就不一样了。作家自称这部长篇费时最长、最耗心血："书稿整整写了一年九个月，这期间，我基本上没有再干别的事，……每日清晨从住所带了一包擀成的面条或包好的素饺，赶到写作的书房，门窗依然是严闭的，大开着灯光，掐断电话，中午在煤气灶煮了面条和素饺，一直到天黑方出去吃饭喝茶会友。一日一日这么过着，寂寞是难熬的，休息的方法就写毛笔字和画画。我画了唐僧玄奘的像，以他当年在城南大雁塔译经的清苦来激励自己……古人讲：文章惊恐成，这部书稿真的一直在惊恐中写作，完成了一稿，不满意，再写，还不满意，又写了三稿，仍是不满意，在三稿上又修改了一次。这是我从来都没有过的现象……"①说是"惊恐"是因为作品动用了他生活素材库中的最后一块宝藏,以故乡陕西丹凤县棣花街为原型,全面描述了清风街这个地方经济社会和文化观念的嬗变:"《秦腔》这本书,是我对世纪之交的中国社会巨变的生活记录,也是我对故乡、家族的一段沉重记忆。"②贾平凹对这本书的写作心存敬畏,他说:"当我雄心勃勃在2003年的春天动笔之前,我奠祭了棣花街近十年二十年的亡人,也为棣花街上未亡的人把一杯酒洒在地上,从此我书房当庭摆放的那一个巨大的汉罐里,日日燃香,香烟袅袅,如一根线端端冲上屋顶。"(《秦腔·后记》,第497页)

  这种痛苦的折磨得到了很好的回报。小说在《收获》2005年第1、2期上刊出的同时,亦在西北最大的民营报纸《华商报》连载。作家出版社于2005年4月出版了《秦腔》单行本,短短的一个月后,就进行了第二次印刷,总印数高达18万册,也就是说,小说在单行本发行一个月后即成为名副其实的纯文学畅销书。一年后的2006年5月,《秦腔》已第六次印刷。销售码洋上去了,荣誉也接踵而来,很短的时间内相继获得了2005年度小说学会小说排行榜第三名、《收获》年度金奖、第二届《当代》长篇小说奖、第四届华语文学传媒大奖中分量最重的年度杰出作家奖、首届世界华文长篇小说奖红楼梦奖。2008年11月,《秦腔》以全票荣获第七届茅盾文学奖,更是掀起新一轮《秦腔》出版热潮,到2009年,《秦腔》已经有八个版本。除了市场的认可,评论界更是对这个长篇表现了空前的关注。在单行本发行之前的上海《秦腔》研讨会上,一向措辞谨慎、喜欢唱点反调的上海评论界对《秦腔》可谓不吝赞词,称其是一部书写当代中

---

  ① 贾平凹:《秦腔·后记》,安徽文艺出版社2010年版,第497页。本书所引《秦腔》如无特别标注皆为此版本,以后只标出页码。

  ② 贾平凹:《在"红楼梦·首届世界华文长篇小说奖"颁奖仪式上的致辞》,转引《贾平凹喜获首届世界中文长篇小说奖》,《华声报》2006-9-14。

国农村具有史诗性意义的重要作品。单行本发行之后的北京研讨会,其规模之大体现了当代文坛对《秦腔》的高度重视,会议给出的赞誉与上海研讨会相比,可谓有过之而无不及,众多大牌专家近乎众口一词的赞美并没有多少吹捧之意,大多是发自内心的赞叹。对这样的作品,茅盾文学奖给予全票通过也就在情理之中了,评委会的评语是:"贾平凹的写作,既传统又现代,既写实又高远,语言朴实、憨厚,内心却波澜万丈。他的《秦腔》,以精微的叙事,绵密的细节,成功地仿写了一种日常生活的本真状态,并对变化中的乡土中国所面临的矛盾、迷茫,作了充满赤子情怀的记述和解读。他笔下的喧嚣,藏着哀伤,热烈的背后,是一片寂寥,或许,坚固的东西都烟消云散之后,我们所面对的只能是巨大的沉默。《秦腔》的这声喟叹,是当代小说写作的一记重音,也是这个大时代的生动写照。"

茅奖评语对《秦腔》的评价的确非常精到,诸多评论家着重阐释了"《秦腔》的这声喟叹",并把它命名一种乡村文化的挽歌,用《秦腔·后记》中的话说,就是"故乡啊,从此失去记忆"。在现代化、城市化高潮迭起的当下社会,每天都有数十个村庄在消失,那些暂未消失的村庄与传统村落文化相比,也已经是面目全非,一个村落终结的时代已然来临,越来越多的人已经或将要失去他们的"故乡"。因此,当贾平凹以《秦腔》为"故乡"唱出一曲悲凉的挽歌后,很快就得到了一个时代的共鸣,它唱出了村落终结时代很大一部分中国人的时代情绪。贾平凹在《秦腔》后记中有这样一段话:"我强烈地冲动着要为故乡写些什么","我决心以这本书为故乡树起一块碑子。"为什么要为故乡树碑,要树一块怎样的碑?这是欣赏作品的切入点,也是整部小说的意义所在。

小说以《秦腔》为名,这块碑首先铭文着一种文化的衰落。"秦腔"是三秦大地一种地方戏剧,所谓"八百里秦川大地,三千万人齐吼秦腔","听了秦腔,酒肉不香",它反映了陕甘人民耿直爽朗、慷慨好义的性格和淳朴粗犷、勤劳勇敢的民风,具有鲜明的地域文化特征。早在1983年,贾平凹就写过一篇《秦腔》的同名散文,里面写道:"农民是世上最劳苦的人,尤其是在这块平原上,生时落草在黄土坑上,死了被埋在黄土堆下;秦腔是他们大苦中的大乐,当老牛木犁疙瘩绳,在田野已经累得筋疲力尽,立在犁沟里大喊大叫来一段秦腔,那心胸肺腑,关关节节的困乏便一尽儿涤荡净了。"①他认为"秦腔在这块土地上,有着神圣的不可动摇的基础","广漠旷远的八百里秦川,只有这秦腔,也只能有这秦腔。八百里秦川的劳作农民,只有也只能有这秦腔使他们喜怒哀乐。秦人自古是大苦大乐之民众,他们的家乡交响乐除了大喊大叫的秦腔还能有别的吗?"秦腔唱腔或激越高亢或悲壮深沉,表现出悲愤、凄凉的感情,或欢快明朗或刚健雄浑,表现出喜悦、愉快的心境,秦地农民的苦乐情怀都能借助"吼秦腔"得以酣畅表达。而且,秦腔还有和顺关系、凝聚人心、振奋精神、教化于民的现实功用,作家由此得出了一个结论:"几百年来,秦腔没有被淘汰、被沉沦","原来是秦川天籁、地籁、人籁的共鸣啊!"散文《秦腔》中,字里行间满是自信、欣赏与自豪的意味,作家没有想到,二十多年后写作小说《秦腔》时,风光不再,作为三秦大地不可或缺的精神食粮的秦腔,已经沦落到"曲终人散"的凄凉境地。

　　秦腔是《秦腔》的灵魂。小说中与秦腔相关的描写不下百十余处,秦腔的旋律盘旋在整个"清风街"的上空,深入到不同人物的心灵,它们在表现人物性格、心理情绪、环境氛围中发挥出一般文字不可比拟的作用。管着村部喇叭的村干部金莲包上了鱼塘,人逢喜事精神爽,便放了一曲轻快的秦腔曲牌《钻烟洞》,气得正在远处吃凉粉的老支书夏天义狠声说:"再来一碗。"夏天义为七里沟修地和自己的侄子也是新上任村主任君亭正呕着气,四弟夏天智端着收音机走过来,没有正面劝他,只是与兄长说说天气、拉着家常,收音机里

---

① 贾平凹:《秦腔》(散文),《人民文学》1984第5期。

一直在吹打混音的双捶代板,戏中人物非常冲动的情感,也正是弟兄俩说话的气氛和夏天义心里的滋味。引生拾到白雪在河边洗衣时被水漂走的棒槌,晚上睡不着想入非非,把棒槌塞在裤裆里唱《祭灯》:"……为江山把亮的心血劳干……"唱的是诸葛亮的忠心,表白的是对白雪的痴情。唱过了,还觉得不过瘾,又用棒槌在炕沿上击打"慢四捶""软四捶""硬四捶""倒四捶""四击头""大菜碟""垛头子",一遍比一遍有力,口里随着节奏狼一样地吼叫,再回落到"慢一串铃",似乎在用秦腔打击乐完成了一场与白雪意念中的性交。白雪刚生出的小女儿哭闹不止,"出奇的是婴儿一听秦腔就不哭了,睁着一对小眼睛一动不动"(第356页)。哑巴陈亮说话不流利时,就唱"秦腔"表情达意,一点也不磕巴。庆玉家盖房用"秦腔"做宣传,鼓舞干劲。秦安病得发傻了,不会说话却记得戏词,忘不了哼"秦腔"来提神。连夏家的猫儿、狗儿、花儿都对秦腔有感觉,秦腔响起时,"夏家的猫在屋顶的瓦槽上踱步,立即像一疙瘩云落到了院里,耳朵耸得直直的。月季花在一层一层绽瓣。最是那来运,只要没去七里沟,秦腔声一起,这就后腿卧着,前腿撑立,瞅着大喇叭,顺着秦腔的节奏长声嘶叫"(第356页)。

秦腔更是夏天智和儿媳白雪两个人生命的一部分,两个人的个性与性格皆因秦腔而显现,情绪与命运皆因秦腔而变化。夏天智是一个浸淫于秦腔艺术中的人物,他对秦腔的爱好,已经达到了痴迷的程度,他听秦腔、唱秦腔,收藏、勾画、展示、赠送秦腔脸谱是他毕生的爱好和为人的自豪。在儿子夏风的帮助下,他还出版了秦腔脸谱的专著。自从他与秦腔相遇,就与它结下了不解之缘。有一次大家见他秦腔唱得好,问他啥时学的?他的回答很有意思:"'文化大革命'中学的。那一阵我被关在牛棚里,一天三晌被批斗,我不想活啦,半夜里把绳拴在窗脑上都给了圈儿,谁在牛棚外的厕所里唱秦腔。唱得好得很!我就没把绳圈子往脖子上套,我想:死啥哩,这么好的戏我还没唱过的!就把绳子又解下来了。这秦腔救过我的命哩!"(第53页)夏天智的生活一刻也离不开秦腔,秦腔成为他精神的寄托,是他生命中不可分割的一部分,他的喜怒哀乐均以秦腔的形式表达出来:他退休后自费为村里安装高音喇叭,每天播放秦腔,乐此不疲;在夏风白雪的婚宴上,有人拿走他的秦腔脸谱,赔了钱物的夏天智却非常高兴;夏中星想在秦腔剧团下乡巡回演出的同时举办脸谱展览,虽然这只不过是他为谋取官位的炒作,但夏天智还是极为认真地倾其收藏交给了夏中星;秦腔戏文中倡导的伦理价值标准是他力倡的做人原则,他视儿媳白雪如己出,在儿子与白雪的感情冲突中坚决站在白雪的立场上;白雪要生产了,他无法表述一个新生命的降临在自己心中引燃的激情,高兴地在院子里拉起胡琴,奏响了秦腔;狗剩被乡干部的"退耕还林"的强硬措施逼得含冤而死,夏天智打开扩音器,给他播放《纺线曲》以平冤;得知儿子和白雪终于要离婚,痛惜之极的他当下收白雪为女儿,并大喊:"把喇叭打开,放《辕门斩子》!"以示对儿子的愤恨。秦腔曾经救过他的命,他也是在心爱的秦腔声中告别这个世界:"夏天智在咽气前,已经不能说话,他用手指着收音机,四婶赶忙放起了秦腔,……夏天智手在胸前一抓一抓的,就不动了,……突然笑了一下,把气咽了。"(第471页)他死不瞑目的原因不是人事放不下,而是难以割舍一生钟爱的秦腔,只有头枕着自己的秦腔脸谱专著,脸上覆盖着用马勺做的脸谱,他才能安然地与世长辞。白雪因秦腔而美丽,秦腔让她得到省城工作的文化名人夏风的爱,她在秦腔音乐中走向婚姻的殿堂、在秦腔中生育出新的生命;也是因为秦腔,她坚持留在县上,以致和省城工作的丈夫产生了隔膜,但她仍然倔犟地在苦音慢板中与夏风分道扬镳,也不愿离开自己心爱的秦腔艺术。据说,小说定稿后,作者又用钢笔在原稿上加了6页,专门设计了戏迷为白雪写长篇赞诗和白雪为秦腔写介绍文字两个情节。从这一大段文字中可以看出,白雪就是秦腔的精灵,秦腔就是白雪的魂魄。

纵观《秦腔》全书,秦腔是整部小说的背景性存在,它不只是一种地方剧种,不只是一种音乐艺术,而是一种精神寄托,一种情感升华,一种民间信仰,一种扎根于三秦大地的生存方式。然而,正如沈从文在《〈长河〉题记》里所说:"'现代'二字已到了湘西,可是具体的东西,不过是点缀都市文明的奢侈品大量输入,上等纸烟和各样罐头在各阶层间作广泛的消费。"①曾经让乡民们精神狂欢的秦腔,不经意间渐渐淡出了人们的日常生活,取而代之的是城市的流行文化。清风街年轻的一代已经没有多少人喜欢听秦腔了,铿锵的锣鼓声再也无法像过去那样把人们聚拢在戏台下面。陈星不会唱秦腔,但会弹吉他,流行歌曲唱得跟收音机里的差不多,就是这样无钱无势的一个外来户,最多也就一个草根歌星,可偏偏有翠翠这样家庭条件不错的女孩迷上他。在白雪结婚时,县秦腔剧团还能轰轰烈烈地到清风街演出,"清风街的人差不多都在戏楼下,中间有条凳的坐了条凳,四边的人都站着,站着的越来越多,就向里挤,挤得中间的人坐不住也全站在了条凳上。人脚动弹不了,身子一会儿往左侧,一会儿往右侧,像是五月的麦田刮了风"(第10页),秦腔名角王老师也还可以玩一把腕儿的把戏,情绪不好时就不顾观众的感受来段清唱。等到夏中星任团长的时候,以全县巡回演出的方式也重振不了秦腔昔日的雄风,最糟糕的一场居然只剩下一个观众,可笑的是这个观众还是回剧场来寻找丢失了的几块钱,而且怀疑对象恰恰是台上唱戏的那个演员,因为场上只有两个人。逻辑虽合理,情理却可笑。与此形成鲜明对比的是,在霸槽酒店开业时,陈星单枪匹马就把团队的秦腔比了下去,清风街的年轻人都跑了来,把酒楼前的街道挤得水泄不通。最后,剧团无奈地接受了自行解散的命运,演员只能去民间乐班走穴卖艺了。一代名角王老师唱了一辈子秦腔,想出一盘唱腔盒带以示纪念,但这个简单的愿望都成了痴人说梦,遥不可及。白雪为了心爱的秦腔事业,拒绝了随丈夫夏风进

---

① 《沈从文文集》第7卷,花城出版社1983年版,第2页。

省城的建议,最后落得个被夏风抛弃的悲惨结局。"白雪和秦腔在小说中是合二为一的,她唱秦腔,爱着秦腔,某种意义上她的命运就是秦腔的命运。"①

小说以《秦腔》为名,这块碑其实刻着乡土家园的最终失落。对土地和家园的思考,一直是贾平凹小说的一个重要主题。在《土门》中,贾平凹表述了城市化进程中农民乡土家园的失落,小说的视点仍然是知识分子对社会现实的批判。《秦腔》中,作为知识分子的叙述者开始退场,而是把家园之思还原为农民自身的恋土、守土意识,落笔非常实,但文化批判的意味更浓,意境更虚,一系列富有象征色彩的形象建构,让人深深感觉到现实乡土连同附着于其上的乡土文化的彻底破败。

在《秦腔》中,夏天义为土地而生,为土地而死,可以说是传统农耕文化的守护者。他在建国后当了几十年的村干部,在长期的工作过程中,与土地形成了极为深厚的感情。想当年,他积极响应上级号召,带领全村兴修水利,整治农田,大搞农业建设,简直就是清风街的"毛泽东"。夏风在赵宏生卧室里的县志上,发现了夏天义英武传奇的人生经历。他无师自通地理解了"农民"的概念:"土农民,土农民,没土算什么农民?"(第83页)坚信"人是土命,土地是不亏人的,只要你下了工夫肯定会回报的"(第228页)。在他看来,农村就要以农业为主,发展农业就得保护耕地,土地是农民的命根子,务农才是农民的正业。他一辈子与土地为伴,离开了土地他就身心烦躁、坐立不安。他不忍心丢下心爱的土地,所以他不顾兄弟儿孙们的强烈反对,坚决租种进城打工的俊德家抛荒的土地。对于孙子辈翠翠、光利等的外出打工,夏天义感到极大的羞耻,"夏天义不明白这些孩子为什么不踏踏实实在土地上干活,天底下最不亏人的就是土地啊,土地却留不住他们!""后辈人都不爱了土地,都

---

① 孙新峰,席超:《〈秦腔〉:贾平凹在自责中对前妻的追念》,《商洛学院学报》2007第2期。

离开了清风街,而他们又不是国家干部,农不农,工不工,乡不乡,城不城,一生就没根没底地像池塘里的浮萍吗?"(第336页)正因为对土地充满了深厚的感情,所以当312国道改造要侵占清风街后塬土地的时候,身为村干部的夏天义才会组织村民去挡修国道,并为此而背了个处分。正是由于对农民本色的坚守,他与新一代领导人——自己的亲侄儿夏君亭之间产生了许多重大分歧,甚至不顾血缘亲情去阻止君亭的一些决策。虽说他在阻止七里沟换鱼塘等事上成功了,但在建农贸市场等重大决策上,就显得左右为难、力不从心了。他自己也很清楚,农民单从土地里刨食是难以解决温饱、走向小康的。这种内心的矛盾使得他在与君亭的一次次对抗中,变得越来越软弱,越来越无奈,嘴上保留意见,内心却难以接受。正因为对土地充满了感情,夏天义担任村干部时最大的一个愿望便是能够在七里沟淤地成功,最后虽然也因此被迫下台,但不在其位的夏天义却依然发挥"愚公移山"的精神,希望能够靠个人的努力继续七里沟的淤地事业。他一厢情愿地把夏家所有的孙子、孙女们都叫到了七里沟,讲夏家的祖先怎样从湖北沿汉江逃荒而上,翻过了秦岭,在这个四面环绕的小盆地里开垦出第一块地,讲述他开垦土地的英雄事迹,目的是想劝说后代珍惜土地。在无人能够理解和支持的情况下,他只能带着一个哑巴孙子、一个傻子引生和一只狗来运,近乎悲壮地走向七里沟,继续他这辈子不可能完成的淤地事业。可以说,他在以一个当代"愚公"的固执对抗着年轻一代对土地的疏远。

夏君亭作为清风街新一代农民的领头人,在土地的观念上与夏天义为代表的传统农民有很大的区别,毕竟时代变了,吃饱穿暖已经不是土地存在的价值,发家致富才是新一代农民对土地的直接诉求。在市场经济大潮的推动下,新上任的夏君亭抛弃了视土地为命根的传统观念,眼光放在寻求各种致富门路上,抑或有追求政绩的成分。只要有一点可能性,冒进的各种风险都是在所不惜的。经过简单的考察和论证后,他排除各种阻力,主张在清风街建立农贸市场,集散方圆六个乡的农特产品。他的眼光非常现实:"人要只靠土地,你能收入多少粮? 粮又能卖多少钱? 现在不是十年、二十年前的社会了,光有粮食有好日子过,粮食价钱往下跌,化肥、农药、种子等所有农产资料都涨价,你就是多了那么多地,能给农民实惠多少?"(第80页)在商议建农贸市场的村两委会上,君亭纸上谈兵般地展示了农贸市场的未来蓝图,但当秦安有理有据地反驳他那不切实际的构想时,君亭就忍不住说道:"咱这一届班子,总得干些事情,如果仅仅'收粮收款,刮宫流产',维持个摊子,那我夏君亭就不愿意到村部来。"(第80页)实际上,夏君亭他们所建的农贸市场,的确促进了商品的流通,带来一定的经济效益,推动了地方经济的发展,但武断决策所带来的严重后果也超出了他们的想象,一切城市文明的毒瘤也随着乡村经济的发展更有生命力地附着在这个新兴的农村经济体上。有人看好市场建起了酒楼,招来了大吃大喝,招来了投机倒把,招来了卖淫嫖娼,招来了家庭失和,一个平静的山村开始了人心躁动,人们再也不愿守着收入微薄的一亩三分地,而是义无反顾地从土地上出走,到城市里讨生活。根本不属于农村人的城市又能给他们带来什么呢? 小说中,当夏风询问清风街有多少人在省城打工时,赵宏声说:"大概几十吧。除了在饭馆做饭当服务员外,大多是卖炭呀,捡破烂呀,贩药材呀,工地上当小工呀,还有的谁知道都干了些啥,反正不回来。回来的,不是出了事故用白布裹了尸首,就是缺胳膊少腿儿。"(第436—437页)贾平凹自己也在《后记》中写道:"四面八方的风方向不定地吹,农民是一群鸡,羽毛翻皱,脚步趔趄,无所适从,他们无法再守住土地,他们一步一步从土地上出走,虽然他们是土命,把树和草拔起来又抖净了根须上的土栽在哪儿都难活。"(第495页)当夏天智的葬礼难以凑齐抬棺之人时,君亭才意识到劳力的流失和土地的抛荒:"还真是的,不计算不觉得,一计算这村里没劳力了么! 把他的,咱当村干部哩,就领了些老弱病残么!"(第474页)

读懂贾平凹

农民逃离土地不是一种简单的经济行为,它直接动摇了立足于其上的一整套乡土传统的伦理规范和价值原则。在《秦腔》中,作者用我国传统文化中的"五常"——"仁、义、礼、智、信"中的仁、义、礼、智对清风街的大家族夏家的"天"字辈进行命名,寄托了作者的一种文化理想,体现出作者对传统文化重建的价值预设,但他们的命运归宿又折射出作者对传统伦理道德没落的惋惜与无奈。在小说中,夏家"天"字辈的老大夏天仁,虽有一拳打死老虎的气势却过早离世。夏天义是老一辈农民形象的代表,毕生固守着他的土地情结,公正、公平、正义地为清风街奉献了一生,他是作者心目中"义"的承载者,然而,夏天义最终天葬七里沟,而且无人去挖掘收尸。夏天礼在生是一个只知贪图小利的公家人,最终无声无息地死于贩银元的黑手之中,留下的后代不知"礼"为何物。夏家排行第四的夏天智是一个秦腔艺术的爱好者,也是农村传统伦理道德的维护者,他给张八哥的堂兄弟分家,敦促天义的几个儿子赡养父母,要求赵宏声免费给狗剩的儿子治疮,给上不起学的两个小孩交学杂费,但在传统伦理道德土崩瓦解的时代风气中,他的德行影响在日益衰微,既无力挽回儿子夏风与白雪的婚姻,也无法调解侄儿庆玉兄弟之间赡养老人的矛盾。随着"仁、义、礼、智"夏家老兄弟们死不瞑目般的相继辞世,隐喻着他们所代表的伦理道德淡出了人们的精神生活,维系清风街和谐关系的文化价值体系坍塌了,只剩下一片精神的废墟,清风街乡民大都只能在鸡零狗碎的日子里争着一己之利,兄弟反目,夫妻不和,上不养老,下不抚幼。尤为可叹的是,夏天义五个儿子在对待老人问题上的表现,处处与孝道背道而驰:为了老人迁坟的事,瞎瞎与大嫂淑贞打骂不止;为了老人的口粮,兄弟间相互扯皮最后大打出手;当二婶说起要治白内障时,立即引起儿子媳妇们的不满,瞎瞎的媳妇更是没好气地说:"人老了总得有个病,没了病那人不就都不死啦?!"(第56页)庆金的媳妇一听说公公夏天义生病要打吊针,便不同意了:"人老了就要服老哩,再说人老了不生个病,那人又怎么个死呀?!"(第390页)就是夏天义被"天葬"了,"省"了一笔丧葬费,因树碑的费用却引起兄弟妯娌间的激烈吵闹。年轻的一代面对万花筒一般的外部世界,内心已经乱了方寸,他们在欲望横流的世界里挣扎沉浮,没有羞恶廉耻,也无责任担当。夏庆玉不顾家庭的责任和为人师表的身份,与有夫之妇黑娥勾搭成奸,全不考虑自己老婆孩子及对方可怜的丈夫内心的感受。翠翠与陈星在恋爱过程中的越轨行为本没啥可指责的,但翠翠外出打工回来后,居然在爷爷的葬礼期间与陈星去做一场为了钱的性交易。另外,君亭导演的抓赌事件,当存对改改超生的举报,金莲在抓改改时对好友白雪使用的缓兵之计,老实巴交的屈明泉因愤杀人,丁霸槽在酒楼上招妓女卖淫,还有人进城打工发财无门就入室行凶……轻描淡写间,欲望折腾中的人心浮躁跃然纸上,令人触目惊心。

在小说结尾夏天义吃起土来了,竟然觉得干土疙瘩吃起来是那样香,情节虽然荒诞,但情理非常真实,它表明了夏天义这代农民与土地割舍不断的情感,也无法逃避被后人抛弃的命运,因为这种情感与时代相悖,与君亭等后代的利益追求不符,令人敬而远之,其命运必然充满了悲剧性。在这种自我无法调节的困惑中,如果还要坚守自己的土地情结,除了死亡,除了诀别这个容不下他的世界,夏天义绝对找不到自己的栖身之地。小说对于夏天义死亡方式的设计也是极富象征意味的:雨一天接一天的下,清风街上院墙倒了,房屋塌了,牲畜压死了,土地庙倾斜了,土地公和土地婆全立在泥水里,州河要破堤了……清风街人都愁着,见了面就骂天:"一旱旱了五年,一下却把五年的雨都下来了,这是天要灭绝咱呀!"(第486页)就在这样恶劣的天气里,夏天义还是坚持来到七里沟,那天,"我和哑巴干活,夏天义坐在草棚门口,草棚没有倒塌,他坐了一会儿,手便又在棚门口抠地上的干土,丢进嘴里嚼起来,然后直直地盯着不远处自己的那座空坟。"(第488页)灾难突然发生了,"七里沟的东崖大面积地滑坡,它事先没有迹象,……它突然地一瞬间滑脱了,天摇地动地下来,把草棚埋没了,把夏天智的坟埋没了,把正骂着鸟夫妻的夏天义埋没了。"(第490页)给视土如命的人进行天然土葬,是一个再也好不过的结果。夏天义的灵魂和这一块自己热爱的土地永远地拥抱在一起,他的人生结局喻示了传统农耕文化的最终崩溃,当然也蕴含了作者对土地的无限依恋之情。在《秦腔》后记中,贾平凹发出了一声感叹:"我站在街巷的石碾子碾盘前,想,难道棣花街上我的亲人、熟人就这么很快地要消失吗?这条老街很快就要消失吗?土地也从此要消失吗?真的是在城市化,而农村能真正地消失吗?如果消失不了,那又该怎么办呢?"(第496页)面对中国乡村世界的凋敝,贾平凹无法回答这样的问题,我们也同样无法回答,贾平凹所能做的只能是对当下中国乡土现实的客观呈示,正如有论者指出:"某种意义上,夏天义算得上是中国大地上的'最后一个农民',在这里,贾平凹令人痛心地唱响了一代农民对于土地的挽歌,把'农民之死'和'土地之死'的悲壮图景真实而心酸地展现在我们面前。"[1]

　　至此,秦腔的衰亡与土地的荒芜共同谱写了一曲时代的乡土挽歌。更准确地说,这是一曲无声的挽歌。这种无声集中体现在傻子的叙事视点的设置上。近五十万言的《秦腔》中所有清风街上的人和事,基本是通过张引生这样一个带有疯癫色彩的叙事人展示在读者面前的,而且,在小说的一开始引生就在对白雪的"失恋"中进行了自残阉割。这是一个隐喻,他阉割的不只是对白雪的欲望,作为一个叙事人,他阉割了对乡土历史的宏大建构和深度想象。这样一来,引生眼里所看到清风街的历史,一如他自己的命运遭遇,自然也是一部被阉割的衰败的历史,那里只有"一堆鸡零狗碎的泼烦日子",没有线型发展的故事情节,只有日复一日的吃喝拉撒,没有你死我活的矛盾冲突和扣人心弦的爱恨情仇。在《浮躁》《鸡窝洼人

---

[1] 吴义勤:《乡土经验与"中国之心"——〈秦腔〉论》,《当代作家评论》2006年第4期。

家》《腊月正月》等早期乡土小说中,贾平凹曾经主题鲜明地对改革开放初期中国乡村的蓬勃生机做出过肯定的表达,直到《高老庄》,贾平凹都还在借助高子路这一形象顽强地表达着自己对中国乡村世界的一种文化建构,到了《秦腔》,贾平凹则放弃了那种宏大叙事的启蒙角色。作家在《秦腔》后记中曾经写下过这样一段话:"我的写作充满了矛盾和痛苦,我不知道该赞歌现实还是诅咒现实,是为棣花街的父老乡亲庆幸还是为他们悲哀。那些亡人,包括我的父亲,当了一辈子村干部的伯父,以及我的三位婶娘,那些未亡人,包括现在又是村干部的堂兄和在乡派出所当警察的族侄,他们总是抢镜头一样在我眼前涌现,死鬼活鬼一起向我诉说,诉说时又是那么争争吵吵。我就放下笔盯着汉罐长出来的烟线,烟线在我长长的吁气中突然地散乱,我就感觉到满屋子中幽灵飘浮。"作为当代乡土情结最深的作家之一,贾平凹在一次次重返乡土的经历中,目睹了农村"城市化"背后的种种隐患:土地的荒芜,道德的滑坡,传统地方文化的衰微。他深切地感到父辈时代的乡土文化形态正在走向终结,成为远去的历史背影。面对当下残酷的乡村现实,贾平凹再也无法对故乡做出明晰清楚的理性判断,只能借助于傻子视角,对乡土世界进行客观冷峻的呈示,把自己的情感和批判立场隐匿在平面化的叙事之中。这样的视点无疑表达了作家对乡土现实的忧患与绝望,对乡土中国文化想象的终结。

七、《高兴》:无根的漂泊

贾平凹自己说,《秦腔》之后,他着手准备着一部关于"文化大革命"的长篇写作(也就是《古炉》,笔者注),但当他遇见一些在西安拾荒的商州乡党后,极其冲动想给他们写点东西。于是,他放下了关于"文化大革命"内容的那本书的准备工作,着手写出了《高兴》。小说在《当代》2007 年第 5 期发表后很快就出了单行本。

作家在《后记》中自述:"《高兴》是冲动之作,也是郁愤之作,写完后发觉它和《秦腔》可以互补,使我的心情也坦然了许多。"如何"互补",用贾平凹自己的话说:"《秦腔》我写了咱这儿的农民怎样一步步从土地上走出,现在《高兴》又写了他们走出土地后的城市生活。"①

小说以刘高兴和五富为中心,还重点写了同是拾破烂的杏胡、黄八,以及与这些人关联密切的保姆翠花、发廊妓女孟夷纯、乞丐石热闹等,对生活在大都市西安底层的"农民工"的生活方式、情感状态和人生理想,进行了真实记录和全方位的书写。为了写好这种生活,贾平凹下了很大的功夫。贾平凹从来没有关注过,甚至想也没有想过要去关注拾破烂这个行业,他只在一个偶然的机会里认识了刘高兴的人物原型而产生了创作的冲动,但作家充分意识到"仅仅

---

① 贾平凹:《高兴·后记》,作家出版社 2007 年版。本书所引《高兴》如无特别标注皆为此版本,以后只标出页码。

了解刘高兴而并不了解拾破烂的整个群体，纯是萝卜难以做出一桌菜的。我得稳住，我得先到那些拾破烂的群体中去"①，去深入了解拾破烂群体的工作状况、生活环境和情感世界。这并不是一件容易的事，因为如果以一种知识分子高高在上的眼光去俯视这群在生存线上挣扎的农民工，所写出的东西并不一定真实，如何走近这个群体本身就是一门艺术。正如作家所说："咱们虽然是为了更丰富写作素材去了解他们的，但去了就不要再想着写他们，也不要表现出在可怜他们同情他们甚至要拯救他们的意思，咱们完全是串门。"只有摆正了作者与农民工二者的位置，才能有机会真切感知这一群体的所思所想，切身体会这一群体的真实生存状况。为此，贾平凹放下了一个著名作家的架子，以一个普通人的身份走进拾破烂人住的村巷，坐在他们的屋里与他们一起胡诌，一同用大海碗吃他们没菜、没醋、没辣子的包谷掺稀饭，也尽可能帮他们解决一些急需解决的困难，如帮他们要回被市容队没收的架子车，帮助他们联系公安部门解救出被拐卖的女儿。他甚至形成了一种下意识，在大街上碰到拾破烂的人都要停下来拉呱几句。

正是这种以心换心的行为，贾平凹成了拾破烂人的朋友，他们信任他、感激他，乐于向他倾诉各自的酸甜苦辣、喜怒哀乐，这就使得贾平凹对这个不为外界所知的特殊群体有了更深入的了解，对他们的生活有了更真切的体验。

改革开放以来，随着经济体制改革的不断推进，传统城乡二元结构逐渐解体，城乡分隔政策日趋松动，大批农民拖家带口走出家门在城市中安营扎寨，像候鸟一样往返于城市与乡村，"农民工"这一极具中国特色的身份称谓也应运而生。敏锐的作家们及时捕捉到这个中国社会的深刻变化，把深情的笔触对准这个群体，创作出了大量农民工题材的作品，如孙惠芬的《民工》、张抗抗的《北京的

---

① 贾平凹：《高兴·后记》，作家出版社2007年版。本书所引《高兴》如无特别标注皆为此版本，以后只标注页码。

金山上》、刘庆邦的《麦子》、鬼子的《瓦城上空的麦田》等等,给中国当下文坛增添了浓墨重彩的一笔。但客观说来,这些小说的价值立场和对农民工精神状态的把握存在着一些明显的缺陷和不足,甚至有可能扭曲了农民工这个特殊群体的底层经验。贾平凹在与那个拾破烂群体的深入接触中,触摸到了他们的精神脉搏,理解了他们价值原则和生活追求;作家不但抛弃了自己一度坚守的仇视城市文明的狭隘心理,也同样发现农民工并非都对城市深恶痛绝,相反表现出对城市物质生活的迷恋和对城市精神文明的认同,把成为城里人作为自己梦寐以求的目标。正如《高兴》后记中那位年轻人所说:"我出来就在村口的碾盘前发了血誓,再也不回去了。"贾平凹显然把握到了农民工的另一种精神内蕴,使他最终得以真实地呈现城市拾破烂群体的生存状态和精神世界。

正是在这一点上,长篇小说《高兴》,以其独特的发现、切身的体验,超越了以往的农民工小说,给这个题材的小说创作带来一种新的经验和别样的风景。

对城市认同最有代表性的当然是小说的主人公"我"——刘高兴。"我"带着言听计从的同村人五富,在举国欢呼雀跃于即将来临的新世纪之际,带着进城挣钱的高兴心情,怀抱跳出农门做一个城里人的远大"理想",来到了西安城拾破烂,到咸阳挖地沟,开始了为期七个月的"城市生活"。"我"本名刘哈娃,但自作主张把名字改为"高兴"。刘高兴无父无母,高中毕业后不得不在家务农,为了盖房子娶媳妇,他把自己的一个肾卖给了城里人。可房子盖起来了,媳妇早成别人的媳妇。这并不是一件值得悲伤的事,足以证明尽管"我"这一身皮肉虽然是清风镇的,是刘哈娃,但自从将肾卖到了西安城,"我"便觉得自己是西安的刘高兴。刘高兴带着笨拙的五富离乡进城,和许多农民工进城一样,也是为了打工挣钱的,但对刘高兴来说,最重要的还不是挣钱,他是来寻找他身上的另一半,一个证明他是真正意义上城里人的重要证据。有了一个肾器官在城里安营扎寨,刘高兴便固执地认为,他应该听从他的那个肾的召唤,去城里和它见面,与它一起做城里人。他不是属于农村的,他应该过城里人的生活。他总觉得自己应该是西安人,活该要做西安人。从小说的开始到结尾他都如此坚信,即使经历了千辛万苦,看穿城市里的世态炎凉、人情冷暖后,他仍坚持待在这个不能接纳他的城市。他甚至狂想着,他的媳妇也应该是城里的女人,身材是窈窕的,有着纤细的小腿,能穿他早已买好的高跟鞋。尽管"我"不会说普通话,并且怎么也学不会,可普通话是普通人才说的话,毛主席都说湖南话的,"我"也就说清风镇话。这种身份的自我认定让"我"从此颇为得意,因此有了那么一点儿的孤,也有了那么一点儿的傲,挺直了脖子,大方地踱步子,一步一个声响。他很快认同了城市人的生活方式,努力让自己成为一个文明的人,吃粗茶淡饭但细嚼慢咽。他曾经饿着肚子,跑三十里路去县城看一场戏,他去大唐芙蓉园体味城市人的文化生活,他坐出租车到"锁骨菩萨塔"去寻找心灵的寄托。他讲究自己的仪表,喜欢穿皮鞋,在大热天走街串巷收破烂时也要穿戴整齐。他爱整洁,外出见人时必须穿上捡来的西服,在茶缸里倒上开水在裤子上熨,能熨出棱儿来。他爱卫生,不随地吐痰,每天捡完垃圾都要擦洗身子。衣服旧是旧,可从来都是干净的。他处处显示自己有文化,爱读报纸,给写错别字的店铺老板提意见,动不动拿出箫来自娱自乐。甚至有了一种传言,说他是音乐学院的高材生,因家庭变故才出来拾破烂。对此,他也不说破,反而表现出很有文化的样子。他爱屋及乌,包括城里的鸟和虫子都是他爱护的对象。黄八捣掉了树上的鸟巢想当柴烧,结果被他骂了个狗血喷头:哪儿寻不来烧饭的柴火你却戮鸟巢!鸟儿没有巢往哪儿住,让你夜里也睡到马路上挺尸去?!直到看着黄八爬上树重新将鸟巢安好。五富玩耍蝗螂折断虫子的大腿,高兴见了勃然大怒,扬手打了五富一个耳光。他对城市有自己的立场,当五富痛骂着"城里不是咱的城里,狗日的城里"时,他立场鲜明地表达自己的态度:咱们既

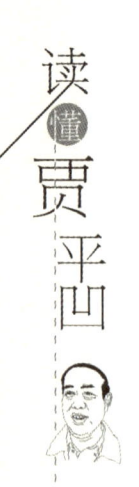

然来了西安就要认同西安,西安城不像来时想象的那么好,却绝不是你恨的那么不好,不要怨恨,怨恨有什么用呢?而且你怨恨了就更难在西安活得很好,你就觉得看啥都不一样了。刘高兴从事的是卑贱的职业,却有着高尚的做人原则,在和大老板韦达的相处中,他不卑不亢,用自己的方式维护着做人的尊严。他自诩为"剩楼"中的大哥,看问题比其他人都要透彻,都有理智,他摆平了刁难五富的门卫,穿一身西服和皮鞋去为翠华讨回了身份证,英勇地制服了肇事逃逸的司机。最为可贵的是他的自信:城里人之所以为城里人是他们经见多,而不是他们比咱们强到哪里。当他拉着架子车面带笑容地走在西安的街巷中时,很多生活条件比他优越的城里人都感到奇怪:"你一个拾破烂的咋迟早见着都是喜眉笑脸的?"他的回答是:"我名字叫刘高兴,我得名副其实啊。"①最有意思的是,一次,刘高兴在广场上吐了一口痰,正要被市容队员罚款,但是刘高兴从容镇定的表情和不急不躁的"领导"气质把市容队员镇住了。刘高兴很得意,忍不住追问:"你怎么知道我是领导?"市容队员说:"你过来的时候迈着八字步,我就估摸着你是领导;可见你肚子不大,又疑惑你不是领导,怪我有眼无珠,竟真的是领导。"(第71页)

以上的这一切只不过是刘高兴的一种自我感觉罢了。其实,作为一个拾破烂的农民工,高兴与他的"工友"们很难在城市里过上什么体面的生活,即使是维持基本的生存也要付出艰辛的劳作。好在西安城每天有数百辆车从城里往城外拉送垃圾,有了垃圾,他们就能淘换出生活必需的柴米油盐,就能一块接一块地攒下老家一家老小的吃喝用度。不管刘高兴身上表现出多少城市文明的派头,他还是上不了城市的高台盘,他的生存状态还是与城市的"垃圾"伴生在一起,脏与累是他摆脱不掉的两样东西。这样,刘高兴对城市的认同恐怕只能是他的一厢情愿,西安城并不认同刘高兴。早在这

---

① 贾平凹:《高兴》,《贾平凹文集》(第20卷),陕西人民出版社2008年版,第15页。

些拾荒者踏上西安街道的时候,城市就给了这些人不可接纳的印象。繁华却陌生的城市让老实巴交的五富一下火车便紧张得肌肉僵硬、浑身冒汗,看来在清风镇他们身上穿的是最好的衣服,但一到了西安城就土得掉渣,甚至手也不知咋的一下子就黝黑了,"我们"的一举手一投足都显得笨拙可笑。刘高兴英勇地制服肇事逃逸司机的英雄壮举,却因没有城籍户口得不到任何物质和精神的奖励,在城市收破烂多年的瘦猴一语破的:"刘高兴呀刘高兴,你爱这个城市,这个城市却不爱你么!"(第147页)话虽刻薄,却一针见血地道出了城市对于农民工的暧昧态度。城市里的记者对刘高兴英雄行为的报道更是耐人寻味。质朴的刘高兴本不想让人知道他做了好事,他认为这是他应该做的,城市的记者不但报道了,还画蛇添足地认为刘高兴做好事的动力是"想到了一个党员的责任"(第140页)。刘高兴被臆想为一名"党员",其"农民工"的真实身份却不愿或不值得被人提起。他表面很乐观,却经常为孤独而痛苦。拾破烂对清风镇的任何人都不是什么重体力活,即便是每日腿累得发胀发肿,到晚上烧一盆热水泡泡也就是了,拾破烂却是世界上最难受的工作,它说话少,他最难受的是一天没有人和他闲聊几句。虽然五道巷至十道巷的人差不多都认识刘高兴,也和他说话,但那是在为所卖的破烂和他讨价还价,或者他们闲下来偶尔拿他取乐,更多的时候没人理他。刘高兴老远就给他们笑,打招呼,他们却视而不见就走过去了,好像他走过街巷就是街巷刮过来的一片树叶一片纸,蹲在路边就是路边的一块石墩一根木桩。贾平凹以一颗敏感的心,深深体味出了一个农民工作为城市边缘人的心理感受,写出了乡村文明与城市文明根深蒂固的对峙。

不管城市如何对待刘高兴,他依然对自己在城市里生活有着高度自信,因为自己与城市有一个实质性关联:自己的一只肾卖给了城市。他执拗地要寻找自己的另一只肾,因为肾维系着他坚实又脆弱,混杂着自卑、自恋而又自傲的身份认同——"一只肾早已成了城里人身体的一部分,这足以证明我应该是城里人了。"(第147页)他一直认为城里的富商韦达就是拥有自己另一个肾的城里人。他终于见到韦达了,但发现韦达移植的是肝,而不是肾。那条通往城市的生命通道被堵塞了,那只肾是否在城市安家,是否认同它生命的母体立即成了一个问题,这实际上隐喻了城乡两类人物、两种生活、两个文化的对立与分离。刘高兴们虽然在城市中讨生活,但根本算不得城市人,表面看来是因为他们没有城市人所拥有的户口,更为重要的是,他们是农村人,城市不可能真正接纳他们,他们也不可能真正融入城市生活,他们只能是暂时蜗居在城市里的漂泊者。这就可以理解刘高兴对自己梦境的质疑:"我已经认做自己是城里人了,但我的梦里,梦着的我为什么还依然走在清风镇的田埂上?"(第127页)由此也可以理解刘高兴对自己脚印的困惑。他第一次到豪华宾馆收破烂时,光着脚进去,留在大厅地板上的脚印长期困扰着他:"就是这脚印,以后的梦里常常出现,我不是光着脚在西安城里到处乱跑,就是跑呀跑呀的,才发觉脚上没有了鞋,急起来,鞋呢,鞋呢?而那个上午,我再也没有收到什么破烂,脑子里仍在操心着宾馆大厅里的脚印被服务员擦掉了。"(第23页)脚印就是一个意象,它是刘高兴在西安生存的证据,只要有它们存在,他就可以想象"自己的那些脚印一定会走动的,走遍每一条大街小巷,甚至到了城墙上,到了钟楼的金顶上"。(第24页)实际上,这也只是刘高兴的狂想,他无法实现自己的梦想就像他无法留住自己的足迹一样,在那个现代化的大都市里,他很难找到自己的立足之地。他的一切自信都是一种狂想,他原以为自己进了城,拾起破烂来,就是城里人了,改名叫"高兴",就会真的高兴,但他的梦中情人妓女孟夷纯被抓了,视他为偶像的五富暴死了。他以为能在城市每天生产的巨量垃圾中表现自己存在的价值,能和城里其他人一样生活下去,但这些垃圾的实际掌控者韩大宝只要略施阴招,他的生计立即就成了问题。直到酗酒的五富魂断打工路,刘高兴背着他的尸体还乡被警察铐住时,他才明白自己仍然是个农民,懂得太少,能力有限。他无法兑现自己当初的承诺,让五富死后回到魂牵梦萦的清风镇,葬在祖坟上自己父母的身边,让妻儿四时祭祀,五富的游魂只能继续在这个根本不可能接纳他的城市里飘荡。刘高兴自己也曾对五富开过类似遗嘱的玩笑,不过内容恰恰相反:他不想埋在清风镇的黄土坡上,而是要去城里的火葬场火化。因为他活着是西安的人,死了是西安的鬼。五富死后,刘高兴仍然坚定自己的信念:永远会待在城里!"遗嘱"的内容虽然不同,可以预料的是,结果肯定非常相似,刘高兴的归宿也比五福好不到哪里去。这类人在现代都市里只能是一个失去家园的流浪者,永远走在求生的窄道上,无论乡村还是城市,都不是他们的栖身之地。

刘高兴以其农村知识分子的"文化身份"来到城市,渴望得到现代城市文明的接纳,然而,他的种种努力只不过是鹤立鸡群地把自己与同类区别开来,自娱自乐可以,自欺欺人也行,就是不可能得到城市文明的认同。随着他寻找肾的失败、孟夷纯的被捕和五富的暴死,他所有的一切努力都付诸东流,他只能站在城市街头"看着天高云淡",思索何去何从,"比起那些80年代在城乡徘徊的农村青年,站在21世纪路上的刘高兴面临着更绝望的困境:不但现实中没有出路,心灵上也没有家园和方向"。① 但他就是要高兴,在贫困中高兴,在辛劳中高兴,在希望中高兴,在失望中高兴,"他越是活得沉重也就越懂得着轻松,越是活得苦难他才越要享受着快乐。"② 得不到高兴,但仍高兴地活着,他在高兴中去寻找,用高兴去抗争,通过高兴的精神状态来表明自己积极融入城市的坚决态度。这种顽固的精神状态,相比于前期的《高老庄》《秦腔》等作品,刘高兴就是一个全新的形象。他不再是如《废都》中的庄之蝶、《白夜》中的

---

① 邵燕君:《当"乡土"进入底层——由贾平凹〈高兴〉谈"底层"于"乡土"写作的困境》,《上海文学》2008第2期。
② 贾平凹:《我和刘高兴》,《高兴·后记》(一),《当代》2007第5期。

夜郎那样，是捍卫乡村文明、排斥城市文明的代表，是作为城市文明的对立面而存在；他不是被迫陷入城市的无家可归或有家难回者，而是强烈地渴望融入城市文明，不满足于在城市中用劳力换取金钱然后回到农村去，而是要留在城市成为新一代城市居民。就《高兴》中的人物来比较，他不像五富那样摆脱不了对土地的依恋，身子进入了城市，心理、情感和精神还是乡村的；他不像黄八那样对城市充满刻骨的仇恨。当麦收时节到了，五富便想回家收麦，尽管他也清楚，家里那几分地他不回去也可以，而且来回几天收下的麦子还不够车票钱，但他仍然希望回去，因为他把自己始终看成一个农民，既是农民，农忙时都不回去是说不过去的，而当看到城外一望无际的麦田时，五富更是如饥饿的孩子投入母亲的怀抱一般，心情激动：还是乡里好！没来城里把乡里能恨死，到了城里才知道快乐在乡里！并因此而大骂城里：城里不是咱的城里，狗日的城里！较之于五富，黄八对城市的态度基本只有两个字——仇恨。当城里人在球场狂欢叫骂的时候，黄八也扯开嗓子叫骂，只不过骂的与足球无关。他骂人有了男有了女为什么还有穷和富，骂国家有了南有了北为什么还有城和乡，骂城里这么多高楼大厦都叫猪住了，骂这么多漂亮的女人都叫狗睡了，骂为什么不地震呢，骂为什么不打仗呢，骂为什么毛主席没有万寿无疆，再为什么没有了"文化大革命"呢？(第163页)刘高兴在拾破烂群体中显得超然另类正在于他对城市的态度，他一进入城市就开始了他的这种精神超越，他自己改了名字，把乡土的"哈娃"改为城市的"高兴"，在日常生活中按照一个城里人的文明标准严格要求自己。当然刘高兴也有自己做人的原则，并非一味地迁就城市里的人和事。他有自己的尊严，一旦有人蔑视或践踏他的尊严，他会以自己的方式去维护。当一个乞丐因为他是拾破烂的而施舍似地给了他一元钱的时候，他便感到是一种极大的侮辱，将一元钱摔在地上。当他在收破烂的过程中遇到锱铢必较、小市民气特重的卖主时，便决然掉头而去，即使失掉这笔生意也在所不惜。还有一次他出于好心主动帮一个老人往楼上搬东西,而老人却说我不愿欠你人情硬要给他两元钱的时候,他拂袖而去。他需要钱,但钱不是他的唯一目的。他不能容忍别人对他人格的污辱,也不能容忍别人对他善心的拒绝。从以上的分析不难发现,他是新一轮城乡冲突中出现的新一代农民,但这个人物本身也是一个矛盾的集合体,他坚守着与他身份不符的生活方式和价值原则,很难让人说清这是一个时代的悲剧还是一个值得倡导的人生追求和价值导向。

有人说,《高兴》明显模仿了《堂·吉诃德》的叙事模式。刘高兴带着五富闯荡西安城,就好比堂·吉诃德与桑丘的行侠游历。刘高兴也对五富信誓旦旦地描绘了一片永远抵达不了的"梅林"——只要扎根西安就能挣很多的钱,就像堂·吉诃德花言巧语说服桑丘追随自己冒险一样。刘高兴也有如堂·吉诃德一样的侠义心肠和小小智慧,路见不平不管自己的实力如何都敢于拔刀相助,但与堂·吉诃德一路闯了许多祸、吃了许多亏、闹了许多笑话、几乎谁碰上他都会倒霉不同的是,刘高兴一般都能取得令人刮目相看的结果:他让五富悄悄将胶水倒在凳子上,让恃强凌弱的看门人出尽了洋相;他冒充报社干部惩治了企图霸占保姆翠花的雇主;他略施小计就教训了专事罚款的市容纠察员和靠乞讨为生的石热闹;他不顾生命安危拦阻企图肇事逃逸的汽车司机。他也像·堂吉诃德一样追求女人,自作多情地把来自乡村的卖淫女孟夷纯当作梦中情人,不自量力地帮助她摆脱困境。五富也是桑丘的中国版,同样是又矮又胖又邋遢,满脸憨态而又机灵狡黠,功利自私却忠心耿耿。作家对《堂·吉诃德》的借鉴是作为一种叙事上的策略,还是一种精神上的参照,这也许并不重要,重要的是共同揭示了一个时代的理想主义与社会现实难以调和的困境。只不过堂·吉诃德经过一番游历,吃尽苦头辗转回到家乡时,他省悟了自己从前是个疯子,只恨后悔得太晚了,而刘高兴只能一边遭受着城市给他的失意,一边沉醉在融入城市的幻梦之中,永无醒来的可能。面对一系列的失败,他只剩下了最后的武器——高兴,去应对一切艰辛的劳作和人生的苦难。

由此又有人说,刘高兴是阿Q。的确,刘高兴与鲁迅笔下著名的阿Q有诸多的相似之处,他一直生活在自己的"精神胜利法"下。拾垃圾的人连同他们所拾的垃圾都被城里人视为"破烂",这给"心性高傲"的刘高兴造成了人格上的伤害和精神上的折磨,他不得不用"精神胜利法"来宽慰自己:拾破烂怎么啦,拾破烂就是环保员呀!报纸上市长发表了讲话,说要把西安建大建好,这么大的西安能建好就是做好一切细节。那么,拾破烂就该是一个细节。为了精神上的满足,刘高兴经常给自己制造一些眩晕感:"清风镇上拉二胡的人不少,吹箫的就我一人。"①他有着带箫捡垃圾的"雅兴",自诩有一根神经是音乐的,把自己"带箫拾破烂"比作"韩信当年挎剑行街";看见太阳下的烟影是黄的,因此就说"这个世上那么多的吃纸烟的人,能注意到烟影是黄的恐怕就我一人"(第23页);他把他们几个拾破烂的"拾友"居住的破烂不堪的"剩楼"称作通往"圣地"的"圣楼",认为"延安是共产党的革命圣地,我们保不准将来干大了,这楼将也是我们的圣地"(第43页);他把骑自行车看西安城称之为"巡视",想象着自己坐出租车"脚踩一星,领带千军,我感觉自己不是坐在出租车上而是坐着敞篷车在检阅千军万马"(第137页)。还有,他在西安的言谈举止很像一个干部,这让他觉得自己不是一般人,绝不是一般人,而是天生有城里人的气质;他在自己的拾友——五富和黄八等"燕雀"面前凸显自己的"鸿鹄之志",寻找做群众领袖的感觉;他在自己的屋里高高擎起一双红女鞋,墙上贴了一面镜子,自言"镜子里有女人"。当他遭受城市女人的侮辱时,立即进行自我安慰:"看来这个女人没有慧眼,她看我是瓦砾她当

---

① 贾平凹:《高兴》,《贾平凹文集》(第20卷),陕西人民出版社2008年版,第14页。

然不肯收藏,而我是一颗明珠她置入粪土中那是她的无知和可怜么!"(第87页)总之,刘高兴生活在自己的想象中,而且毫不质疑这种想象的虚幻性。他的生存离不开"精神胜利法",很多时候都是运用精神的"胜利"来支撑自己痛苦不堪的生活,也是用这种精神来教训五富:人怎么能没个想头呢?过去就有过人有多大胆地有多大产……我们想着西安城现在不就是西安城里的人了吗?想着我们的饭香,不是胃口就开了吗?心想事成!

如果就此把刘高兴与阿Q划归同一个阵营,那就有点太简单了。阿Q是现代文学诞生之初,鲁迅以"启蒙"为立场创造的一个揭示"国民劣根性"的农民形象,"哀其不幸,怒其不争"是阿Q给世人的感觉。新时期文学里,高晓声的"陈奂生"、何士光的"冯幺爸"、阎连科的"连科",包括刘高兴等农民形象延续了鲁迅的现代启蒙精神,对阿Q的形象做了一次远程接力。然而,毕竟阿Q们生长的时代不同,他们各自"精神胜利法"的精神实质和表现形式都有本质的差异,刘高兴与阿Q就有点貌合神离。刘高兴与阿Q一样也是农民,也生长在经济不发达但古风浓厚的乡镇,但他在城市里见证了世人在欲海里的沉浮和挣扎,却从未放弃自己的质朴、厚道和率真。虽然他像阿Q那样好显摆,但绝不像阿Q那样愚昧、卫道、守旧、滑头和无赖。相反,刘高兴的确有点知识、有点聪明、有点机智、有点文明,对生活中的许多事情的处理都表现出得心应手。与地道的城里人相比,他的气质风度也几乎能够以假乱真。他们虽然都有点"自欺",但阿Q的"自欺"是自轻自贱、自欺欺人,刘高兴的"自欺"是自尊自爱,维护自己的面子和尊严。这样,刘高兴的精神胜利法就成了一种抵御环境伤害、排遣屈辱情绪、保护合理需求的精神武器,借此强烈表达自己对城市的认同和向往,正如他自己所说:"环境越逼仄你越要想象,想象就如鸟儿有了翅膀一样能让你飞起来。"(第32页)是什么力量支撑着刘高兴精神的飞扬呢?刘高兴自己有一个解释:"农民咋啦?再老的城里人三代五代前还不是农民?!咱清风镇关公庙门上的对联写着:尧舜皆可为,人贵自立;将相本无种,我视同仁。"(第44页)中国传统文化同样有着平等意识和独立精神,阿Q不知道这副对联,自然没有这种精神。

　　阿Q的精神胜利法让他一直沉浸在不满现状却又安于现状的幻想和自我安慰之中而不思悔改,一切存在都变成了滑稽可笑的表演。残酷的现实让刘高兴的希望像肥皂泡一样破灭了,但数月以来一直以城市人自居的刘高兴最后还是有点自知之明:自己原来还是一个农民!这种自省虽然不如堂·吉诃德那样认清自己从前是个疯子那么透彻,但总还是给人一种希望,不管刘高兴成为一个城里人的路是多么遥远,但传统农耕文明向城市现代文明的转型是一个不可逆转的趋势,作家只不过在此借刘高兴的表演,从一个特殊角度展现了这种转型的难度。在这一天还未到来之际,刘高兴式的精神胜利法也许就成为现实社会迫切需要的安慰剂,提供的也许是一种能够促进和谐安定的正能量。在当下的底层叙事中,将弱势群体的生存苦难展示出来,传达他们内心的无望和无助,以引起社会疗救的注意,一般看作一个作家的责任担当,这个五四以来的文学传统得到当代作家很好的承继。比如阎连科的《日光流年》《年月日》,刘庆邦的《穿堂风》《兄妹》,王祥夫的《菜地》《街头》,陈应松的《太平狗》《马嘶岭血案》,方方的《奔跑的火光》《出门寻死》,所有的弱势者都处于被侮辱、被伤害的地位,而他们的反抗充满绝望,他们的不幸永无止境,整个作品给人一种阴冷、压抑和绝望的感觉。而《高兴》对拾破烂人生活艰难的描写,对底层社会苦难的展现,比如农村少女孟夷纯的被迫卖身,以至五富的惨死等等,虽然也令人触目惊心,然而主人公刘高兴富有阿Q式精神特征的开朗乐观大大淡化和稀释了小说的沉重氛围,使整个故事变得"柔软而温暖",没有剑拔弩张的紧张,也没有一摊血一把泪、苦大仇深的庄严控诉。这也正是《高兴》与时下众多"底层叙事"所不同的地方。刘高兴融入城市的那点虚幻而持久的理想和追求,那种在艰辛与苦难中表现出的盲目的自信和乐观,多少为作品增添了一丝亮色,给人一点希望,这正是当下"底层写作"中最缺乏的东西。

相比贾平凹以前的作品,《高兴》是一部耐读而又好读的小说。魔幻的叙事退却了,意象化的特征淡化了,"我尽一切能力去抑制那种似乎谈起来痛快的及其夸张变形的虚弱高蹈的叙述,使故事更生活化细节化,变得柔软和温暖。因为情节和人物及其简单,在写的过程中常常就乱了节奏而显得顺溜,就故意笨拙,让它发涩发滞,似乎毫无了技巧,似乎是江郎才尽的那种不会了写作的写作。"①小说采用了单线式叙述结构,故事情节和人物设置相当简单,只是讲述了刘高兴及其同伴单调到了近乎乏味的拾破烂的日常生活,写他们怎样为一件两件破烂讨价还价,怎样和各种不同身份、不同性格的人物打交道,这里自然有他们所经受的屈辱与冷遇,他们的满足与怨愤,他们之间的温情与友爱,当然也有少数人的卑下与无耻。正是这种日常生活化叙事,写出了一种真实的底层经验,把一份独特的社会记录留给了历史,让我们从农民工这个角度触摸到现代都市不轻易能触摸得到的脉搏,这也正是贾平凹所要追求的叙事效果。

---

① 贾平凹:《我和刘高兴》,《高兴·后记》(一),《当代》2007年第5期。

八、《古炉》：
另起炉灶或者最后的补课

在莫言获诺贝尔文学奖之前，据说贾平凹也获得提名，被认为当下中国最有实力问鼎此项殊荣的作家之一。不管贾平凹是否与这项殊荣有缘，我们都不可否认贾平凹是一个有世界影响的作家，但从贾平凹作品的整体阅读中，我们还是可以发现贾平凹不是一个政治意识非常明显的作家，他的作品对文化的思考远远大于政治性的言说，仅这一点，就与诺贝尔文学奖的标准有很大的背离。

有人把诺贝尔文学奖形象地比喻为"文学奥运会"的金牌，而且是世界各国文学家共同参与竞争的一个特大项目的唯一金牌。既然是一场竞争，就必然存在竞争的规则。考察诺贝尔文学奖的评选标准可以看出，"理想主义倾向"始终是其首要条件，而"政治理想"是其最主要的成分。让我们从后往前数，2010年度获奖者秘鲁作家马里奥·巴尔加斯·略萨本身就是一个政客，他的获奖是表彰他"对权力结构的制图般的描绘和对个人反抗的精致描写"；2009年度获奖者罗马尼亚小说家赫塔·米勒在齐奥塞斯库政权下采取不合作态度，因不堪秘密警察的侵扰移民德国，她的作品对专制、野蛮、伪善有着持之以恒的揭露；2006年度获奖者土耳其作家费利特·奥尔罕·帕慕克作品中呈现的历史观和对土耳其政府的批判，多次引起国内外的哗然，是土耳其保守派的眼中钉；2005年度获奖者英国剧作家哈罗德

·品特是个崇尚人权和反战的作家,获奖的关键因素在于他清晰的政治立场——反对英国卷入伊拉克战争;2004年度获奖者奥地利女作家埃尔弗里德·耶利内克是个非常叛逆的人,具有鲜明的反右翼立场,官方将她定位为"给奥地利政府抹黑之人";2003年度获奖者南非作家约翰·马克斯韦尔·库切因为对南非的现状不满而移民澳大利亚,"库切的书都是关于历史,是关于人在历史中的地位,更是关于人是否能逃离历史";2002年度获奖者凯尔泰斯·伊姆雷是"在其作品中探讨了这样一种可能性,即个体的生命和思想能不能存在于一个人们几乎彻底屈从于强权的时代","他的作品坚持以个体脆弱的经历对抗历史的野蛮的独断专横"……当政治标准在诺贝尔文学奖中得到一以贯之的执行后,它也自然成为一些文学"野心家"的导航仪,自觉不自觉地朝着这个方向努力。

　　有了流亡作家高行健的获奖,莫言就不得不对文学与政治的问题多费口舌。2012年12月6日,莫言出席诺贝尔奖新闻发布会,他谈到自己获奖的意义:"我的获奖是文学的胜利,而不是政治的胜利,获奖是我个人的事情,诺贝尔文学奖从来就是颁给一个作家的,不是颁给一个国家的。"12月9日,莫言在斯德哥尔摩大学举行的演讲中表示:"政治是需要政治家研究,我没有深刻的研究,所以我的回答很可能不正确,我不正确的话就误导了读者,所以我还是不太愿意回答。但是我的小说里有政治,你们可以在我的小说里发现非常丰富的政治。但是如果你是一个高明的读者就会发现,文学远远的比政治要美好。政治是教人打架,钩心斗角,这是政治要达到的目的。文学是教人恋爱,很多不恋爱的人看了小说之后会恋爱,所以我建议大家都关心一点教人恋爱的文学,少关心一点让人打架的政治。"12月10日,瑞典文学院诺奖委员会主席瓦斯特伯格在颁奖致辞中毫不掩饰莫言小说的政治倾向,说他"以嘲讽的手法攻击历史及其谎言、被它剥夺的和政治的虚伪假象"。应该说,对于莫言小说与政治的关系问题,还是刘再复在接受《南方人物周刊》专访时说的非常到位:"如果真要从'政治标准'苛求,把莫言放回'文化大革命'中,那么他的每一部作品都是'大毒草',红卫兵有足够理由对他进行10次'檀香刑'和一百次'牛棚'处罚。瑞典学院是正确的,它不把莫言看作'谴责文学'和'社会批判小说',而是面对莫言的心灵、想象力与审美形式,看到了莫言在抒写时代现象时超越时代而进入文学的永恒之维。瑞典学院的院士们拥有清醒的良知,他们对作家只有高标准的文学要求,没有文学之外的政治要求与道德要求,唯其如此,它才拥有面向全球复杂语境进行择优选择的可能。瑞典学院正是透过这种政治表象而把握莫言的真实文学存在,坚守文学的视野所以才赢得世界的尊重。"①

不管文学批评家还会对莫言的获奖发表任何微词,用文学的手法书写政治并不是莫言的独创,恰恰相反,它如一切世界文学名著一样,也一直是中国小说的重要传统。对于当代作家而言,书写"文化大革命"就是这种传统的重要表现。"文化大革命"是中国20世纪后半叶重要的历史事件和文化事件,新时期以来的几乎所有重要文学潮流与几乎所有的老中青三代作家都对这个事件有所回应。在当代很多作家看来,"文化大革命""不仅仅是一个写作题材,'文化大革命'是从中国自己历史深渊中产生出来的浩劫,它所带来的幻灭和悲哀,它对于历史面貌的深刻影响,对于生命和人性的煎熬,几乎是难以穷尽的。作为世界历史中的重大事件,它绝不仅仅是和中国人有关的一件事情。"②尤其是新世纪以来,"文化大革命"叙事再次成为重要的文学现象。再顺着数,有王蒙《狂欢的季节》(2000年)、阎连科《坚硬如水》(2001年)、刘醒龙《弥天》(2002年)、迟子建《越过云层的晴朗》(2003年)、东西《后悔录》(2005年)、王安忆《启蒙时代》(2007年)、范小青《赤脚医生万泉和》(2007年)、苏童《河岸》(2009年)、严歌苓《陆犯焉识》(2011年),直到贾平凹的《古炉》(2011年)。

---

① 《诺贝尔文学奖2012年颁奖典礼授奖词》,钟宜霖译,见 http://blog.sina.com.cn。
② 李锐:《"文革"是我终身要表达的命题》,《凤凰周刊》2006年第35期。

小说家如何呈现历史与政治,或者说历史与政治如何在小说中存在,这是当代小说家走向世界的一个非常微妙的问题,大家都不愿多说,但都在不约而同地埋头苦干。"一切历史都是当代史","任何一个事件的历史,对两个不同的人来说绝不会是完全一样的;而且人所共知,每一代人都用一种新的方法来写同一个历史事件,并给它一种新的解释。"[①]因此,自新时期文学以来,"文化大革命"作为中国当代小说创作的重要题材总是被反复书写,文化大革命的历史也在这种反复书写中不断丰富和完善,"文化大革命"题材小说俨然成为一部独特的中国当代文学史。

新时期小说的发轫之作就是"文化大革命"题材小说。刘心武的《班主任》、卢新华的《伤痕》开启了"伤痕文学"的思潮,随后,这类"文化大革命"题材小说成为一个时期的小说主潮。仅以1980年为例,在当年出版的90多部长篇小说中,以"文化大革命"为题材的约占五分之一,涉及工、农、兵、学、商各个阶层。这个时期的文化大革命小说在政治立场、情感取向和价值判断上呈现出统一而无差别的时代共鸣,鲜明自露的政治批判、情感倾诉与道德谴责是它们的突出特征。真正突破"文化大革命"集体记忆思维模式的是当代先锋小说家,尤其在余华、马原、阿城、残雪、莫言等人的小说中,作家以独特的文学想象展现了个人心目中的"文化大革命"记忆。在思维模式上,他们走出了"文化大革命"小说政治批判和情感倾诉的统一模式,更加关注个体生命的独特感受和存在形式;在叙事策略上,他们笔下的"文化大革命"并不是整一有序、线型发展的"文化大革命"历史,而是呈现出一种时空颠倒、错乱交织的"文化大革命"记忆碎片;在情感基调上,先锋作家们放弃了新时期初那种受难、愤怒、控诉、沉重的情感宣泄,而对"文化大革命"历史与个人遭遇进行客观冷静的平面呈现。以余华的小说《一九八六年》为例,

---

① 卡尔·贝克尔:《什么是历史事实?》,张文杰等编译,《现代西方历史哲学译文集》,上海译文出版社1984年版,第237页。

这是一部讲述小镇上中学历史老师遭遇"文化大革命"灾难的悲剧小说。中学老师被"文化大革命"造反派抓走后发了疯,二十年后再回到小镇,在大街上以自己的身体逐一展示墨、劓、剕、宫刑、凌迟、大辟等古代酷刑,场面虽然十分血腥,情感却非常冷酷。余华显然对那种讲述人物悲剧命运的"文化大革命"小说模式不感兴趣,他在小说中着力展现的是人物在疯狂中对"文化大革命"的种种幻觉,以此还原"文化大革命"历史的残暴现场,这样,"我们看到的历史面目就不是个人的苦难因为与国家、民族一同受难而戴上了神圣的光环,而是剥离掉集体话语和忠诚表白的外衣,表现出普通人处于生命和人格防护本能而产生的卑微、恐惧乃至疯狂,这本身就构成了对'文化大革命'政治恐惧的反人性、反人道的映照。"①冷静的观照、零度的情感、平面化的呈现、超现实的时空,成为先锋小说家们表现"文化大革命"记忆的主要笔法。

无论是新时期初集体记忆中的"文化大革命"小说,还是先锋小说中个人记忆的"文化大革命"小说,它们的基本风格都是历史悲剧。然而,自20世纪80年代末期,尤其是90年代以来,这种历史悲剧渐变为一种狂欢喜剧。海登·怀特在《作为文学虚构的历史本文》中对这个问题有一个很好的阐释:"在历史上,从一个角度看是悲剧性的事情也许从另一个角度来看就是喜剧性的。在同一个社会里从某一阶级立场来看似乎是悲剧性事件,但另一个阶级则可以把它看成是一场滑稽戏。"怀特认为历史事件本身在价值判断上是中立的,最终成为悲剧、喜剧、传奇或讽喻中的哪种范畴,取决于按照何种情节结构或神话组合,关键是如何排列事件顺序、如何编织历史片段"以便提供关于事件的不同解释和赋予事件不同的意义。"②这种新历史观对中国作家产生了深刻的影响。也许,那场

---

① 许子东:《为了忘却的集体记忆》,三联书店2000年版,第6页。
② 海登·怀特:《作为文学虚构的历史本文》,转引自张京媛《新历史主义与文学批评》,北京大学出版社1993年版,第163—164页。

长达十年的全民热情高涨的政治运动本身就是一场精神的狂欢,那种反常思维和统一行动的悖反本身就是一场荒诞的喜剧。一个有趣的历史现象是,在上世纪80年代末,关于"文化大革命"中的笑料故事引起了人们的格外关注。《雨花》杂志分别在1987年第2期与1988年第2期、第6期、第10期以新"世说"专栏的形式刊发了有关"文化大革命"中的许多笑料故事,随后,同样展现"文化大革命"荒唐历史的两本书《文革笑料集》与《"文革"时期怪事怪语》相继出版。这种阅读偏好的出现也许是一种"文化大革命"思维的转向,预示着小说对"文化大革命"的叙述会出现别样的方式。王小波将这种狂欢喜剧式的"文化大革命"记忆发展到了极致。在《黄金时代》中,陈清扬搞不清楚自己不是破鞋而被斥骂为破鞋的原因,知青王二以荒诞的逻辑得出了一个结论:进行一次性交来做名副其实的破鞋。结果在他俩的意料之中,陈清扬的破鞋骂名再也无人关注了,仅仅是为了丰富革命岁月的娱乐活动,两个人才成了搞破鞋的典型。面对批斗,陈清扬再也不感觉羞耻,每次批斗结束之后总是迫不及待地与王二疯狂做爱。在检讨材料屡次得不到通过之后,陈清扬诗意地描绘了一次与王二的性爱感受,并承认自己爱上了他,于是,对他们的批判从此结束。更具反讽意味的是,当回忆这段饱受屈辱的荒唐岁月时,陈清扬却认为这是她人生中最美好的黄金时代。的确,在那个阶级性压倒一切人性的时代,陈清扬能以个体生命的冲动印证了生命自由的存在,这当然是她一生中最为美好的黄金时代。其后的阎连科的《坚硬如水》、余华的《兄弟》(上)等作品也表现了这种怪诞的喜剧风格,它们多以性话语为工具,革命话语和情欲话语相互纠缠渗透,性爱被作者拿来作为消解残忍的手段和方式,它们用一种粗鄙修辞开启了一种全新的"文化大革命"叙事,在宏大的历史悲剧与个体的生存喜剧之间显示了更大的张力。

与这种狂欢喜剧同时出现的,还有一种"儿童视角"的"文化大

革命"叙事。王朔1991年发表于《收获》的《动物凶猛》(后来被改编为电影《阳光灿烂的日子》)是其开创者,接着有诸如余华的《在细雨中呼喊》、苏童的香椿树街系列、毕飞宇的《地球上的王家庄》、叶兆言的《没有玻璃的花房》、东西的《后悔录》、严歌苓的《惠子物语》等。这些小说中的青少年主人公有被父母遗弃的,有离家出走的,有因父母被隔离审查而暂时沦为孤儿的,有年少就不得不独立支撑家庭的。通过少年儿童的视角观察"文化大革命",作者隐匿了自己的感情显现与价值评判,仅仅以天真未凿的儿童视角去观察"文化大革命"这段特殊的岁月,在不动声色中展示"文化大革命"境遇中的个人成长历程,从他们的孤独、无助、反叛、暴力中来揭示"文化大革命"的历史伤痛。不管是那种狂欢的喜剧还是这种儿童视角,它们丰富了曾被我们抽象单一化了的"文化大革命"历史,同时展现了文学反映历史的另一个维度。

有了以上"文化大革命"叙事的背景描述,贾平凹《古炉》可算有了出处,并可以相对完整正确地认识它的个性风格和文学史地位。

小说《古炉》是贾平凹唯一以"文化大革命"为写作对象的长篇小说。古炉村的朱姓和夜姓两个家族从合作烧瓷到血腥斗争,展现了"文化大革命"前期乡村的社会动荡和"底层文革"的真实景观。发生在古炉村的"文化大革命"故事,是通过一个叫作"狗尿苔"孩子的眼光叙述出来的。狗尿苔的身世本身就是一个谜,只知道他是国军遗孀蚕婆在一次镇上赶集中抱回来的,因而顺理成章地成了反革命家属,备受村人歧视、侮辱,但他毕竟是一个孩子,贪玩好奇、天真纯朴、傻乎乎,爱到热闹的地方去,像一匹野马一样整天奔跑着。他与蚕婆相依为命,生活环境极为艰难。为了生存,他极力讨好村人,一项重大任务就是为抽烟的人跑腿寻火,后来干脆自己随身带着火绳。这么一个不知从何而来的孩子却像个天外来客,有着一个与世界万物相通的秘密通道。他有一副特殊的鼻子,可以闻到一种特殊的气味,这气味怪怪的,突然地飘来,有些像樟脑的,桃子腐败了的,鞋的,醋的,还有些像六六六药粉的,就那么混合着,说不清的味。每每闻到这气味,村里都会发生什么,诸如麻子黑的娘死了、州河里发大水、面鱼儿的儿子打架、开石的媳妇难产之类的事情。在他眼中,自然万物皆有生命,都能开口说话,他能听懂飞禽走兽、花草树木的话,可以和它们进行对话交流。他可以与狗为友,也可以与猪为伴,可以让燕子自由地飞到自己的手掌与肩头,也可以参加鸡世界的庆生大会;他懂得世间万物的喜怒哀乐:黑公鸡追求母鸡未果恼羞成怒;母鸡下了一颗蛋向红公鸡报喜;小猪为离别伤心流泪;被锯倒的桐树流出红红的血水……

　　从叙事学角度看来,《古炉》以狗尿苔为叙事人,作家本人在小说中隐退,是作家意欲"纯客观"展示"文化大革命"生活的原生态。一个发育不成熟的少年狗尿苔用他懵懂的眼光打量着一个混乱的世界,用他善良的心应付着山村复杂的人事,却始终看不懂人和人的关系为何越来越紧张?善的为何被欺负?恶的为何得不到惩罚?是什么力量让纯朴善良的村民变成了凶神恶煞?有一段时间,狗尿苔经常闻到那种气味,这是什么味啊?这是"文化大革命"的气味么?表面秩序井然的古炉村似乎要发生什么惊天动地的大事了,但什么是"文化大革命",狗尿苔不知道,狗尿苔说不清,他只知道这种气味是一种不祥之兆。对这些问题,狗尿苔基本不能完成任何理性思考,好在他感兴趣的只是表面的热闹,而不能洞察种种热闹背后的复杂背景,不能感受一切争斗背后的沉重苦难。但也正是这种澄明清澈的眼光,给我们还原了一个黑白颠倒、善恶倒置的混沌世界,在不知不觉中把"文化大革命"的复杂性和荒诞性充分展现出来。这种叙事视角,让狗尿苔成了一个真正的旁观者,他的叙述行为具有一种非成见的、纯客观的中立姿态,可以把一个复杂的历史事件做一个简单的还原。作家之所以采取这种叙事策略,一方面如他所说,历史上的"文化大革命"发生时他只有十三岁,对那场运动本身就是一个旁观者;另一方面,对于这个敏感的题材,最聪明的做法也就是有意识规避主观性的价值评判,只做原生态的呈现,把一切判断交给读者就是万事大吉。当然,纯粹没有价值判断的小说叙事是很难做到位的,也正是那"冰山"之下更为巨大的存在让读者发现了作家更加宏大的表现意图。比如善人说病所说的伦理道德,就是贾平凹伦理道德观念的间接转述。狗尿苔更是承担了作家难以言说的表现意图。他像一个幽灵一样,既游荡于现实之中,又超越于现实之外。他是上帝之眼,兼有佛陀之心。他与大自然合而为一,他心中那个神秘和谐的自然世界与残酷混乱的人类世界形成鲜明对比,让人强烈地感受到了"文化大革命"的混乱、人性的异化。他没有任何政治倾向性,虽然无力去爱,却不乏悲天悯人的大爱情怀。他不属于"榔头队",也不属于"红大刀",谁有难就帮谁,谁处弱势就同情谁;水皮常欺负他,但当水皮喊错了口号被抓,他就不再恨水皮了;支书过去常要蚕婆陪斗,但当支书被送进学习班后,他用尽心机给支书送吃的;灶火把毛主席像用绳子吊起,他机智地帮灶火躲过劫难;"榔头队"与"红大刀"剑拔弩张,眼看一场血腥恶斗就要爆发,他掀开蜂箱,虽然自己被蜇得满脸红肿,但化解了一场你死我活的武斗。从这些现象看来,"作家的确在一定程度上,让狗尿苔承担了作家的文化精神,成为整个社会生活的审视观察者"。[1]贾平凹也说他喜欢狗尿苔:"在写作的时候常有一种幻觉,是他就在我的书房,或者钻到这儿藏到那儿,或者痴呆呆地坐在桌前看我,偶尔还叫着我的名字……狗尿苔会不会就是我呢?我喜欢这个人物,他实在太丑陋、太精怪、太委屈,他前无来处,后无落脚,如星外之客……"[2]

---

[1] 韩鲁华、储照文:《一个村庄与一个孩子——〈古炉〉叙事艺术论》,《小说评论》2011年第3期。

[2] 贾平凹:《古炉·后记》,人民文学出版社2011年1月版,第606页。本书所引《古炉》如无特别标注皆为此版本,以后只标出页码。

与这个叙事人相对应的,也就是小说叙事的日常性特征。贾平凹在写作《秦腔》时曾说:"我写的是一堆鸡零狗碎的泼烦日子,它只能是这一种写法,这如同马腿的矫健是马为觅食跑出来的,鸟声的悦耳是鸟为求爱唱出来的。"(《秦腔·后记》)和《秦腔》一样,《古炉》也没有那种"宏大叙事"的野心,也不精心设计跌宕起伏的故事情节,而是努力把"文化大革命"背景下古炉村村民的日常生活细水流年地展示出来,呈现出一个喧哗时代乡土生活本身的原始与混沌、喧嚣与复杂。小说从古炉村的冬天开始写起,叙述的全然是古炉村村民缺衣少食、贫穷病苦的日常生活。婚丧嫁娶、家庭生活、邻里纠纷、求诊问药、说病祛邪、怀孕生产,从生老病离死到吃喝拉撒睡,都在作家的精雕细刻之下。以"冬部"为例,这时"文化大革命"尚未到来,村民们在杜仲树下休息、吃烟、打盹、捏虱子、晒太阳,其间虽然发生了秃子金、水皮分别和狗尿苔关于戴帽子、革命不革命的富有阶级意味的矛盾冲突,但是一只红嘴鸟的飞过就轻松地岔开了一场口舌,一切复归平静。这里还写到了马勺娘的丧事:全村都要夹一刀麻纸祭奠,并帮忙料理丧事,砍树、缝衣、做饭、挖坟等等,各司其职有条不紊……小说后面虽然用很多笔墨正面叙写接二连三的政治运动:破四旧、审查、批斗、造反、武斗,但不管革不革命、革谁的命、怎么样革命,人们最关心的,始终是吃饱肚皮过日子,对于那场轰轰烈烈的"文化大革命",采取的是一种主动顺应的态度。霸槽在古炉村"破四旧"发动"文化大革命"时,村民们认为这是另一个运动又来了,凡是运动一来,就要眼儿亮着,顺着走,否则就得倒霉了,这如同大风来了所有的草木都得匍匐,冬天了你能不穿棉衣吗? 运动的风头一出现,村民们便自觉地上缴与基本生存资料无关的四旧物品,没有任何人站出来反对。秃子金是最早跟随霸槽"破四旧"的积极分子,但看着其他搬运石头的村民能够记上比以往还多的工分时心就慌了,革命的热情立即消退。革命不能解决吃饭问题,只有工分才与将来的口粮分配挂钩,所以革命在一个偏远的乡村无关乎崇高的信仰。天布、灶火等密谋赶走黄生生，以斩断霸槽发动革命的推手时，发动群众的杀手锏就是派饭。本就贫穷吃不饱的村民当然拒绝给"革命领袖"黄生生提供免费的饭食，赶走黄生生便成了不同派系"革命者"团结一致的目标。当"文化大革命"火热而稻田里的害虫成灾时，村民自发到田间捉虫子做农活；两派对峙之时，村中混乱一片，磨子还是能安排人把豆子、包谷、稻子等收了回来；地里堆积的农活太多，两派的革命活动就少了很多，因为再和人有仇和地没仇呀！所以，不管是"榔头队"掌权还是"红大刀"占上风，都必须先解决"吃饭"问题。

  在许多中国人的意识里，"文化大革命"常常被简化为是一个政治性的历史事件，其发生的根源也被简化为极"左"思潮的泛滥。在《古炉》里，"文化大革命"究竟是什么东西？能听懂飞禽走兽、花草树木话的狗尿苔不知道，那些在政治运动中上蹿下跳的霸槽、天布、水皮、磨子、灶火、秃子金、迷糊们不知道，甚至连来自洛镇的黄生生也说不清道不明。至于普通老百姓，对这些大是大非问题更没人会去多想，也没人想得明白，他们只记得你姓夜我姓朱，你曾少给我记了三分工，你借我两元钱没还，一旦有机会就会找人算账。所以，古炉村的派别斗争并不是因为个人信仰或政治立场的不同，基本都是家族矛盾或日常生活中的个人恩怨。榔头队和红大刀的斗争就表现为夜姓和朱姓两个家族的斗争：夜姓家族在霸槽的率领下挑战朱姓家族的统治地位，他们借"破四旧"打砸朱姓村民的房子，借清查账目颠覆了支书朱大柜的统治；朱姓家族则在天布领导下为保住朱家的权威奋起反抗，他们为报砸房之仇定计收拾霸槽，成立红大刀造反队和夜姓的榔头队处处作对，最后流血武斗……这样一来，发生在古炉村的"文化大革命"并不是意识形态化的，不是游离于生活本身之外，而是融于世俗的日常生活之中。历史学者往往更重视"文化大革命"爆发的政治性动机，却忽略了其中民间性、日常性的更隐蔽、更深层的动因。小说以一种民间与底层的视角去讲述一段沉重的历史,这是对历来被简化、空洞的那段历史的一种感性言说与个体体认,消解了"文化大革命"宏大叙事的强烈政治倾向性与意识形态内涵,让读者对"文化大革命"这个一度被概念化与符号化的政治术语有了更加感性的认识。这种日常化的写实手法,"使这个村子有声有色,有气味,有温度,开目即见,触手可摸。"(《古炉·后记》,第606页)"这样的原生态叙述增强了作品的历史感和现场感,使这部'文革小说'不是简单的宏大政治史的图解,而是呈现出一种真实的历史的混沌感,由此与那种关于'文革'的'现实主义'叙事成规区别了开来。"①

这种日常性的生活叙事并不否定意义深度的建构,恰恰相反,作者是将笔触延伸到人性的根底,通过乡村日常生活的还原,逐步展现那些古朴的村民是如何一点点地在日常生活中被政治、权力与欲望所异化,他们的内心之恶是如何被一步步地激发,最终走向人性的黑暗深渊。贾平凹说:"我不了解'文革'中中央高层的真实情况,所以我只写一个村子的故事,这样不牵涉别的问题。文学有文学的基本东西,那就是人性的展示,至于别的问题,不是作家的事我也没那个兴趣。"②与伤痕文学等其他表现"文化大革命"历史的作品侧重于控诉、批判不同的是,贾平凹是以一种亲历者的身份、一个"旁观者"的心态,去客观透视那段历史中复杂的人性。在他看来,"现在回想那一段历史,我觉得就应该很冷静地来写,才能写得很真切,写得真切以后才能挖掘得更深一些,如果是控诉性的写法,只是来回过头骂这件事情,骂完也就过去了。只有在人性、人的问题上多深究一点,才可能把这个事情写得更透一点。"③霸槽的造反就不是一个政治问题,而是乡村权力与个人私欲合力作用的结果。当

---

① 李遇春:《作为历史修辞的"文革叙事"——〈古炉〉论》,《小说评论》2011年第3期。
② 贾平凹、李星:《关于一个村子的故事和人物——长篇小说〈古炉〉的问答》,《上海文学》2011年第1期。
③ 乌力斯:《贾平凹:慢慢走近文革》,《新民周刊》2011-2-16。

村里大部分人家吃酸菜麸皮喝稀糊汤时，支书朱大柜家在晒点心、吃荷包蛋，特别是朱大柜被造反派打倒关押后，他老婆每天要送一罐鸡肉，这不能不令饥肠辘辘的村人眼红。支书还以权谋私，为自己拉关系将公有瓷货送给上级，为给儿子结婚用 300 元钱就买下了队里的公房等等。霸槽不满于现状，不参加队里的集体劳动，私自在大路上补轮胎又不按规定给队里交钱，与杏开的婚事一直得不到杏开父亲老队长满盆的同意，他一直在跃跃欲试地想改变自己的处境，一旦"革命"的机会来临，掌权了，就利用群众对支书的不满情绪发起了第一次打砸抢，达到了推翻支书自己取而代之的目的。个人私欲的极度膨胀使他变得和从前不一样了，他抛弃了爱他并怀着他孩子的杏开，另攀高枝与城里来的女造反派部长相好。霸槽振臂一呼，为什么能迅速组建起榔头队？看一下其组成人员，秃子金、水皮等等之流，基本都是平日被轻视的、受压抑的不得志之人，物以类聚，他们大都是想借"革命"机会改变自己的处境与地位，满足自己的私欲，他们自觉践行先前所憎恨的一切，朱大柜的权威与生活恰恰就是他们"革命"的理想和人生的目标。

　　古炉村村民对于"革命"的积极性，并非这场政治运动高层设计者所预定的革命理想的召唤，而是根植于人性的阴暗自私和对欲望的追逐与满足，为了一点蝇头小利，为了根本不值一提的个人恩怨，他们都可以借着政治的豪情，发动一场你死我活的恶斗。在贾平凹看来，人性中的这些缺陷与丑恶，才是古炉村"文化大革命"运动得以发生并扩散的重要原因："他们落后，简陋，委琐，荒诞，残忍。历来被运动着，也有了运动的惯性。人人病病恹恹，使强用狠，惊惊恐恐，争吵不休。在公社的体制下，像鸟护巢一样守着老婆娃娃热炕头，却老婆不贤，儿女不孝。他们相互依赖，又相互攻讦，像铁匠铺子都卖刀子，从不想刀子也会伤人。他们一方面极其地自私，一方面不惜生命。"(《古炉·后记》，第 604 页。)那场武斗的直接原因就为争夺窑厂的控制权，当榔头队砸了朱姓人家倾其所有烧的窑后,暴怒的磨子喊道:"这是砸咱的锅,挖咱的坟,把咱的娃往河里扔么!到山上去,到窑厂去,谁砸了咱的窑咱就砸谁的狗头!"(第455页。)红大刀队的人马就是在这种情绪冲动中很快武装集合起来,双方武斗的序幕也就此拉开。在红大刀队与榔头队的两派械斗中,平日里的老实人牛路对待马勺十分凶狠,马勺"先是叫叔,再是叫爷"向他求饶,深究之下原来只是从前"少记三分工"的仇怨。更有些人是趁机浑水摸鱼,借机抢粮食抢家畜,如秃子金、迷糊等在武斗中取胜的榔头队员在路口堵查过往行人,随意抓捕,实行搜身或严刑拷打,而榔头队的成员内部也常常为了搜到的几个点心、几根纸烟而相互抢夺谩骂。如果没有利益之争,没有相互的宿怨,"文化大革命"在古炉村也许徒具形式,并没有多少实质性内容。

  也许在作家看来,"文化大革命"对于一个传统的乡村而言,并不具有多少政治意义,是乡村自身的文化传统与现实生活自酿了一场灾害,外来的"文化大革命"至多只不过是其酵母,催化了这场灾害的发生时间,加剧了这场灾害的伤害烈度。正如作家说的:"必须要有生活,平平庸庸、普普通通、很琐碎的这种生活里埋藏了各种种子。就像世界上有各种颜色,红黄青绿紫,实际上各种颜色都在土壤里面,只是用了庄稼草把它表现出来,但是这种颜色我感觉,'文化革命'各种因素也都在这日常生活里面。遇上土壤、时间就给成熟了,就长出了红花或者黑色的草,道理就是这样的。"①有论者也指出:"某种意义上,《古炉》既是一部真实书写'文革'历史的长篇小说,更是一部借助于'文革'的描写真切地透视表现着人性的长篇小说。一方面'文革'的发生,乃是人性中恶的因素发挥作用的结果,但反过来在另一方面,'文革'的逐渐向纵深处发展,也

---

  ① 贾平凹、韩鲁华:《一种历史生命记忆的日常生活还原叙事——关于〈古炉〉的对话》,《西安建筑科技大学学报》2011年第1期。

在很大程度上助长着人性恶的膨胀。"①《古炉》里写了一个喻义很深的事件:有一个人偷了邻居的钥匙,邻居怀疑是他的下一家偷的,他于是偷了下一家的钥匙,而下一家又偷了下下一家的……这样一家偷一家不断传递下去。第一个偷钥匙的人是恶的始作俑者,结果全村都成了小偷。恶,就这样像传染病一样被扩散,恶的受害者本不想作恶,最终却都成了恶的施行者。"文化大革命"灾难的发生与扩散机理,与此多么相似。作家对此有一个更形象的比喻:"古炉村的人们在文革中有他们的小仇小恨,有他们的小利小益,有他们的小幻小想,各人在水里扑腾,却会使水波动,而波动大了,浪头就起,如同过浮桥,谁也并不故意要摆,可人人都在惊慌地走,桥就摆起来,摆得厉害了肯定要翻覆。"(《古炉·后记》,第 604 页)小说中,以霸槽为首的榔头队造反派和以天布为首的红大刀造反派,从乡邻之间的和睦相处到反目成仇,正是人性中的冷漠、残忍、嫉恨,让他们为了鸡毛蒜皮的小事而斗得你死我活。在作家看来,"文化大革命"是一道神秘的咒语,它打开了封锁着人性丑恶的"潘多拉魔盒",使人性之恶泛滥肆虐,人人都变得疯狂起来,无厘头地去咬人,也莫名其妙地被咬。人人都有罪,又好像谁也没有责任,但悲剧就这么神使鬼差地发生了,这就是古炉村的"文化大革命",也许是中国人的"文化大革命"。不倾向于血泪的控诉,也不着眼于是非的判断,只有一个傻乎乎少年在客观地呈现着他并不懂得的一段惊天动地的历史,但心灵的余震更为强烈,正如作家担心的:"在中国,以后还会不会再出现类似'文革'那样的事呢? 说这样的话别人会以为矫情了吧,可这是真的,如我受过了 5·12 地震波及的恐惧后,至今午休时就觉得床动,立即惊醒,心跳不已。"(《古炉·后记》,第 605 页)不要让历史重演相同的故事,这就是贾平凹的"文化大革命",也许是人类的"文化大革命"。

---

① 王春林:《"伟大的中国小说"(上)》,《小说评论》2011 年第 3 期。

第二部分

风格分析

贾平凹要脱离传统现实主义的写法,用一种新的"散点透视法"去表现"民族文化的裂变",这种新套路贾平凹后来有一个更明确的表述:"意识一定要现代的,格调一定要中国做派。"也就是通常所说的中西文化融合的创作路子。这种探索使贾平凹小说叙事艺术在上世纪90年代走向成熟,形成了自己独特的个人风格,最主要表现为"聊天体"叙事模式的确立和"意象化"的小说叙事。

贾平凹是一位充满探索精神和独立意识并不断追求创新求变的作家,在近40年的文学创作生涯中,他经历了许多困惑与迷惘,但他总是能够不断调整和重新确立自己的艺术追求目标,使小说叙事观念在不断变化求新中逐步走向成熟。立足传统、借鉴西方,实现中西小说叙事观念的完美交融,大体成为他小说叙事探索的基本路径。

贾平凹初期作品深受孙犁"荷花淀派"的影响,在文学观念上表现出对中国传统和谐文化的认同,作品风格也基本稳定。收录1975—1979年间的大部分短篇小说集《山地笔记》,风格清丽隽永,被诸多论者看作"事业、爱情的田园牧歌",较少激烈的矛盾冲突。他的"恬适灵动的田园诗、田园梦,融化在商州和民情民俗之中,清澈明净的青春气息,弥漫在人物的行态、心态和情态之中。当然并非水波不兴,有时也写冲突,那大多是个人的、青春的欢悦和苦闷,很难说是波涛,倒更像是涟漪。""这种社会的、文化的揭示和批判,大多是在生活湖泊漫长的历史沉淀中进行的,又常常敷上一层水色和月的朦胧,在一定程度上对文化冲突做了静化和淡化的处理。即便是《五魁》、《白朗》、《美穴地》这组绿林系列作品,社会矛盾和文化冲突也常常是从具体的时空环境中虚化出来,带上了浪漫色彩,迹近一种有文化感的山林童话。"[①]

上世纪七八十年代,随着中国思想解放运动的启动,西方现代主义文学思潮、文学流派大量涌入中国,在接下来的十年间,中国的文学思潮和文学流派潮起潮落,一派兴旺繁荣的景象。贾平凹是当代作家中最早呼应西方现代小说观念的作家之一,在自己的作品中不断尝试西方"现代派"的写作技法,发表过一批如《病人》《晚唱》等充满西方现代色彩的实验文本,他的第一部长篇小说《商州》,也非常明显地受到拉丁美洲结构现实主义的影响。这些西方现代主

---

① 肖云儒:《贾平凹长篇系列中的〈高老庄〉》,《当代作家评论》1999年第2期。

义技法的尝试虽然对贾平凹以后的创作产生了深远的影响,但单从这几个文本来看基本是失败的,它们过多地生搬硬套了西方现代小说的叙事技巧,而缺少一种基于民族性的创造性转化。对于《商州》的失败,费秉勋先生曾批评贾平凹:"正像他的读书法和在其他许多方面的吸收一样,并不对吸收对象进行全面的、学术式的研究,他对拉美结构现实主义也未做全面的接触和研究。即使结构现实主义代表作家巴尔加斯·略萨的几部重要作品,他也不是本本都阅读过。他只翻阅过《胡利娅姨妈和作家》与《绿房子》。《商州》的结构主要借鉴了《胡利娅姨妈和作家》的'章节穿插法'。"①贾平凹后来对此也做过深刻的反省:"要站在信息前头,便要独立思考。信息不是智慧。洋东西进入中国,容易变小,容易失去灵魂。说个比喻吧,我关注时装,我才要想办法去长高呀,减肥呀! 我 70 年代末 80 年代初,非常热衷于很现代的东西,我的许多文学观念几乎都是从美术理论上借鉴的。中国的美术界在接受外来东西方面总比文学界要快一步的。我写过一些表面很现代化的东西,但后来就不那么写了,我得溯寻一种新的思潮的根源和背景,属中西文化的同与异处,得确立我的根本和灵魂。"②好在贾平凹并不是一个追赶风头的作家,在上世纪整个八十年代,他还是保留了自己的创作个性。对于变幻莫测的文学思潮,贾平凹有自己的定性:"一般的情况下,我很少受当时的风气所干扰,在当时并不是最受追踪的作家。也常常被批评和责难。我觉得时代精神是在一个时代之后方能看清,而身在某一个阶段所倡导和流行的东西并不一定靠得住,也就是说,所谓的观念毕竟没有事实长久。我的写作似乎老同一些潮流不大合拍,老错位着呢,不是比别人慢半拍,就是比别人早半拍。人家写'伤痕'的时候,我写的不是'伤痕','伤痕'风过去了,我却写,别人

---

① 费秉勋:《贾平凹论》,西北大学出版社 1990 年 5 月版,第 75 页。
② 贾平凹、穆涛:《写作是我的宿命——关于贾平凹长篇小说新著〈高老庄〉访谈》,《文学报》(沪)1998-8-6。

不写改革那一段吧,我去写了,等人家都写开了,我就坚决不写了,写到《废都》那儿去了。"①

应该说是从《浮躁》开始,贾平凹的小说文体意识才逐步确立。这部作品虽然回归到现实主义的创作方法,关注着现实生活中的重大问题,但这种回归对于贾平凹而言是一种告别。在《浮躁》的《序言之二》中,贾平凹对以前的写作路子作了一个了断:"我由朦朦胧胧而渐渐清晰地悟到这一部作品是我三十四岁之前的最大一部也是最后一部作品了,我再也不可能还要以这种框架来构写我的作品了,换句话说,这种流行的似乎严格的写实方法对我来讲将有些不那么适宜,甚至大有那么一种束缚。"贾平凹想在接下来的作品中有所改变,并对这种改变充满了期待:"……我真有一种预感,自信我下一部作品可能会写好,可能全然不再是这部作品的模样。一个时代有一个时代的作品,我应该为其而努力。"如何改变,贾平凹也有了自己的思路:"中西的文化深层结构都在发生着自己的裂变,怎样写这个令人振奋又令人痛苦的裂变过程,我认为这其中极有魅力,尤其作为中国的作家怎样把握自己民族文化的裂变,又如何在形式上不以西方人的那种焦点透视法而运用中国画的散点透视法来进行,那将是多么有趣的试验!有趣才诱人着迷,劳作而心态平和,这才使我大了胆子,想很快结束这部作品的工作去干一番自感受活的事。"也就是说,贾平凹要脱离传统现实主义的写法,用一种新的"散点透视法"去表现"民族文化的裂变",这种新套路贾平凹后来有一个更明确的表述:"意识一定要现代的,格调一定要中国做派。"②也就是通常所说的中西文化融合的创作路子。这种探索使贾平凹小说叙事艺术在上世纪 90 年代走向成熟,形成了自己独特的个人风格,最主要表现为"聊天体"叙事模式的确立和"意象化"的小说叙事。

---

① 贾平凹、黄平:《贾平凹与新时期文学三十年》,《南方文坛》2007 年第 6 期。
② 廖增湖:《贾平凹访谈录——关于〈怀念狼〉》,《当代作家评论》2000 年第 4 期。

一、聊天体

  当代小说进入20世纪90年代,无论是传统的还是实验的小说家都在努力提供新的小说观念。大体而言,这种"精神冲动"主要来自两种力量作用的结果:一种是西方现代小说观念的引进,一种是中国古典小说观念的继承。贾平凹是一个偏重于后者但不拒绝前者的作家。他曾说:"我倒认为对西方文学的技巧,不必自卑地仿制,因为思维方式的不同,形成的技巧也各有千秋,通往人类贯通的一种思考一种意识的境界,法门万千,我们在我们一个法门口。"①他的"法门"就是以中国传统的叙事技巧为根本,同时借鉴西方,对传统进行为我所用的改造。贾平凹的小说最初师承孙犁,孙犁的小说承袭的是中国文言小说传统,过分追求散文化和诗化,精致淡雅有余,气象宏阔不足。人近中年的贾平凹对此非常不满意,决定告别精致典雅的中国文言小说传统,到宋元以降,尤其是明清以来以"说话"为中心的"说话体"中去寻找叙事方式。从《废都》和《秦腔》中,读者可以明显地发现它们与《金瓶梅》和《红楼梦》的艺术渊源,贾平凹自己也对此毫不隐讳。这样,他的小说与"五四"以来的小说艺术思维大幅度拉开距离,使现代思潮、当下生活直接与中国古典小说美学接轨,让我们看到

---

① 贾平凹:《贾平凹自选集·四十岁说》,作家出版社1993年版,第3页。

了从魏晋志人小说、《世说新语》到唐传奇、明清世情小说和清末民初谴责小说的这一系列传统较为完整的复现。贾平凹还明确表示过对川端康成、马尔克斯等人的接受,他一直在尝试西方小说观念的本土化和古代小说观念的现代化,自觉而努力地去从传统和异域文学中吸取养料来充实自身的文学资源,改造自己的叙事技法,最终形成了自己的独特风格。贾平凹的小说观念是非常庞杂的,每一个文学思潮中都可以看到他涉足的脚印,但他并不属于任何一个文学思潮,他的这种创造性整合占领了上世纪中国90年代小说观念难以企及的制高点。

看一个作家如何呈现"生活",常常是打开一个作家文本世界的最佳切口。上世纪90年代后,贾平凹的小说世界十分看重生活的日常性、琐碎性、原生态,这种审美追求是后现代语境中文本观念的重要特征,这样看来,贾平凹的小说观念与时代语境似乎有某种暗合,但是,如果我们回到汉语小说,回到我们民族小说传统的审美精神,我们又会发现这种审美追求恰恰是我们民族自己的东西。中国的小说虽然有《三国演义》《东周列国志》这样宏大叙事的文本,但数量极其有限,更多的是描述日常生活,表现生存意趣或游戏人生的文本。这也许是因为小说文体在中国古代登不了大雅之堂,也非"正人君子"所做,所以,小说的语言是"闲谈",是生活化、个人化的语言,而不是社会化、公众化的语言。然而,自西学东渐以来,西方的文化和语言慢慢地改变了中国的思想传统和汉语的表意方式,小说家学西方的思想也模仿西方的语言,这不仅使中国古典的小说传统被抛弃,而且让我们读中国一些新锐作家的小说时,其语感与读译文小说无异。基于这种认识,贾平凹试图复活古汉语语境,用中国传统的小说观念来结构小说,展开叙述。

语言是小说文体意识的重要体现,贾平凹小说最终风格的形成正是始于语言的变化。初期作品如《满月儿》,深受孙犁"荷花淀派"的影响,语言上偏重于诗情画意。再下来如《二月杏》,特别是当时的一些游记散文,作品的语言风格与早期的"荷花淀"风格有很大区别,朴素传神、流丽优美,但也有过多人工雕琢的痕迹。进入上世纪 90 年代后,贾平凹的文学语言有意识地淡化了那种人为的操作,他强调语言的质感和鲜活,主张向古人学习、向民间学习,并认为最简捷的办法就是搜集整理上古散落在民间的"土语",它们可以使许多死的东西活起来。在这个时期的作品中,贾平凹大量运用短句子,文白夹杂、干净利落而不失隽永,颇有明清古典小说的风味,这种语言风格为后来的"聊天体"奠定了基础。《废都》以后的小说语言虽多少有些变化,但从这部小说开始,作家基本形成了"聊天体"的语言风格。

  与这种语言风格同时转变的是贾平凹小说的叙事观念。他说:"我大部分描写的是日常生活中的琐事。"①"生活"是"日常"的原生态生活,由于没有经过观念的预先阐释,便成不了"宏大叙事",而是"微型叙事",其基本状态是"琐事"。与这种叙述内容相一致,贾平凹采取他相应的小说叙述方式。他说,"小说是什么? 小说是一种说话,说一段故事。""我现在采取的这种写法,是一种聊天的方式。"②贾平凹在此将"小说"与"说话"联系起来,明确表明自己与中国古典小说传统的承接关系。

  为表达对生活日常性、琐碎性、原生态的追求,贾平凹力戒叙述者的观念硬性插入,而以清明上河图式的散点透视法去表现叙述的随意和自然。贾平凹把他的小说方式称为"聊天",他说:"聊天,咱们聊上一夜,从开始聊茶到聊人,从这个话题转到那个话题,中间的转化是不知不觉的。"③"聊天"与"说话"还是有所区别。贾平凹在《白夜》后记中把小说的说话方式分为三种:第一种是说书人式的

---

  ① 刑小利、贾平凹等:《〈土门〉与〈土门〉之外——关于贾平凹〈土门〉的对话》,《小说评论》1998 年第 3 期。
  ② 《白夜·后记》,华夏出版社 1995 年版。
  ③ 刑小利、贾平凹等:《〈土门〉与〈土门〉之外——关于贾平凹〈土门〉的对话》,《小说评论》1998 年第 3 期。

说话,其典型特征是"哗众取宠,插科打诨,渲染气氛,制造悬念,善于煽情"。这种说话方式在中国传统小说中长期占据着主导地位,宋元话本和明清拟话本小说,以及《三国演义》《水浒传》《西游记》等长篇章回体小说是其典型代表。直到《金瓶梅》和《红楼梦》的出现,这种说话方式才向闲聊式的说话方式转变。两者的差别主要表现为,聊天式的说话小说是一种不宜被改编成评书的说话体小说,因为它营造的是一种私人化的闲聊话语空间,不宜在公众场合评说。第二种是领导人式的说话,其典型特征是"慢慢地抿茶,变换眼镜,拿腔捏调,做大的手势,慷慨陈词"。这样的说话体小说一度盛行于在20世纪中国革命年代的文坛,无比强大的叙事主体奉行着一种"独白性"原则,毫无节制地向读者输送着自己的历史观、价值观和人生观。贾平凹认为"这样的说话,不管正经还是不正经,说话人总是在人群前或台子上,说者和听者皆知道自己的位置"。贾平凹指出这两种说话方式叙述者都横亘在故事与叙述接受者之间,既是中国古代由话本发展而来的白话小说的弊病,也是西方现代小说自我意识觉醒后在许多实验小说中的反映。一个强大的叙述者声音的出现,总会把叙述者明确的意图强加给读者,这本身就是对读者的不尊重。第三种是"现代洋人"式的说话,也可以称之为文化人或知识分子式的说话,是"五四"文学革命后现代中国小说的主流说话方式。它反对民间说书人式的说话,认为这种说话方式堕落成了娱乐和消闲;不够严肃,也不认同领导人式的说话,认为这种说话方式刻板而空洞,缺乏艺术性。但这种现代知识分子式的说话体小说同样是以知识精英或文化人的身份凌驾于读者和大众之上,与另外两种说话方式没有本质上的差异。而且这种说话方式热衷于说话的技巧性,在叙事视角、叙事时间和叙事空间等方面玩弄新花样,读者有时甚至深陷于所谓的叙述迷宫而不得其解,这都是知识分子的一种做作,很难呈现生活的本原状态。

贾平凹对这三种说话方式都不以为然,认为它们要么太像小说了,要么又太不像小说了。他理想的说话方式是与亲朋好友在一起闲聊式的说话,比如"在一个夜里,对着家人和亲朋好友提说一段往事吧。给家人和亲朋好友说话,不需要任何技巧了,平平常常才是真。而在这平平常常只是真的说话的晚上,我们可以说得很久,开始的时候或许在说米面,天亮之前说话该结束了,或许已说到了二爷的那个毡帽。过后想一想,怎么从米面就说到了二爷的毡帽?这其中是怎样过渡和转换的?一切都是自然而然地过来的呀。禅是不能说出的,说出的都已不是了禅。小说让人看出在做,做的就是技巧,这便坏了。说平平常常的生活事,是不需要技巧,生活本身就是故事,故事里有它本身的技巧。所以,有人越是要想打破小说的写法,越是在形式上想花样,适得其反,越更是写得像小说了。"①以这种说话方式写成的小说就是所谓的"聊天体",其突出特征就是"非表演性"。他反对小说的"做",认为"做"是表演性的,使作者横亘在故事与叙述接受者之间,干扰着读者的阅读和判断。他的"聊天"力求抹去叙述者和叙述接受者之间的距离,以亲切自然的方式,让生活与叙述同步,从日常性的生活流中品味出复杂生活的百般滋味。贾平凹的小说所叙之事的自然转换,完全得力于视点的巧妙切换和滑移,随着事件的展开,视点不断地在人物之间移动,叙述者在叙述中不断地与某个人物同一又与某个人物分离,自然流利地表现了生活的多层次、多向度的动态发展过程。

与之相应地,贾平凹采用"反戏剧性"的叙述技法。主要表现为三点:一是对于故事的消解。日常生活琐事成为小说的主体,化解了"戏剧性"所赖以维系的矛盾和冲突。如《废都》基本上没有什么情节故事,虽然一场文字官司可以说是一条贯穿主线,却处理得若断若续,由这条主线串联起来的许多事件比它本身更有趣味。二

---

① 贾平凹:《白夜·后记》,华夏出版社 1995 年版,第 386 页。

是事项间因果联系的淡化。各事项间相邻的因果联系在许多情节中都被切断了,但贾平凹并未因此而刻意强化这种非因果性并向后现代实验小说的"碎片拼贴"靠拢,他说,"我写小说时,写到一个事情,又回到别的事情,后来又回到原先那事情上去。"①他的"又回到原先那个事情上去"的努力使读者对故事的还原有了可能。在作家看来,生活本身就不是线形的发展,并非所有的事件都有因果关联,完整的故事、发展的情节对于小说虽有必要,但也不能刻意为之。三是悬念、机巧的摒弃。叙述的"生活化"使他的小说大多在日常生活流程中展开,很少制造悬念,但他仍然保持了生活琐事的内在完整性,只要不破坏生活的原生态性质,他基本上是叙述完一件事再去叙述另一件事,刻意地中断叙述一般也是他不愿意做的。但实际的情况是,日常生活总体来说还是表现出破碎化特征,一地鸡毛式的平面化叙述往往对读者的阅读耐心构成挑战,如何解决日常生活的破碎性与艺术形式上的整体性矛盾是一个必须解决的问题。对此贾平凹有自己的看法。他认为艺术应该使"形而上"与"形而下"融合,而"形而上"存在于故事的浑然中,突现出一种气象,一种"势"。在具体的"着墨处、力尽形而下描写"②,"尽量原生态地写出生活的流动,行文越实越好"(《高老庄·后记》,第318页)。基于这样一种认识,他上世纪90年代的几部长篇基本是落笔于日常生活的细处,通篇不离世事、人情,对送往迎来、穿衣吃饭、蝇营狗苟的人情世态、生活琐事作了细致而又有节制的白描,非常鲜活、具体,有扑面而来的人间烟火气息,散发出生动形象的日常生活情趣。在这种生活细节的原生态、形而下呈现中,用众多的意象来进行整体的形而上的把握,把众多的生活碎片连成一个充满意象的整体,这也就是所谓的"形而上"与"形而下"的融合。

---

① 刑小利、贾平凹等:《〈土门〉与〈土门〉之外——关于贾平凹〈土门〉的对话》,《小说评论》1998年第3期。
② 贾平凹、陈泽顺:《贾平凹答问录》,《文学自由谈》1996年第1期。

从具体的作品分析,可以说《废都》源自于《金瓶梅》,《秦腔》脱胎于《红楼梦》,前者是贾平凹走向闲聊式说话体小说的起点,后者是贾平凹实践闲聊式说话体小说的成功典范。其实,贾平凹早期的小说比较讲究现实主义传统,既有故事情节也有典型人物,《浮躁》的情节可谓起伏跌宕,韩小水的新婚丧夫、雷大空的暴发及被杀灭口、翠翠的含恨而死、金狗和小水的终成眷属、石华的舍身救金狗,等等,都有着鲜明的戏剧性特征。据《白夜·后记》所言,自《废都》开始,贾平凹自觉地写闲聊式的"说话体"小说。根据《金瓶梅》和《红楼梦》提供的艺术经验,贾平凹发现了闲聊式说话体小说的艺术核心在于细针密线地呈现日常生活的原生态。与评书式的说话体小说是一种以情节为中心的结构模式不同的是,闲聊式说话体小说打断了传统小说情节发展的因果链条,开创了一种以细节为主体的结构模式,它摒弃了传统小说时间化的"情节流",而走向了空间化的"生活流"乃至于"细节流",从而形成了一种以生活细节为主的立体网状结构,比评书式的线形结构更加灵活自如,更具生活实感。

《废都》开篇即写"一千九百八十年间,西京城里出了桩异事……",与此前的《浮躁》用大段的自然风光描写开局明显不同。《浮躁》走的是现代西方写实小说的路数,戏剧化的场景和对话随处可见,而《废都》一开篇就显示中国古代小说的"说话"传统。《废都》的情节总的说来似乎有三条线索,一条是打官司,一条是庄之蝶的私人生活,一条是他的社会生活。第一条线索有点串联作用,但被处理得若有若无,社会生活也就是他参加市里的一次会议和其他几次生意上的琐事,都没有多少曲折变化,情节的发展也没有扣人心弦之处。花费笔墨最多的是庄之蝶的私人生活、吃喝玩乐,尤其是私密性的性爱生活。这样,小说主要的情节线条就是庄之蝶与三个女人的性爱游戏,但是,这些性爱游戏也表现得自然平淡,没有真正情节意义上的开端、发展、高潮和结局,或者曲折、延宕、困难、困难的化解。与唐宛儿的性事有点情节上的意义，这个女人从潼关与周敏私奔到西京城，与庄之蝶第三次见面时就投入了庄之蝶的怀抱，此后在她的出租屋内，在庄之蝶的家，在宾馆，在"求缺屋"，都留下了他们做爱的痕迹，细节虽然精彩刺激，情节上并没有多少因果逻辑。庄之蝶后来与柳月的性爱只是信手拈来，与阿灿纯属妙手偶得，一次相遇，就投入战斗，它们都没有任何情节上的价值，一切都是即兴发挥，水到渠成，最后虽有点藕断丝连的味道，但都是无果而终，总的来说，高潮就是结局，结局就是高潮，作者没有特意去营构完整的情节关系。也就是说，构成整部小说的不是线性的情节，而是刺激性的细节，除了大胆的赤裸，再也没有任何美学意义，除了颓废的气息，再也没有多少文学意蕴。《废都》里不是没有戏剧性元素，但是贾平凹都有意无意地把它们弱化了。比如着笔最多的庄之蝶与唐宛儿的私情，按照常情常理可能会引起唐宛儿情夫周敏的觉察，这本来是一出好戏，写出来容易出彩，读者也欢迎，但是贾平凹一直让周敏蒙在鼓里，只让庄之蝶与唐宛儿尽兴地偷情玩乐。而牛月清对两人的偷情是知晓的，妒妇捉奸也是传统的好戏，但这出戏始终没有开演，牛月清只表现出轻微的抱怨，最后冷漠地退出了那场情感的角逐，也让庄之蝶与他的情妇们尽兴地偷情玩乐。当然，这更符合周敏与牛月清的个性特征。前者是一个没落小文人，没有独霸女人的那股豪气；后者是一个传统的大贤妇，吃酸喝醋的泼辣劲儿想使也使不出来。生活本来就是如此平静，戏剧性的冲突看来也就大不必要了。

这种聊天体的说话方式在《废都》之后得到了进一步的发展，《白夜》《土门》《高老庄》《怀念狼》《秦腔》《高兴》《古炉》都是以这种方式展开叙述，尤其在《高老庄》《秦腔》《古炉》中表现得可谓淋漓尽致。只有《病相报告》非常另类，时空压缩的结构、众声喧哗的多视角叙事颇具现代主义色彩，只不过这部小说只能看作贾平凹的一种文体试验，并没有多少代表性意义。

与《废都》一脉相承，《高老庄》也是尽力削去其戏剧性的可能发展。"为什么如此落笔，没有扎眼的结构又没有华丽的技巧，丧失了往昔的秀丽和清晰，无序而来，苍茫而去，汤汤水水又黏黏糊糊，这源于我对小说观念的改变。我的小说越来越无法用几句话回答到底写的什么，我的初衷里是要求我尽量原生态的写出生活的流动，行文越实越好，但整体上却极力去张扬我的意象。"(《高老庄·后记》，第318页)在《高老庄》整部小说中，蔡老黑煽动和带领村民攻击地板厂是最大的矛盾冲突，最富于戏剧特征，而贾平凹对此却表现出极大的节制。当蔡老黑与苏红展开正面的对峙与冲突时，作者却以西夏的介入和昏倒马上结束。读者在这里虽有意犹未尽的感觉，作者却不愿让那颗投入水中的石子激起太大的波浪，打破小说整体的宁静氛围。还有子路为给父亲做三年祭在老家举行酒宴也应该是一个很好的戏剧性场面。许多现实主义作家在他们的名著中都特别珍惜这种展现人物性格、渲染环境气氛、推动情节发展的好机会，但贾平凹对此不怎么感兴趣。酒宴从村民的随意闲聊中开始，接着介绍主要客人和乡镇干部，然后是地板厂的苏红和王文龙。对这些人物的出场，作者完全采用自然呈现的方式，极富生活气息。不论镇长与子路的寒暄还是西夏与苏红的闲聊，都体现出浓郁的生活实感，一切显得自然随意。例如小说写西夏与苏红的见面是这样展开的：

> 西夏出来，用盆子打水洗手，苏红一下子从后边搂了腰叫道："到你家了，你不说迎接我，倒躲得远远的！"西夏哎哟一下，低声说："你把我奶抓疼了！"苏红说："你是波霸，我嫉妒么！"西夏说："波霸？"苏红说："你装不懂哩！"西夏到底不懂，就说："你一来人都和你说话哩，哪里争得着我？！"苏红说："那还不是冲着王厂长！"西夏说："厂长不是高老庄的人？"苏红说："不是，也是从省城来的，人长得体面吧？"(第71页)

言行虽有点荤黄，但在那种亲密无间的笑谑气氛中也引不起一本正经批评家的指责，重要的是，这些细节不但巧妙地衬托出西夏的身材特点，也把苏红轻浮的言行举止表现了出来。当然，作者也巧妙地交代了后来情节发展的一些戏剧性因素，例如苏红与王厂长、镇领导的亲密程度，菊娃与王厂长以及蔡老黑之间的复杂关系，这里都有一点伏笔。整个酒宴都没有戏剧性冲突，只有蔡老黑看到菊娃与王厂长的亲密，吃了点干醋迁怒于人，故意捣了一下鬼，除此之外，就再也找不到多少戏剧性的情境了。小说在交代完人物的出场后，便用一句话戛然而止："这一夜，直闹腾到鸡叫，人才慢慢散去。"（第71页）至于这一夜的闹腾是什么情形，作者不想费太多的笔墨，他只想记录那些琐屑而又自然的生活细节。

《秦腔》被公认为贾平凹聊天体说话小说成熟的标志之作。如果说《废都》还残留着传统小说线形情节发展的一点痕迹，《高老庄》则是从情节流到生活流的正式转型，到了《秦腔》，这种小说文体便臻于成熟。贾平凹虽然也认识到了生活本身的复杂，也不回避矛盾冲突，"但水中的月镜里的花依然是那些生老病离死，吃喝拉撒睡，这种密实的流年式的叙写，……我不是不懂得也不是没写过戏剧性的情节，也不是陌生和拒绝那一种有意味的形式，只因为我写的是一堆鸡零狗碎的泼烦日子，它只能是这一种写法，……我唯一表现我的是，是我从哪儿不经意地进入，如何地变换角色和控制节奏。"（《秦腔·后记》，第498页）小说以第一人称展开叙述，担当了叙述者角色是半疯半醒、呆痴可笑的引生，他没有一个严密的逻辑，他心目中也没有一个完整的世界，但作家正是借用这个人物内心世界的破碎，建立起一个散点透视的视角，将乡村的破败与衰颓暴露无遗。正如吴义勤所说："小说的主叙事人'引生'是一个'白痴'性的人物，但是整部小说都笼罩在他'超常'的视线之内，由于其'身份'的超常性，这使得对小说故事在虚与实、真与假等问题上的纠缠变得不再重要。而他思维的奇特、情感的执着、认知的怪异又恰恰赋予了小说叙事以更大的自由度与灵活性。可以说,经由他的目光、情感和思维的过滤,小说对于日常生活叙事的逻辑困难被自然而然地化解了,而平淡、沉闷、流水账似的生活经由他主观性、偏执性的'误读'也变得神秘、荒诞充满了戏剧性。"①这种叙事方式,在客观上也缓解了小说细节堆砌给阅读带来的沉闷效果。与当代新写实小说有所不同,贾平凹的细节美学并不是平面的写作,并不拒绝意义深度。也许,在贾平凹看来,只有平静地观察这个世界的每一个细节,才能真正把握这个世界的内在真实,当理性逻辑推衍的意义已经显得陈旧时,只有用永不重复的日常生活细节刷新我们对这个世界的感知。所以,有论者认为,《秦腔》"用近五十万字的密集的流水式的生活细节,表现一个村落一年的生死歌哭、情感、风俗、文化、人心的迁移与沧桑。曾关注、讴歌了渭南这块土地几十年,贾平凹这一次作为一位贴身贴己的叙述者和见证人,完全是以极具个人经验、心理、情感特征的写作主体方式,包容性地表达了对一个时代的领悟,而其对叙事话语方式的选择则给贾平凹小说带来全新的面貌。"②

的确,《秦腔》中也有很好的故事情节和尖锐的矛盾冲突,如清风街两代支书之间为棣花街的发展而产生的矛盾,但这种冲突基本淹没在夏家三代人的日常生活纠葛中,如果说《秦腔》脱胎于《红楼梦》,那么小说中的情节流被生活流和细节流所淹没的景象,就如同《红楼梦》中的政治性的情节冲突完全隐没在荣宁二府一地鸡毛式的日常生活细节之中,公子小姐丫鬟们无故寻愁觅恨的琐碎日子成了小说叙事的主干,读者的注意力大多被吸引于此,并不愿去深究隐含其间的政治性问题。这也正是贾平凹在《秦腔》中所要追求

---

① 吴义勤:《乡土经验与"中国之心"——〈秦腔〉论》,《当代作家评论》2006年第4期。
② 张学昕:《回到生活原点的写作——贾平凹〈秦腔〉的叙事形态》,《当代作家评论》2006年第3期。

的说话效果。从大众的阅读期待来看,这部小说真的找不到多少吸引人眼球的地方,虽然是一部家族小说,人物众多,关系错杂,但是不要指望在里面找到多少动人的情节、感情的纠葛和典型的人物,乡村的日常生活就是那么简单琐碎,乡村的政治活动也并不复杂,没有耐心的读者很难把这部篇幅较为宏大的长篇读完。

与《高老庄》相似,《秦腔》里也有一场声势浩大的抗税风波。村民围攻乡政府,往里投掷石块,用木桩撞大门,情绪高涨。在场面的僵持中,戏剧性的冲突好像要达到了高潮,但贾平凹笔锋一转,以乡政府的一条大公狗赛虎的惨死作为结局。整个细节是这样:

……话刚落点,院墙上站着了赛虎,龇牙咧嘴地向外边咬。来旺说:"咋说呀,谁听咱说呀,戳我粮食的时候张学文凶得像头老虎,瞧瞧,又放出狗来咬了!"几个人就用锨去打赛虎,赛虎忽地从墙头扑下来,一口咬住了一人的腿,周围人哗地后退,当下跌到了几个。三婶说:"日他娘,狗都欺负咱了,打,打!"放下木桩,拿木棍就打。赛虎迎着木棍扑过来,身子拉长,在空中跌了一道黄影,哐,木棍便磕在狗头上。赛虎趴在地上,昏了。后腿在蹬着,还蹬着,却蹬直了腿把身子撑起,像人一样,打了一个转儿,再趴下去,又没事了,再扑过来。赛虎第二次扑过来,呼哧呼哧喷着响鼻,身上的毛全竖直,三婶往旁边一闪,第二棍抡在赛虎的腰上。赛虎的腰是豆腐腰,这回没能再爬动。后退的人立即又聚过来,全拿了石头砖块往赛虎身上砸,狗血就溅了一地。有人说:"砸死了,砸死了!"但赛虎又醒过来,在地上动弹。三婶说:"狗在地上是死不了的,要吊起来!往起吊呀!"竟然就有了绳,是条麻绳,从人群外扔了进来,三婶把绳挽了一个套儿,套住狗脖,绳子一头才系在铁门环上,绳子的另一头就被人拽直,赛虎忽地吊在了空中。无数的声在喊:"还长了个亮鞭!勒死它!勒死它!"赛虎前爪使劲抓了几下,就软软地垂下来,喉咙里发着咯儿咯儿的响声,眼珠子就往外暴。有人说:"还没咽气,灌些水就咽气了!"三楚说:"灌水灌水!"但没有水。被狗咬了腿的是冉家的儿子,解了裤子,要把尿往狗嘴里撒,可惜尿不高,嘭地一声,赛虎的眼球暴了出来。暴出来的眼球并没有掉在地上,肉线儿连着,挂在脸上。(第421-422页)

这段细节描写完全可以与《水浒传》中的"武松打虎"媲美,只不过武松打虎是一个英雄的壮举,而这个细节只能理解为村民们借那只高傲的公狗来宣泄自己的愤怒,因为它是政府的狗,也可以把这个细节理解为农民的怯懦,他们只能借这只高傲的公狗来宣泄自己的愤怒。不管怎么理解,细节的真实表现了生活的真实,中国农民的集体形象和政治诉求以一种扭曲形式获得了神形俱备的展现。

《高兴》也是一部以细节流为主的小说文本,写了几个卑微的农民在现代都市西安拾垃圾的尴尬生存状态。在《高兴·后记(一)》中,贾平凹这样写到自己的创作意义:"我掂量过我自己,我可能不是射日的后羿,不是舞干戚的刑天,但我也绝不是为了迎合和消费去舞笔弄墨。我这也不是在标榜我多少清高和多大野心,我也是写不出什么好东西,而在这个年代的写作普遍缺乏大精神和大技巧,文学作品不可能经典,那么,就不妨把自己的作品写成一份份社会记录而留给历史。"既然要写成"社会记录",就需要也如史家客观冷静的笔触、真实精细的细节,贾平凹谈到自己五易其稿时说:"这一次主要是叙述人的彻底改变,许多情节和许多议论文字都删掉了,我尽一切能力去抑制那种似乎读起来痛快的极其夸张变形的虚空高蹈的叙述,使故事更生活化,细节化,变得柔软和温暖。"①原来作家采用的是传统的第三人称全知视角讲述,穿插着大量的主观

---

① 贾平凹:《高兴·后记(一):〈我和高兴〉》,作家出版社2007年版,第450页。

说话,讲究情节的发展,最终成稿是用第一人称限制视角说话,摆脱了主观化和情节流,更加生活化和细节化。

《高兴》之后的《古炉》依旧采取生活细节流式的说话,在写实的程度上甚至超过了《秦腔》。贾平凹在《古炉·后记》中说:"长篇小说就是写生活,写生活的经验,如果写出让读者读时不觉得它是小说了,而相信真有那么一个村子,有一群人在那个村子里过着封闭的庸俗的柴米油盐和悲欢离合的日子,发生着就是那个村子发生的故事,等他们有这种认同了,甚至还觉得这样的村子和村子里的人太朴素和简单,太平常了,这样也称之为小说,那他们自己也可以写了,这,就是我最满意的成功。"(第606—607页)又说:"什么叫写活了,逼真了才能活,逼真就得写实,写实就是写日常,写伦理。脚蹬地才能跃起,任何现代主义的艺术都是建立在扎实的写实功力之上的。"贾平凹在《古炉》中将生活细节流说话方式发挥到了极致,比之于《秦腔》"一大堆泼烦日子"有过之而无不及。《古炉》写的本身是一个政治敏感性较强的题材,也就是"文化大革命",造反派与保守派之间的政治博弈看似有着非常宏大的主题,完全可以用复杂的情节流去结构全篇,但作家只是让古炉村的日常生活琐碎细节在文本中自然地流淌,客观地呈现,"尽力使这个村子有声有色,有气味,有温度,开目即见,触手可摸。"(《古炉·后记》,第606页)至于其中的政治主题,作家没有刻意去营构,只让它淹没在琐碎的日常生活细节流中。在《后记》里,贾平凹又从美术理论阐释了他的这种小说叙事观念:"在二十年前,西方那些现代主义各流派的美术理论让我大开眼界。而中国的书,我除了兴趣戏曲美学外,热衷于在国画里寻找我小说的技法。西方现代派美术的思维和观念,中国传统美术的哲学和技术,如果结合了,如果能揉得到,那是让人兴奋而乐此不疲的。比如,怎样大面积地团块渲染,看似塞满,其实有层次脉络,渲染中既有西方的色彩,又隐着中国的线条,既有淋漓真气使得温暖,又显一派苍茫浑厚。比如,看似写实,其实写意,看似没秩序,没工整,胡摊乱堆,整体上却清明透彻。比如,怎样'破笔散锋'。比如,怎样使世情环境苦涩与悲凉,怎样使人物郁勃黝黯,孤寂无奈。""大面积地团块渲染","看似没秩序,没工整,胡摊乱堆",也就是《高老庄》后记所说的"无序而来,苍茫而去,汤汤水水又黏黏糊糊",《秦腔》后记所说的"一堆鸡零狗碎的泼烦日子",这种说话方式都是贾平凹细节流小说文体美学的一大特色。可以这么说,贾平凹为何如此心醉于日常生活细节流式的说话,正是要一反中国古代传统主流写意画的技法,而以宋人张择端画《清明上河图》写实的魄力和耐心,来工笔细描当下乡土文化之根的失落(《高老庄》)、中国乡村文化的破败(《秦腔》)、进城农民工在社会底层的挣扎(《高兴》),以及"文化大革命"时期中国农村生活的乱象(《古炉》),有论者高度评价了这种叙事观的文学史价值:"在这个意义上,我以为八九十年代之交在中国文坛曾经繁盛一时的'新写实小说'意外地在贾平凹新世纪长篇小说创作中结下了丰硕的艺术果实。他以写实的画境将'新写实小说'推到了极致境界。"①贾平凹的闲聊式说话体小说,进一步摒弃人为构造的、时间化的情节流,转向自然化的、空间化的生活流和细节流,它是一种反时间的空间化写作,是对我们这个高速发展、流行快餐式阅读的时代的一种艺术抵抗。

《带灯》是对《秦腔》和《古炉》闲聊式小说说话方式的继承和发展。对于这种说话方式,在《带灯·后记》中,贾平凹以巴萨足球踢法为类比,发表过自己精彩的体悟:"传统的踢法里,这得有后卫、中场、前锋,讲究的三条线如何保持距离,中场特别要腰硬,前锋得边跑传中,等等。巴塞罗那则是所有人都是防守者和进攻者,进攻时就不停地传球倒脚,繁琐、细密而眼花缭乱地华丽,一切都在耐烦着显得毫不经意了,突然球就踢入网中。这样的消解了传统的阵形

---

① 李遇春:《"说话"与贾平凹的长篇小说文体美学——从〈废都〉到〈带灯〉》,《小说评论》2013年第4期。

和战术的踢法,不就是不倚重故事和情节的写作吗,那烦琐细密的传球倒脚不就是写作中靠细节推进吗?"二者之间确实有着惊人的相似,巴萨的足球踢法独步当今世界足球,眼花缭乱的盘带的确非常沉闷,但就在大家昏昏欲睡时,进了!而贾平凹的小说说话方式与之有着异曲同工之妙,"看似没秩序,没工整,胡摊乱堆",琐碎的细节在静静地流淌中悄然抵达大境界、大气象。《带灯》全书结构分为两大板块,一是作为乡镇干部综治办主任带灯的日常工作和生活;二是写给元天亮的系列书信。带灯所在的综治办是一个矛盾最集中、冲突最激烈的地方,最能反映当下中国农村社会生活的复杂,作者以综治办主任的身份串联起当下农村各种社会矛盾,让我们零距离地看到底层民生的艰难与本真。小说中小山村里和镇街上各色人等的琐碎生活,各种矛盾纠纷和上访事件,基层乡镇官员的日常生活和政治风波,仍然没有形成时间意义上的情节流,而是被消解在空间化的日常生活细节流之中。与《秦腔》和《古炉》相比,《带灯》的说话艺术有一点新的变化。这主要表现在小说中穿插的带灯写给元天亮的二十六封信上,这些信是带灯为了抒发自己内心感受和心灵苦闷而记录的所见所闻,更多的是所感所思。这样,《带灯》主体部分反情节流的生活流与细节流,与用书信穿插其间的情绪流与意识流,两者互文互补、相映成趣,同样是反情节流、反时间化的空间艺术行为,与《秦腔》和《古炉》的说话艺术相比,《带灯》在时间书写的停顿中进一步开掘了个人的心灵空间,这是以前贾平凹小说中出现不多的东西,也是贾平凹不太擅长的叙述方式,所以,这种文体意识究竟会给贾平凹的小说叙事带来什么变化,还有待观察。

二、意象化

如果说聊天体式的小说是贾平凹探寻自身文学定位的技术性操作,意象世界的营构则是贾平凹的一种整体性思维。上世纪八九十年代之交,寻根与先锋文学思潮相继告一段落,文学队伍也随着走向分化,作家们在面临抉择时都选择了各自的突破方向和相应的文化资源。这种文学思潮同样也裹挟着贾平凹去寻找自身的文化定位。也许可以这么说,贾平凹在历次文学思潮中总是以一种旁观者的姿态静观潮涨潮落,这也使得他有一种清醒的心境驾驭自己的航船,能以极具个性的艺术追求调整自己的文学思维,确立自己的发展目标。在他的意象世界里,我们看到了对先锋的追求,对传统的迷恋,既大雅,又大俗,极具兼容性。

"意象"最早源于《易经·系辞》。"子曰:书不尽言,言不尽意。然则,圣人之意,其不可见乎?子曰:圣人立象以尽意,设卦以尽情伪,系辞焉以尽其言,变而通之以尽利,鼓之舞之以尽神。"意即是说,"意"所代表的逻辑思维语言在表达思想感情方面有其局限性,难以表达人的思想感情中一些只可意会不可言传的东西,也就是"象","立象以尽意"就是用形象去表现概念不能表现或表现得不充分的东西。从根本上看,意象的哲学基础是东方的"天人合一"说,是东方生命哲学在审美领域的呈现,是中国传统艺术观的核心。贾平凹对《易经》研究颇有兴趣和心得,一直想极力传承这种东方艺术精神。进入上世纪90年代后,他在倾力于日常性、原生态生活的书写时,同时十分重视意象的营造,主张用意象去克服聊天体式叙述的平面性和肤浅化,用意象去表现更深邃的主题、更无穷的意蕴。

　　早在创作《浮躁》时贾平凹便有这样的表述:"我欣赏这样一段话,艺术家最高的目标在于表现他对人间宇宙的感应,发掘最动人的情趣,在存在之上建构他的意象世界。"[①]贾平凹小说中很多人物的姓名和小说的标题就具有多重象征意味,姓名如庄之蝶、子路、西夏,等等,都有出处,都有特定的喻义。标题的意象化特征更为明显。"美穴地"既实指有钱有势者信奉和寻找的能够使后代发迹的阴宅,但在阳世间,它给无钱无势者带来的是无穷的罪恶。"天狗吞月"本是以强凌弱、以丑犯美的悲剧,是神话传说中人力无法制止和挽救的天灾,但在《天狗》中,贾平凹则反其道而行之,人间的天狗在师傅遭难后却挺身而出,撑起师傅家塌了半边的家庭,并以对师娘性的拒绝证明情的真纯,上演的是一场"天狗救月"的人间传奇。《浮躁》和《废都》自不必说,两者都高度凝练、传神地概括一个时代的某种情绪和文化特征,《土门》则是大地和母亲的象征,表达了作者对现代化、都市化破坏人类家园的深重忧虑。可以说,贾平凹几乎每一部中、长篇小说中,虽然都写得很实,但都有意蕴无穷的意象,它们对主题的提升与挖掘都表现出事半功倍的效果。在《怀念狼》的后记里,贾平凹对自己近10年的创作情况曾这样说:"十年前,我写过一组超短小说《太白山记》,第一回试图以实写虚,即把一种意识以实景写出来,以后的十年里,我热衷于意象,总想使小说有多义性,或者说使现实生活进入诗意,或者说如火对于焰,如珠玉对于宝气的形而下与形而上的结合。"(第270页)从《太白山记》开始,到后来的《土门》《高老庄》《怀念狼》,直到《秦腔》和《古

---

① 贾平凹:《静虚村散叶》,陕西人民教育出版社1990年版,第4页。

炉》，都可以看到作家这种文本操作观念，与《浮躁》及其之前的作品相比，贾平凹的这几个小说在叙事观念上发生了很大的变化：由文学流行的社会政治视角变为作家个人化的文化视角；由直接以人物形象作为作家代言人的写法，变为间接以营构意象昭示某种更为深刻的哲理；由"形而下"地关注农民的生存状态和物质利益，变为"形而上"地关注农民的心灵世界和精神家园。这样，在原生态、琐碎的生活细节下面，作品埋藏了一个形而上的隐喻结构，向读者传达着作家对现实世界难以言说的理解和感悟。以实写虚，以虚证实，就成为贾平凹小说文体成熟后的基本特征。

如前所述，贾平凹十分崇尚"世界的破碎性"和"对日常生活的关注"这两大上世纪90年代的小说观念，这种小说观念打破了传统现实主义的整体性和中心主义思维，有着鲜明的后现代主义的解构特征。但与一般操持着所谓现代主义和后现代主义小说观念作家不同的是，贾平凹在解构之后有着重建的良苦用心，他有意在破碎的现实中重建意义的整体性，这使得他的意象世界呈现着整体性特点，整部作品的气象浑然整一。贾平凹多次明确标榜："以中国传统的美的表现方法，真实地表达现代中国人的生活和情绪，这是我追求创作的东西。"①这里的"以中国传统的美的表现方法"就是中国哲学整体观所寻求的譬喻取象并以象贯一的大写意手法，即整体意象叙事。贾平凹的这种叙事自觉最早形成于他的《卧虎说》。"卧虎"是霍去病墓侧的一块石雕，贾平凹视之为"有生以来所见的唯一艺术妙品"，"'卧虎'，重精神，重情感，重整体，重气韵，具体而单一，抽象而丰富，正是我求之而苦不能的啊！"卧虎由此在贾平凹的文学观念中也形成了一个精神意象，显现着汉唐艺术气象峥嵘、雄浑强盛而又浑然整一的审美特征，它是道家的宇宙天地人的整体感应观的具体体现，其内涵的艺术精神就是有中国艺术精神的精

---

① 贾平凹：《五十大话》，人民文学出版社2008年版，第45页。

髓——大写意。这种感悟对贾平凹早期的商州系列产生了深刻的影响:"想生我育我的商州地面,山川水土,拙厚、古朴、旷远,其味与卧虎同也。我知道,一个人的文风与性格统一了,才能写得得心应手,一个地方的文风和风尚统一了,才能写得入情入味,从而悟出要作我文,万不可类那种声色俱厉之道,亦不可沦那种轻靡浮艳之华。"

这种整体性是通过"意"与"象"、"实"与"虚"的交融而体现的。贾平凹的具体策略就是自觉地继承和发扬民族传统的大写意的"譬喻取象"叙事法,即以形而上的文化意象去统摄形而下的日常生活,让形而下的琐碎生活细节集中指向某个意象。的确,贾平凹上世纪90年代以后的小说写得很实,甚至实到很难再实的地步,与生活流亦步亦趋,充斥作品的都是诸如食、色这类形而下的日常琐事,它们来自于经验世界,但贾平凹在他的诸如《废都》《高老庄》《土门》等作品中,都同时构建了一个超验的意象世界,将形而下与形而上、经验与超验、不知与不可知、不言说与不可言说的东西有机地胶结、渗透为一体,让读者既获得了日常生活化的观感,又有某种超越性的想象。

贾平凹的"意"与"虚"在他的意象世界中承载着三种功能:一是作为小说的结构性因素,统摄着"象"与"实",它或是作者观念形象化的载体,如《废都》中会说话的牛,它代替作家进行了许多形而上的思考,或者作为所指飘忽、指向多极的象征物,如《白夜》中再生人的钥匙,因它的出现,我们获得了多重的象征意义。二是与"象""实"构成解释性关系,如《土门》中成义的"阴阳手",梅梅的"尾骨"、阿冰的"亮鞭",它们都是作为现实中个体的缺隐而存在,有了这种形象观照,人类可能更加清醒地觉察到自己存在的真实处境。三是营造神秘气氛,如《废都》中的"四日并出",《土门》中云林爷治肝炎的医术,《高老庄》中的"飞碟""白云湫",它们都超出日常经验世界的解释范围。

当然,从贾平凹小说的结构意识上来分析,这种意象化是对其小说日常化、破碎性的一种修补,在失去情节化的意义模式后,意象化的营构可以进行更多维、更深刻的意义补充。在意义的寻求上,相比如时间化故事讲述,贾平凹更倾向于空间化的意象营构,但正如作家自己所言:"要是故事性太强就升腾不起来,不能创造一个自我的意象世界。"①在摒弃了靠情节来结构小说的做法之后,贾平凹转向了对"意象世界"的追求。此外,从贾平凹上世纪90年代以后小说的整体阅读中,我们不难发现,贾平凹小说的意象化与它们的神秘性是密切关联的,基本是有神秘的地方就有意象的营构。这样,由时间性情节故事到空间性的日常琐事,由可见的日常琐事到不可见的奇闻逸事,两次转化、两者交错构成了贾平凹独特的小说世界。这种小说体式既可追溯到中国古代小说中人鬼不分、现实与超现实并行的小说世界,又可将之与拉美的"魔幻现实主义"联系起来,与后者相似的是,贾平凹对奇闻逸事也是将它们作为实在世界来写的。与扎西达娃的神秘世界在遥远的地方不同,贾平凹这部分世界就在我们身边,也与余华、格非在现代意识笼罩下的神秘不同,贾平凹联结的是中国志怪文学断掉了半个多世纪的传统。从叙事目的来看,这种小说世界的营造是出于重建小说世界整体性的某种考虑,既要把生活碎片打造成一个整体,又拒绝情节化的意义生成模式。从阅读效果来看,摆脱了戏剧性的束缚,不依靠情节起伏的诱引,贾平凹意象化的小说世界也另有一种魅力。

还是回到具体作品的分析。

《浮躁》和《废都》是贾平凹较早两部采用整体意象结构全篇的长篇小说,表现了一个时代如标题所示的两种典型文化情绪,今天看来它们已经成为一个表意准确的文化意象。"浮躁"意象,微观上说,它是改革开放之初商州农村的人心思变;宏观上,它可以由商

---

① 刑小利、贾平凹等:《〈土门〉与〈土门〉之外——关于贾平凹〈土门〉的对话》,《小说评论》1998年第3期。

州而中国，是对整个民族上世纪80年代以来的改革阵痛的意象化表述。在《浮躁》中，与生活故事对应着的核心意象是金狗与州河的关系。金狗是一个时代浮躁情绪的典型代表，小说在开始不久就交代说，金狗母亲溺死于州河之中，遗留下的金狗活了下来，暗示金狗与州河的关系非同一般。在小说的结尾处，当小水从阴阳师那里推算金狗命运后回到河岸，见州河又涨起了大水，一只狗边跑边对着河面叫，全篇结束在这样的话语中："这时候，正是州河有史以来第二次更大洪水暴发的前五夜，夜深沉得恰到子时。"（第416页）州河是浮躁的典型意象，它的泛滥是大自然的"浮躁"，象征的则是社会的情绪，而且在情节进展的过程中，州河发水之时人世间总有大事件，时代激变之际也是州河泛滥之时。就这样，一边是大自然中的州河，一边是意象化了的州河，一边是实际生活于州河两岸边的金狗们，一边是搏击于浪潮中的时代健儿，两者神秘的对应暗示着，改革的阵痛必将带来社会的动荡和时代的裂变，就像州河的泛滥一样，而搏击于其中的时代精英们不会因此而沉没，他们情绪虽然浮躁，代价虽然惨重，过程虽然艰难，结果也难以把握，但人心思变是历史的潮流，会滚滚向前而不可遏制。与后来的意象化叙事相比，《浮躁》的意象特征只能给人一个整体性印象。到了《废都》，意象化手法不仅是一种整体性思维，同时渗透到整个小说结构和诸多细节之中。

《废都》通过"两件异事"隐喻了故事发生的社会文化背景、全书主题和主要人物命运。第一件异事是西京有两个要好的文人，见游人从绝代佳人杨贵妃坟丘上挖土，说是撒入花盆花会更加鲜艳，于是二人也刨了土回家，装在黑陶罐里，没有花种，花盆却长出四色异花，无人认识，不幸的是两个人一天夜里醉酒后，起来迷迷糊糊地用开水把花浇死了，花的命运也恰如孕璜寺大师所言。仅这一件异事便意象重重。种花之人有人说是庄之蝶和周敏，他们是西京一代知识分子的代表，庄之蝶的名字是一个很明显的意象，使人想到了

"庄周梦蝴蝶"的寓言,两个人的姓氏叠放在一起便是"庄周"二字,借以象征处在文化转型期知识分子迷失自我的文化心理和精神状态,他们承担不了社会转型期新文化启蒙的重任,用开水浇死他们手中的异花是不可避免的时代悲剧。庄之蝶与周敏是整体意象的一体两翼:庄之蝶是欲望的化身,他的名利、地位、金钱和美女都是周敏奋斗的最终目标;周敏是欲望的崇拜者,他欲望的受挫是无数尚未成功的庄之蝶的前身。所种之花自然是与主人公庄之蝶有密切关系的四个女性:牛月清、唐宛儿、柳月和阿灿。她们皆是绝代佳人的坟土所生,于黑陶罐这种古旧环境中成长起来的异花,艳丽一时而早早夭折也在情理之中。在两个世界的对应中,唐宛儿是纯洁而苍白的白色异花,她虽出身低微,却美丽机灵、敢爱敢恨,是庄之蝶心目中的红粉知己,但她的叛逆在城乡传统势力的夹缝间肯定走不了多远,结局给人一种难以言状的悲怆。柳月是辉煌也是衰败的黄色异花,功利世俗,善于利用自己的美色、自己的身体达到追求的目标,她可以嫁给市长残废的儿子,可以有个外国情人,但她的荣华富贵只是镜花水月一场空。阿灿是热烈而惨烈的红色异花,她婚姻不幸时,恰巧遇见了滥情的庄之蝶,她最终离婚了并且自毁其容,过着隐匿的生活。牛月清是庄重也是沉重的紫色异花,作为庄之蝶的合法夫人,自觉以传统道德规范自己、评价他人,但她不解风情、庸俗落伍,只能让人敬而远之,最终落得个弃妇的结局。

第二件异事是西京突然间天上有四个太阳,随之怪事出现了:"大大小小车的车辆再不敢发动了,只鸣喇叭,人却胡扑乱踏,恍惚里甚或就感觉身已不在街上了,是在看电影吧?放映机突然发生故障,银幕上的图像消失了,而音响还在进行着。一个人这么感觉了,所有的人差不多也都这么感觉了,于是寂静下来,竟静得死气沉沉,唯有城墙头上有人吹动的埙音还最后再要吹一声,但没有吹起,是力气用完,像风撞在墙角,拐了一下,消失了。人们似乎看不起吹埙的人,笑了一下,猛地惊醒身处的现实,同时被寂静所恐惧,哇哇惊叫,各处便疯倒了许多。"(第3页)四个太阳的出现使西京城的人们都变成了没有影子的"鬼",在黑暗的世界里游荡,而那呜呜咽咽的埙声有如哀乐,西京城就这样成了一个"百鬼狰狞"的大"坟场",象中之意便是小说所言的"废都",是所有故事发生的社会文化背景。二十世纪八九十年代的中国曾被称为没有信仰的年代,天上四个太阳的奇怪意象,表达的正是中心价值体系解体,中国社会进入了一个多元化时代,由此带来了人们的恐慌茫然、无所依归的心理失重感。其他的意象还如拾破烂老头,在小说的情节发展中的作用,可以说是贾平凹有意为之的一条辅线。他的谣辞以及那一声声"破烂——,承包破烂——"一直贯穿小说始终,似乎暗示着政界腐败、商业界投机、文化界堕落、宗教界蜕变、神秘主义流行、虚无者吸毒的这样西京,就像一座渐渐腐烂并发出恶臭的大型垃圾场,需要被承包、被收拾。还如求缺屋,这是庄之蝶"破缺"的场所,名为谈艺术的高雅之地,实为与情人幽会的纵欲场所。庄之蝶顶着万人景仰的神圣光环,实际上却充满忧郁、厌倦和绝望,他虽有意打破虚假、躲避崇高,获得个性的自由和痛苦的忘却,但是这样的"求缺"永远得不到救赎和解脱。还如会思考的奶牛、半人半鬼的牛老太太、没有生命力的大熊猫等等,无不是作家精心打造的意象,曲折隐晦地表达了作家的思想情绪和作品的主题意蕴。

　　《白夜》和《土门》这两部小说,可以放在一起来读,它们共同构成一个"失落——寻找——失落"连续与循环的意象链。成义和夜郎的性格命运太相似了,都是一个乡村出身的知识分子,都流浪过,饱尝过精神漂泊的痛苦,何处是家园是他们共同思考的一个问题。所不同的是,《白夜》的主题是寻找精神家园,《土门》的主题是精神家园的丧失。当然,《废都》《高老庄》《怀念狼》《秦腔》也可归类到这一循环的意象链中,只不过,自《废都》对家园破败的真实呈现之后,这两部长篇才真正揭开了贾平凹后期创作一以贯之的持续性主题。

《白夜》是贾平凹一部意象繁密的小说。题目便是最鲜明的意象,它由主人公夜郎和虞白各一字合成,白天与黑夜本不能同时存在而在此却并置在一起,暗示两者的鲜明差异和悲剧性的必然结局。夜郎是一个城乡冲突中精神漂泊无依的知识分子形象,他是从农村来城市打天下的,身受城乡所代表的现代、传统两种生活方式、两种文化形态的双重夹击:一方面,他接受了都市现代文明的熏陶,以城市文明的价值尺度衡量周围的一切;一方面,传统意识的负重又使他在精神上渴望回归传统,过上一种平静闲适的生活。两种力量、两种文化的纠结,最终使他深陷一种无所适从的犹豫和矛盾之中无所依归。虞白是夜郎的精神家园,她气质高雅,超凡脱俗,琴棋书画样样精通,尤其在琴上的造诣更是高深,但知音难觅,这也决定了她是一个与现代都市生活格格不入的女人。她身上具有深厚的传统人格力量:高洁、雅正、热情、真诚和淑静,正是夜郎苦苦寻觅的真正知音,的确也成为夜郎的精神寄托。但夜郎永远走不近虞白,就像再生人的钥匙永远打不开前世妻子戚老太太的门一样,夜郎只能以夜游症的形式,走到虞白的窗外,虽然他也曾用同一把钥匙去开同一扇门,但那扇门对他永远是关闭的,就像白天与黑夜不能并存于世一样。

《土门》也是一个繁复而宏大的意象。《老子》云:"玄牝之门,是谓天地根,绵绵若存,用之不勤。"玄即玄妙,牝即女阴,老子在这里把玄奇神秘的"道"比作女性的生殖器,从中绵绵不断地吐出天体日月,星河大地,万事万物,因而叫"玄牝"。这句话的意思大致是,不为我们察觉却创造了万物的道,是天地万物诞生的根本,道的功用是永恒的,无穷无尽。土门就是地门,也就是玄牝之门,也可以比作女性生殖器之门。老子说的道是一个终极问题,贾平凹以此为题思考的也是人的最终归宿问题。《土门》最后写梅梅问云林爷:"你说,去山里还是留在城里……往哪儿去呢?"这个神秘的预言家和哲人说:"你从哪儿来就往哪儿去吧。"梅梅顺着云林爷的话想来想去,乡村和城市都不可以安身,更不能安妥灵魂,她顿悟自己原来是从母亲子宫里来的,在灵魂出窍之中,她进入了一条湿滑柔软的隧道,望见了母亲的子宫,喃喃地说:这就是家园。由此不难发现,"土门"这个宏大的意象,承载的是贾平凹对新一轮城乡冲突中人类最终归宿问题的思考。仁厚村也是一个丰富的意象,仁厚村的"仁",正是传统儒学的核心;仁厚村的"厚",一方面有忠厚之解,一方面有厚重之意。成义着人在石碑楼画上三国故事、十二生肖图、鹊桥会和二十四孝图,就是对这种"仁"与"厚"传统文化的强调和传承,仁厚村就是传统文化的代表和象征。贾平凹在《土门》中不惜重墨去写的牌坊楼、墓地、中医、算卦、明清家具、明王阵鼓,目的就是营造一种意象性现实,突显仁厚村强烈的农耕文化色彩。从小说中的描写我们也可以看到,仁厚村平凡、琐碎的日常生活,无不弥漫着浓郁的传统伦理道德观念的气息:质朴、厚道、热情、真诚、仁义、忠孝、团结等等。正因为如此,这里不仅是他们祖辈休养生息的地方,更主要的是他们的精神家园,生命之根。放弃或丧失这块地方,就意味着无家可归,意味着精神的漂泊。为此,他们进行了保卫家园的一系列斗争,但在强大的现代化潮流中,仁厚村最终还是被勒令拆迁,村人最终还是失去了他们的家园,他们不得不与已成废墟的家园依依惜别。他们身子虽然能进入城市的高楼,他们的精神却无所归属,只能在现代化的城市中流浪。

到创作《高老庄》时,贾平凹小说意象化的用心更为强烈,虚构一个"第二自然",着意于"形而上"的"整体的意象"[1],"在熟悉的生活上虚构我的人物和故事"[2],都是这种用心的重要表述。贾平凹《高老庄》创作的一大初衷就是要在整体上"极力去张扬我的意象"(《高老庄·后记》,第318页),希望读者在作品日常生活太"实"的细节中读出"虚"的一面,这是他的美好愿望,也是他的艺术

---

[1] 贾平凹、陈泽顺:《贾平凹答问录》,《文学自由谈》1996年第1期。
[2] 贾平凹、穆涛:《写作是我的宿命》,《文学报》1998-8-6。

追求。

与贾平凹的许多小说一样，《高老庄》的题目本身也就是一个巨大的文化意象。作为汉人的正统后裔，儒家的伦理思想在高老庄世代相传，盛行不衰。忠、孝、节、义等儒家教条几千年来一直是高老庄人的行为规范，许多人甚至为之付出了生命的代价。不过，"高老庄"直接取自《西游记》，它是猪八戒老丈人家住的地方，猪八戒是一个出家人，这个意象就必然有一种文化反讽的味道，小说中的描述也是如此。高老庄人口口声声叨念忠、孝、节、义，实际行为却常常与之背道而驰，好色贪淫竟成了他们的一大毛病。历史上，异常严重的窝里斗，经常把高老庄弄得残破不堪，血流成河，骨肉相残的血腥味经常弥漫在高老庄的上空，民族的劣根性使高老庄人显得异常丑陋。在当今，不孝有三、无后为大的古训依然是高老庄人恪守的信条。西夏从高家家谱中发现，高家是附近唯一的汉族家族，由于偏执于捍卫本民族人种的纯粹性，历史上的高老庄人顽固地坚持不与外人通婚，即使本族女子遭到异族人强奸，其后代也不允许存活下来，这些母子都要沉潭处死。不仅如此，高老庄的人为了自己的纯种与南蛮北夷不知打了多少仗，不允许任何性质上的"杂种"出现，付出的血的代价可谓不小。世世代代保持着汉族的纯粹血统，这完全不符合现代基因遗传学的规律，难怪高老庄人又矮又丑，表现出了明显的人种退化迹象。子路与菊娃在高老庄生的儿子石头，怪异残疾，高庆升夫妇一连数胎都是怪胎，最后不得不向来顺"借种"。子路听说村里有些人性功能丧失要"借种"，心生恐惧，认为再过十年、二十年，高老庄的人最大的困境倒不是温饱，而是生育了。生理上的异化是如此，精神上的异化更为严重。在长期儒教的习染中，高老庄人形成了唯唯诺诺的德性，并养成了排外而又自闭、自卑而又自大的心理特征。他们固守着贫困，却见不得外姓人发财。他们生来腿短个矮，却十分忌讳外人说他们的短处，高子路的爷爷如此，高子路本人也是这样。由高老庄推而及之，高老庄就不是一个高家家族村落了,而是汉民族的象征。诚如作者在此书的《后记》中所言:"现在我写《高老庄》。取材仍是来自于商州和西安,但我绝不是写的商州和西安,我从来也没承认过我写的就是行政管理意义上的商州和西安,以此延伸,我更是反对将题材分为农村的和城市的甚或各个行业。我无论写的什么题材,都是我营建我虚构世界的一种载体,载体之上的虚构世界才是我的本真。"(第317页)故而高老庄一方面是具体的高老庄,是一个载体,是作者的表意之"象",另一方面是作者虚构的世界,亦即作者的"本真",它包含着无穷的"象"外之"意":民族的自我封闭、内部生息繁衍、世代相袭的历史惰性已经产生了严重的现实危机。

小说中的几个主要人物,子路、西夏、蔡老黑和苏红也具有意象化特征,分别代表了四种不同类型的文化,显示了贾平凹对中华民族文化重建的整体性思考。

贾平凹以孔子七十二贤徒中的子路为主人公命名,将其视为儒家文化代表的意图非常明显,多年的正统文化教育使得他循规蹈矩、趋利避害,他的一言一行,处处体现着儒家文化的影响。高老庄直到现在仍然是以儒家文化为支柱的宗法社会,处于强势地位的儒家文化对于其他异质文化有着不可抗拒的亲和力和兼容性,即使如西夏这样一个来自现代化大都市的知识女性,一来到偏远的高老庄,也一反常态地适应了它的伦理观念和处事原则。现代都市文明也不能同化一直想改变自己血统和出身的子路,一回到高老庄后马上就变成了一个地道的农民,他身上后天习得的现代文明在纯粹的汉文化面前无影无踪。"子路"之象的内在之意在于,在与异质文化的碰撞交流中,传统的儒家汉文化表现出了海纳百川的兼容性。西夏是以古代少数民族的名称命名,在小说中她本来也不属于汉族,这意味着西夏代表的文化类型是不同于传统汉文化的某种异质文化,它是少数民族文化或者说是游牧文明在现代文明同化中的变形。贾平凹借西夏这个局外人的目光,旁观了汉文化独特的文化特征及其不可挽回的没落命运。西夏不像矮小丑陋的高老庄人,她体形高大健美,性格开朗大方,真诚热情,观念开放,敢于冒险,并富有同情心和正义感。"西夏这种新的眼光、开放的胸襟和勇于探索的精神,无疑寄托了作者的文化理想。"①也许在贾平凹看来,西夏与子路结合有可能让"高老庄"生成一种新的文化人格,也就是说,传统文化在外来先进文化的影响下有可能生长出一种新的有生命力的文化来。但是,子路和西夏最终打消了在高老庄有纪念性地怀上孩子的念头,子路逃回了城市,西夏却留了下来,使得两者所代表的文化意象更富有含糊其辞的某种深意,作者对这种结合的结果并不确定,也许他还有其他的考虑。蔡老黑可以说是民间传统"游侠精神"的代表。一方面,他有着高老庄的矮人们望尘莫及的高大健壮的身躯,是高老庄屈指可数的去过白云湫而生还的人。在改革开放初期,他成为致富模范,后来虽然没落了,却敢于和强大的现代资本家王文龙、苏红唱对台戏,制造了烧砸地板厂的事件后,明知可能被警察抓住却敢于去见自己心爱的女人……他的胆识、他的坦诚、他的胸怀、他的人格,体现了民间传统文化的魅力和力量;他的闭塞、他的狭隘、他的莽撞、他的失意,体现了民间传统文化的封闭和弱小。他虽然对逐渐渗入农村的新的市场经济非常漠视与抵触,但在与之的矛盾冲突中又是屡战屡败,这个象中之意也许是,民间传统文化在与其他文化碰撞交融的过程中,如果故步自封,仅凭豪侠仗义的血性与意气,也不可能有什么好的结果。苏红则象征着市场经济中兴起的商业文明,这种文明形态无论从利益还是感情上都与风俗淳化、人性质朴的高老庄格格不入,在残存的封建家族意识的影响下,终于被蔡老黑煽动而发生了一场旨在赶走地板厂的社会事件,苏红被羞辱了,但并没被打倒。贾平凹在小说中就这样设置了四个意象,象征着四种

---

① 赖大仁:《魂归何处——贾平凹论》,华夏出版社2000年版,第193-194页。

文化类型,而与之相应的是汉文化与异质文化、汉文化内部之间和传统文化与现代文明冲突这样三条线索,四种文化的对立与融合,最终会整合出一种什么样的文化形态,作家没有明确的答复,却提供了思考的路径,这种模糊的处理正是发挥了意象的含混功能,它比简单提供一个现存的答案也许更加可信、更加慎重、更加严谨,也许更为科学。

《高老庄》以来,贾平凹在艺术上的追求确立了一个基本的方向,即以实写虚,在生活的日常性中建构意蕴丰厚的意象。日常生活毕竟是"汤汤水水又黏黏糊糊",传统现实主义的题材提炼和典型化手法的确能够去杂枝、保主干,使作品的主题一目了然地被读者理解。然而,这种手法同时也遮蔽了生活本身的复杂性。贾平凹已经意识到这一点,他说:"生活有它自我流动的规律,日子一日复一日地过下去,顺利或困难都要过去,这就是生活的本身,所以它混沌又鲜活。如此越写得实,越生活化,越是虚,越具有意象。"(《怀念狼·后记》,第 271 页)所以,"《怀念狼》里,我再次做我的实验,局部的意象已不为我所看中了,而是直接将情节处理成意象。"(《怀念狼》后记,第 270 页)如此做的目的是:"我热衷于意象,总想使小说有多义性,或者说使现实生活进入诗意,或者说如火对于焰,如珠玉对于宝气的形而下与形而上的结合。"(《怀念狼·后记》,第 270 页)

《怀念狼》的主题,体现了作者对意象的多义性追求,揭示了人类生存的悖论性处境。首先是人与自然的悖论:狼多了,对人类的生存构成严重的威胁,人们对狼充满了恐惧,但也在与狼争斗中成就了猎人的英勇;随着人类文明的进展,特别是枪支的出现,狼少了,但天下并没有因此而太平,人们开始怀念狼,特别是猎人普遍犯了软脚病,以至于当狼灭绝之后,以捕狼称雄的雄耳川人都变成了"人狼"。其次是人自身的悖论:昔日以杀狼著称的猎人傅山,在狼减少之后却成为以保护狼为主要职责的"生态环境保护委员会"成员,然而在保护的过程中又由于猎人的职业惯性将狼彻底灭绝。还有就是人性和兽性的悖论:狼看似凶残成性,却与红岩寺老道和谐相处;人表面本性善良,内心却残忍之极,凌迟活牛佐酒为乐就是例证。从细处看,作品着力描写的"狼"、"舅舅"、大熊猫繁殖等等都是涵蕴丰富的文化意象,对"狼"的寻找和怀念极具形而上的意味。在人物的命名上也多具有双关色彩,大熊猫繁殖基地的"施德"可以说是"失德"的谐音,也可以说是人类要向大自然"施加德行",暗示了以科学拯救世界生态平衡、拯救人类危机并不十分有效,相反,科学技术所奉行的工具理性恰恰是人类生存危机的最大推手。"傅山"也许是"负伤",而且是精神的内伤,而"烂头"则是物质社会里人性畸变、精神迷失的代名词。它们所寄寓的是作家对人类现代化进程的审视和怀疑,对人的本性、人与自然的担忧和深思。与一般现实主义书写不同的是,作品多采用隐喻结构,将许多情节直接处理成意象,在形象与理念之间,大幅度地拉开距离,超越了传统现实主义就事论事的思维局限,进一步开拓了作品的思想意蕴和想象空间。

到写作《秦腔》的时候,贾平凹逐渐淡化了"意象"的物象特征,不再一味地追求塑造一个立意鲜明、形象突出的象征物,有意把意象还原、稀释到生活中去,使其变得模糊混沌,难以捕捉。他自觉"生活的本身……混沌又鲜活",又自命:"我是混沌雕不得,风号大树中天立。"① 相比于之前的意象化叙事,《秦腔》的叙事不再围绕一个整体意象展开,逻辑结构也不够严谨明晰,视点切换非常随意,似有一线牵引,但显然又是多元散点透视,人事万象呼之即来,挥之即去,恰似一盘散沙漫天飞舞。这种"崩散"的结构形式,与现实生活的无序杂乱和乡土社会的分崩离析正好同构对应,互证共鸣。这样,《秦腔》的生活细节虽然更加琐碎,意象化特征却更加混沌无

---

① 贾平凹:《五十大话》,人民文学出版社 2008 年版。

形、无处不在。

　　正如有的论者所说,"秦腔是《秦腔》的魂脉","它构成小说、小说中的生活、小说中的人物所共有的一种文化和精神的质地"。①作品中关于秦腔的描写有百十余处,有时甚至直接用简谱和锣鼓节奏让秦腔音乐进入小说的叙述。因秦腔大多为苍凉悲壮之乐,全书也就笼罩在秦腔韵律悲凉的基调之中。在《秦腔》中,设置了这样几对关系:一是热爱秦腔、游走乡间的演员白雪与身居省城、鄙夷秦腔的著名作家夏风,二人虽为夫妻却同床异梦;二是痴迷秦腔终日画着秦腔马勺脸谱的小学校长夏天智与如今在清风街让青年人追逐的流行歌手陈星,传统的民间曲艺终究敌不过现代流行音乐;三是在秦腔剧团做官样文章、利用夏风作跳板的前秦腔剧团团长夏中星和曾经的秦腔剧团红人、现在备受冷落的邱老师、王老师,前者升官发财,后者贫困落魄。人物的喜怒哀乐、悲欢离合、命运沉浮甚至生老病死皆与秦腔有关,三组对立关系中处于弱势的一极皆在秦腔的悲苦之音中走向衰亡和没落。这样的设置,就使得秦腔不仅仅是一种传统地方剧种,更是人物命运沉浮的混沌意象。贾平凹的夫子自道可以作证:"我之所以把这部小说叫《秦腔》,其中也写到了秦腔,秦腔是地方戏曲,而别的戏曲没有叫腔的。秦腔的另一个意思就是秦人之腔。文章所写的作为戏曲的秦腔,它的衰败是注定的,传统文化的衰败也是注定的。李商隐诗:夕阳无限好,只是近黄昏。这一种衰败中的挣扎,是生命透着凉气。"②

　　夏天义和夏天智也是《秦腔》中两个隐喻性人物,分属一个意义充分的文化意象。夏天义是忠实的土地守护神,他把土地看作农民的命根子,认为农民就应该踏踏实实地在土地上耕作。在这种观念不可置疑的年代,他在村民心中的地位几乎和毛主席是相等的。他的侄子夏君亭当上支书后,建起了农贸市场,商业贸易

---

① 肖云儒:《〈秦腔〉:贾平凹的新变》,《小说评论》2005 年第 4 期。
② 贾平凹:《三月问答》,《美文》2005 年第 3 期。

搞得红红火火,最终得到了全村大多数人的支持。君亭接着想用没有淤成地的七里沟来换鱼塘,这是夏天义最不能容忍的事,想尽各种办法来阻止,并带上哑巴孙子、疯子引生和一条狗开始了愚公移山式的淤地劳作,最后因土地滑坡与他未竟的事业合为一体,没有人会来完成他的遗志,到死他都没能得到村人的理解。夏天义的死无疑象征着传统农耕文化的消逝,他的不肖子孙们对土地表现出义无反顾的逃离。夏天智是代表传统文化和传统伦理道德观念的一个典型人物。他热爱秦腔,是个地地道道的老秦腔迷,最热衷的事是听秦腔、画秦腔脸谱。夏天智虽不是村庄的掌权者,他的长辈尊严以及朴素的伦理道德观念却有着令人肃然起敬的权威。但在这个世风日下的时代,他管不了那几个不奉养父母的侄子,阻止不了一向引以为荣的儿子夏风与视为己出的儿媳白雪离婚,一辈子硬气的他也阻止不了儿媳生下个没屁眼的"怪胎"孙女(这本身也是一个隐喻),阻止不了自费出版的秦腔脸谱被儿子嘲笑、被别人不珍惜,他终于垮掉了,患上了不治之症,好在他可以听着秦腔、枕着他的秦腔脸谱书安然离去。"仁、义、礼、智"四兄弟的相继离世,是一种整体隐喻,象征着传统家族伦理文化在中国农村不可逆转的衰败命运。

《古炉》不是一部严格意义上的"历史小说",但"历史"确确实实以一种修辞的方式进入到"小说"的叙述之中。小说中,"文化大革命"的历史不仅在具体细节和历史场景上得到还原,作者对"文化大革命"历史记忆的文学编排中更是深藏着历史隐喻的意味,意象化特征也非常明显。

整体思维上的意象化在贾平凹的长篇小说创作中是经常是使用的,如果说《浮躁》是1980年代中国农村的整体意象,《废都》是1990年代中国知识界的整体意象,《高老庄》是民族传统的整体意象,《秦腔》是新世纪乡土中国的整体意象,《高兴》是进城农民工的整体意象,那么,《古炉》则是中国"文化大革命"的整体意象。它虽只落笔于一个乡村，映射的却是整个中国。正如贾平凹在《古炉》的封底写的一段话所说："在我的意思里，古炉就是中国的内涵在里头。中国这个英语词，以前在外国人眼里叫做瓷，与其说写这个古炉的村子，实际上想的是中国的事情，写中国的事情，因为瓷暗示的就是中国。而且把那个山叫做中山，也都是从中国这个角度整体出发进行思考的。写的是古炉，其实眼光想的是整个中国的情况。"确实如此，《古炉》的封面除了汉语"古炉"两个字之外，还印有CHINA这个表示"中国"的英文单词，两者互为隐喻，暗示了作者的写作真相。众所周知，瓷器是我们中华民族古老文明的象征性符号，贾平凹之所以选择古炉村这样一个以烧造瓷器而著名的村子作为"文化大革命"故事的发生场地，就是想告诉人们，在一场惊心动魄的政治运动中，中国的传统文明与现代政治文化怎样不期而遇、强力碰撞而最终四分五裂的。在小说中，古炉村这个曾经一度为官窑瓷器烧造的圣地，最终沦为一个仅仅只能烧造民间粗茶淡饭用的粗瓷的村子，伴随着这种文化衰落的却是人性之恶在一场政治运动催生下的彻底暴露。"古炉"由此而成为一个巨大的文化意象，它把传统文明燃烧成灰烬，把人性之恶锻炼成精钢。

时间的意象化也是《古炉》小说叙事的一个重要特征。小说以"冬部"开始，以"春部"作为尾声，中间经历"春部""夏部""秋部""冬部"四大主体部分，以大自然界的四季更替作为主体结构，贾平凹由此完成了个人经验中的"文革史"的想象性书写，象中之意也许隐含了作家对我们民族——国家历史的一种类似于循环论或宿命论的个体化判断。第一部是序幕，名为"冬部"，在大自然界是一个蛰伏的季节。在古炉镇这个小社会里，夜霸槽与支书朱大柜、队长朱满盆之间的矛盾潜伏着巨大的危机。接下来的"春部"在大自然里是一个万物复苏的季节，古炉镇里的各种势力也开始蠢蠢欲动，"大串联"来到了古炉村，夜霸槽与洛镇的红卫兵运动接上了头，矛盾激化了，"山雨欲来风满楼"。"夏部"对于古炉村人来说，是一个最为沉闷和酷热的苦夏，"破四旧"疯狂地开始了，"红色榔头战斗队"成立了。"秋部"是成熟的季节，"红大刀革命造反队"成立了，"革命"阵营已经成形，"保皇派"与"榔头队"争锋相对，展开了一场场"文斗"的拉锯战。"冬部"是万物凋零的季节，对于古炉村来说是一个死亡的季节，"榔头队"和"红大刀"发动了一场又一场"武斗"，古炉村的"文化大革命"达到高潮，许多人在非理性的暴力冲突中失去了生命。最后为"春部"，很短，也是尾声，古炉村的上空仍然笼罩着死亡的气息，霸槽和天布等五个造反派头目被集体枪决，但幸存者惊魂未定，或者疯癫，或者像支书朱大柜那样留下一个苍老的历史背影。显然，在这种四季循环的艺术结构中，春、夏、秋、冬不仅是一个时间的概念，更是一场史无前例的政治运动的文化隐喻，大自然的气候变化和古炉村政治环境的演变，在这里表现出惊人的一致，让读者超越了古炉村日常性的生活表象，洞察了历史循环的某种真相。

疾病也是《古炉》中一个特殊的意象系统。古炉村里的许多人都得了怪病，狗尿苔的鼻子有病，秃子金的头发一夜之间全秃了，六升的爹晚年夹不住尿，守灯的爹和跟后的爹都是得了臌症死的，支书朱大柜是老胃病，其他还有哮喘、腰疼、吐血、半身不遂、怪胎、羊痫疯等，不一而足。在小说中，现实生活中的病当然只是表象的身体之病，其内在之深意是一个时代的精神之病。在这个别具一格的"文化大革命"历史小说中，贾平凹当然不会简单延续那种把那场民族灾难都归咎于极"左"思潮的老套路，这样，病就不是一个人的病，而是整个古炉村人的病，疾病充斥了整个村庄，甚至是一个民族。病，也贯穿了古炉村或者说一个民族"文化大革命"的整个进程。有的病是真病，更多的病则具有象征内涵，如夜霸槽的疥疮，象征着一个民族的难言之隐，它是由一个民族内火上升所导致的神经紊乱症。夜霸槽将"文化大革命"之火引到了古炉村，也把疥疮带回了古炉村，革命之火与细菌病毒一起燎燃，同步扩散，不管有无派别、是何派别,整个古炉村的人几乎无一幸免,人们奇痒无比,烦躁骚动,有的还因此毙命。夜霸槽还把疥疮传染给了上级女造反派马部长,疾病的隐喻特征更为明显:"文化大革命"就是一场民族——国家的政治传染病,大家都是不幸的感染者,又是病毒的传播者。在全民皆病的古炉村,蚕婆与善人以不同的方式为大家疗病。蚕婆用她的生活经验和民间信仰,比如推拿、针刺、拔火罐、驱鬼等方式,为村人治病救灾;善人则是给众人说病,将中国传统文化中的善恶、因果、五行以及儒、道、佛等思想融入到对疾病的解说中,企图感化民众,教化世风,引导世人避恶向善。作者在善人身上寄寓了自己的理想,让他以布道式的"说病"方式在一个人性爆发了恶的时代"进行着他力所能及的恢复、修补,维持着人伦道德,企图着社会的和谐和安稳"(《古炉·后记》,第605页)。

第三部分

卖点分析

　　贾平凹在中国文艺界是一个多面手，写字画画虽然不是他的正业，但能给他带来巨大的经济效益，在别的作家纷纷下海、"触电"时，他却一直坚守着纯文学道路，而且自《废都》以来，基本每一个长篇都能创造天量的销售码洋，在市场化的中国出版市场，也即现代文化产业中，一直是出版人、销售商追逐的重要作家。

读懂贾平凹

贾平凹在中国文艺界是一个多面手,写字画画虽然不是他的正业,但能给他带来巨大的经济效益,在别的作家纷纷下海、"触电"时,他却一直坚守着纯文学道路,而且自《废都》以来,基本每一个长篇都能创造天量的销售码洋,在市场化的中国出版市场,也即现代文化产业中,一直是出版人、销售商追逐的重要作家。在文学日益边缘化的文化语境中,是什么东西创造了贾平凹小说市场的奇迹?也许需要引入一点文化产业理论进行简单的分析。

中国社会经过改革开放30多年的高速发展,社会需求和消费结构悄然发生着升级换代,精神性产品的市场需求不断扩大与供给相对不足的结构性矛盾日益显现,将属于传统精神性文化的文艺作品引入商品的消费,就成了一种历史的必然。上世纪90年代中国现代传媒技术的迅猛发展为这种消费转型提供了可能,它们在加速文艺作品传播的同时,也赋予文艺作品批量化生产的特征和商业化经营的现代内涵,最终成就了完全规模化、产业化的现代文艺产业。如前文所述,《废都》的运作就具有典型的产业化特征,从而也成为上世纪90年代中国消费文化启动后,纸质文本市场化运作的一个成功案例。

文化产业的发展动机,就是从文艺产品中兑现出它们的市场价值来。文艺产品的市场价值,一般取决于它本身的"意义含量"和可供开发的"卖点"。文艺原创文本作为一种意蕴丰富的特殊产品,对文艺接受和消费者来说,具有多方面满足其文化阐释与趣味品评的价值属性,包括认识价值、文化价值和审美价值,因而能成为现代"人文经济"的开发资源。但问题是,文化产业并不以这些人文关怀性的文化价值为本位,它所关注的是这些价值所衍生的"卖点",也就是一个文艺文本可供消费性阅读的兴奋点。对这些消费性兴奋点的接受,已不仅仅是传统的文艺欣赏,更多地表现为一种现代的文艺消费。在现代文化产业的创意操作下,任何唯美、专业的艺术创造,都有可能媚俗化,都可以包装为文化消费品明码标价、满街吆喝。从做买卖的角度说,它们与杂货铺的日用品已经没有多少本质的差别。英国著名文化学者特里·伊格尔顿就干脆把文艺创作称为"文化制造业",他认为"文艺作品也可以算作商品","也是经济基础的一部分"。① 当然,这些理论并不一定完全适合对贾平凹文本特征的评价,"意义含量"与文本卖点在他的作品中还是获得了相对的平衡,正如前文所说,在市场化写作兴起的中国文坛上,贾平凹是一个非常滑头的作家,他总是把意义的阐释交给了专业的批评家,把阅读的快感奉献给普通的读者。

  一部引起轰动的作品肯定是一种社会情绪的宣泄或群体欲望的满足,是在非常适当的时机出版发行的非常适当的题材。消费者口味的精准揣摩是施展创意才华的必要前提,"好看"从而"好卖"是文化产业时代脚本生产的第一要义。在这种价值原则下,文艺生产者往往不得不削足适履,改变富有艺术个性的创作初衷。久而久之,一套文化大餐的菜谱就摆在文艺消费者的面前,比如小说,英国学者里查德·约瑟夫认为它们写着:一般虚构小说;性、传奇小说和浪漫小说;惊险小说三类。② 约翰·苏特兰认为它们是:妇女小说(作者身份)和科幻小说、内幕小说、犯罪小说、战争小说、纪实小说、灾难小说等几类。③ 由此,我们也许可以理解《废都》写作时贾平凹小说观念的嬗变,也可以把贾平凹小说的最大卖点归纳为神秘感和性描写。这种文本操作理论并不是贾平凹的原创,但在技术操作上,贾平凹绝对是一个天才。

---

  ① 王宁:《特里·伊格尔顿和他的马克思主义批评理论》,人大复印资料《文艺理论》2001年第7期。
  ② 里查德·约瑟夫:《英美畅销书内幕》,谢识、盖博译,海天出版社1999年第1版,第5页。
  ③ 约翰·苏特兰:《畅销书》,上海文化出版社1988年第1版,第13页。

一、神秘感

与西方文化发展的阶段性相似,中国文化也是从巫文化开始,中经宗教文化,终至科学文化。由于中国现代科学文化起步过晚,发展较慢,中国巫文化和宗教文化的历史阶段要比西方漫长得多,巫文化的历史尤长。巫文化与宗教文化是神秘主义文化孳生的温床,故而中国的神秘文化可谓由来已久、得天独厚,成为一个神秘主义气息浓厚的古老东方国度。在神秘文化的存在样式上,有本体论上"天人合一"式神秘,认识论上的"非知"式神秘,方法论上的"体悟"式神秘。由此养育出的中国传统文学,从上古神话到六朝志怪,从唐传奇、宋话本到明清世情小说,都展现出一脉相承的对神秘文化书写的重视。

"五四"新文学虽然倡导启蒙、科学、理性,在某种程度上压抑了神秘主义书写,但新文学中的神秘书写仍如一脉涓涓细流,若隐若现,浇灌出一朵朵奇幻瑰丽的文学之花,如废名、沈从文笔下边远乡土的神秘世界,施蛰存、徐訏、无名氏小说中的鬼怪情节,徐志摩、宗白华、梁宗岱等诗歌中的神秘主义色彩等。"十七年"间,在主流意识形态的强大规约下,神秘书写也没有销声匿迹,而是在《林海雪原》《烈火金刚》《敌后武工队》等红色经典中以一种革命传奇的样式改头换面地存在。进入新时期后,神秘书写传统强势复苏,并在上世纪90年代前后的寻根和先锋等文学思潮中全面开花结果。

阿来的《尘埃落定》获得茅盾文学奖的一个重要原因就是小说"清淡的一抹魔幻色彩,增强了艺术表现开合的力度",莫言获得诺贝尔文学奖的颁奖词中就有:"将幻觉现实主义融合民俗传奇、历史与当代性。"这只是当代文学神秘书写大潮中的冰山一角,却足够反映了当下中国作家对神秘书写的足够重视。

神秘主义作为文学领域中的一种价值观和方法论,对当代文学的审美转型具有重大的意义。在审美观念上,神秘书写颠覆了传统审美的真实观,放逐了对历史本质的深度追求,传递了消解宏大叙事的强烈意愿,它的先锋姿态中表现出足够的民间情怀,作为价值突围的手段之一,参与了当代文学审美多元化的立体建构。在审美对象上,神秘书写发现了新的审美资源。在"十七年文学"和"文化大革命"文学中,政治高于一切,现实主义手法长期一统天下,而寻根和先锋文学思潮把一些传统的、民间的、想象的生活带入了小说文本,对于一个文学解冻的民族来说,无疑是改变了审美观念,拓展了审美视野,开放了审美思维,提升了审美趣味。在审美过程中,神秘书写制造了审美难度,延长了审美过程,延留了审美效果。神秘主义崇尚的怪诞也是一种陌生之美,如先锋小说以迷宫式的小说结构、扑朔迷离的情节叙述、模糊性的小说主题、非典型化的人物形象,增加了审美的难度和长度,造成一种不同凡响的陌生化效果。在审美效果上,神秘书写带来了一种魔幻、浪漫的审美风格,以非现实的小说题材、天马行空的想象、荒诞不经的情节设置,营造了一种朦胧多义、深邃含蓄的美学效果,给人以新奇怪异的审美感受,大大增加了文本的可读性。不过,贾平凹对神秘主义的偏好并不是这种简单理论认识的结果,而是多种因素的合力使然。正如有的论者指出的:"客观地利上的文化熏染,加上作家主体方面强大的艺术吸收力,形成贾平凹创作上的所谓'秦汉风'。"①这种"秦汉风"的一

---

① 费秉勋:《贾平凹论》,西北大学出版社1992年版,第178页。

大审美特征就是神秘主义倾向,它来自多种作用的结果。

　　首先是地域文化的影响。秦汉文化对贾平凹神秘书写的影响只是其中的一个方面,巫楚文化对贾平凹的文学创作同样产生巨大而深远的影响,而且相比较而言,巫楚文化对贾平凹的影响可能更为直接。贾平凹生长的商州位于陕南,是陕西、河南、湖北三省的交界之处,一脉秦岭,两条大江,使得商州不仅成为了南北中国地理上的过渡与交叉区域,而且造就了商州文化的独特性——它沟通了中国古代秦文化与楚文化两大文化体系,形成了两种文化的交叉,甚至楚文化的韵味更为浓烈。北宋《太平寰宇记》记载:"汉高祖发巴蜀伐三秦,迁巴蜀七姓居商洛,其蜀多猎山伐木,深有楚风。"[1]在楚人的思想意识中,神可通人,祭祀鬼神可赐福消灾。对巫神的信奉,形成了楚地传统文化的主题内容。与巫楚文化相类似,崇尚鬼神是三秦大地共同的民间信仰,其中的原因既有地理环境的影响,也有复杂的社会历史因素。祖祖辈辈生活在这片贫瘠土地上的农民,条件非常艰苦,他们对这里的穷山恶水是那样的无能为力,是那样的万般无奈,然而故土难离,久而久之,就对这片土地及其附着于其上的万物产生了一种敬畏情绪,万物有灵的观念成为一种普遍的文化心理和社会意识。贾平凹自己也认为:"商州……这么一个地方,却十分神奇,它属陕西,却是长江流域,是黄河流域向长江流域过渡的交错地带,更是黄土文化与楚文化的交汇地带,有秦之雄和楚之秀,是雄而有韵,秀而有骨。"[2]他还说:"商州可以说汇聚了这三种文化,这令我非常庆幸。有山有水有树林有兽的地方,易于产生幻想。"[3]在《求缺集》中,他又说:"商州是生我养我的地方,那是一片相当偏僻、贫困的山地,但异常美丽,其山川走势,流水脉向,历史传说,民间故事,乃至天上飞的,地上跑的,构成了极丰富的、独特的神

---

[1] 黄元英:《商洛民俗文化述论》,三秦出版社2006年版,第25页。
[2] 贾平凹、穆涛:《平凹之路》,青海人民出版社1994年版,第22页。
[3] 贾平凹、穆涛:《平凹之路》,青海人民出版社1994年版,第42页。

秘天地。"①贾平凹在巫楚文化浓厚的商州,从小就接受了商州的这种生活方式和民间信仰,直到十九岁才离开。十几年的生活熏陶和潜移默化,不可能不对其产生影响。贾平凹与故乡山水相关的作品都深深打上了这种文化的烙印,自早期的《挖参人》开始,作品中的神秘色彩就初露端倪,在《太白山记》中,作者就以传统志怪小说的创作手法来营构民间神秘而怪异的奇人奇事,到了后来的中长篇小说中,神秘主义的气息愈来愈浓了,如《天狗》(1985年)、《远山野情》(1985年)、《西北口》(1985年)、《古堡》(1986年)、《美穴地》(1990年)等等,都罩上了一层神奇的灵光。

至于贾平凹生活的西安,曾是中国古代十三个王朝的京都,有着深厚的文化积淀。无论是王公贵族曾经生活过的宫殿,还是掩埋他们尸骨的陵墓,都留下了许多神奇的故事和传说,它们给西安人以灵气,也给西安人以神秘。历代的西安人都为它的古文化而自豪,即使在新时期,各派气功和特异功能学说也为许多人所信奉,街头巷尾算命、打卦、看相之三教九流仍然随处可见,政府也曾搭台举办了数届古文化艺术节。有了商州地域文化的底子,加上古都文化的浸润,贾平凹对神秘主义的书写更是坚定不移,他自己也承认:"我从小就听见过和经历过相当多的奇人奇事,比如看风水、卜卦、驱鬼、祭神、出煞、通说、气功、攘治、求雨、观星,再生人呀等等,培养了我的胆怯、敏感、想入非非、不安生的性情……随着创作岁月的衍进,在秦文化的基础上时不时露出了小时候楚文化的影响,尤其到近期,作品中自觉地有些诡秘之气。"②进城后的《废都》《白夜》《土门》和《高老庄》等作品中,不仅具有商州三秦文化和长江楚地文化色彩,也有古都西安的神秘气息。

其次是与作家才性的契合。曹丕曾说"文以气为主"③,强调文

---

① 王永生编:贾平凹文集(第14卷),陕西人民出版社1998年版,第121—122页。
② 贾平凹、穆涛:《平凹之路》,青海人民出版社1994年版,第42页。
③ 曹丕:《典论·论文》。

学创作和作家的个人气质密切相关,认为有什么样的个性气质就有什么样的文学风格,不能强迫自己或生硬模仿别人。贾平凹作品中的巫楚气息和神秘色彩与他的个人气质密不可分。他小时生活的商州有着楚人"尚巫尚鬼"的风气。距他老家五十米远的地方并存对峙着两座古庙,他的小学就是在一座旧庙中念完的,加上他身体羸弱,天生怪僻,不善务农,整天埋头于书籍之中,又爱听各种流传民间的神仙鬼怪故事,耳濡目染,神秘主义自然为日后的写作埋下了伏笔。而成年后的贾平凹醉心于佛道,他将自己的书房命名为"静虚村",墙上挂上《达摩壁图》,悬以宝剑、洞箫和丑陋的石头。办公室门口亦大书"我来"二字,他的解释如佛家偈语:我来了是我来了,我没来也是我来了。有了这种性情,也难怪他的小说处处透着禅机佛理。

贾平凹不仅对神秘文化表现出一种自觉的心理认同,而且还有意识地去实地考察,收集、整理相关素材。在上世纪80年代中期的寻根文学思潮中,他一次又一次地返回家乡,每到一地,一是翻阅县志,二是看戏剧演出,三是搜集民间歌谣和传说故事,四是寻当地的小吃,五是寻机会参加一些红白喜事。有关商州民情风俗的婚丧嫁娶、节日庆典,乃至一段故事、一首民谣、一台大戏、一曲秦腔等,都以日积月累、潜移默化的方式进入到他的心灵世界,最后化为作品的神秘事象,成就了他的诡异风格。在《朋友》一书中,他这样谈到了他父亲的丧事:"按照乡间的风俗,在父亲下葬之后,我们兄妹接连数天的黄昏去坟上烧纸和燃火,名曰'打怕怕',为的是不让父亲一人在山坡上孤单害怕,冥纸和麦草燃起,灰屑如黑色的蝴蝶满天飞舞,我们给父亲说着话,让他安息……"[①]书中还记载,在他父亲去世后,他本想接母亲到城里住,"她不来,说父亲三年没过,没过三年的亡人会有阳灵常常回来的,她得在家顿顿往灵牌前供献饭

---

① 贾平凹:《朋友》,重庆出版社2005年版,第10页。

菜。"①与他的母亲相似,对于巫鬼传统,贾平凹不仅是信奉,而且自觉践行了。

在这种巫鬼文化中浸淫日久,贾平凹的个性气质中就有些神神道道,他除了十分认同巫楚文化,还十分相信命运和卜算,认为卜算是很神秘的东西。据他自己说,他曾接触过许多乡下的阴阳先生,有的没有多少学问,说不出个道道,但谁家死了人,他让几日里埋,按时埋了就没事,不按时则横事迭出。打墓是这样,盖房也是这样。这些人好像已不是他自己,而是替神行令,代表着某种神秘的力量。据说贾平凹还会测字,为其朋友穆涛测过两个字,其中一个预测到当天一位大人物死了,晚上新闻联播果然发布了美国前总统尼克松去世的消息。贾平凹曾经把一位朋友写入小说并将他的结局处理成"死"了,事隔不久这个朋友竟真的死了。生活中的这些亲身经历,有的当然是巧合,有的只能用神秘来解释了。贾平凹还毫不讳言自己相信命运,相信定数,他说过一件自己经历的轶事:"那一年,我父亲患胃癌在西安动了手术,送他回老家后,我突然发现院子里的梅李树上,长了几个大疙瘩。当时想这些疙瘩恐怕是父亲身上肿瘤的外应吧,便用斧子把疙瘩砍了。第三年父亲还是因肿瘤过了世,我就又想或许这些疙瘩是树在转移父亲的肿瘤,而我却没有让转移成。"②这件事,他后来煞有介事地写到了《秦腔》等作品中去了。在日常生活和工作中,他总是相信:"我做每一件事无不有各种神灵在点化,召引我……"③就连写作,他也认为:"一个人一生写多少文字有着定数,一旦写出,当不可糟蹋。"④

三是表现社会现实的需要。改革开放进入上世纪 90 年代,在经济的飞速发展中,中国社会的各种矛盾也日益暴露出来,各种腐

---

① 贾平凹:《朋友》,重庆出版社 2005 年版,第 27 页。
② 贾平凹:《五十大话》,长江文艺出版社 2003 年版,第 116 页。
③ 贾平凹:《五十大话》,长江文艺出版社 2003 年版,第 41 页。
④ 贾平凹:《五十大话》,长江文艺出版社 2003 年版,第 97 页。

败现象触目惊心,权力、金钱、女色的交易成为社会运行的一个潜规则。世俗生活中,物质第一的拜金主义大肆流行,生活水平提高了,人的精神却空虚了,有的甚至到了崩溃的边缘。这个时期的知识界产生了一些愤青式的人物,但在意识形态的整合规约下,他们的思想观念并不能得到充分的表述,许多人因此陷入了从未有过的失落境地,他们找不到自己的位置,产生了强烈的生存焦虑。文学作为一种审美的意识形态,为曲折表述作家的思想观点提供了某种方便。贾平凹本身也是一个特别怕事、不想招惹是非的人,长期以来文化政策上的禁忌和多变,也使他心有余悸,更不想直接发诸笔端,于是,就借神秘主义来间接反映现实,以畅其情、言其志,维持一个作家的正直和良心。所以,他作品中的神秘与玄幻是拒绝一切成见,是对历史与现实甚至大而化之到人类、自然、宇宙的一种非理性认识,是对尚未形成定论或者一切未知力量的想象性把握。正如贾平凹的夫子自道:"二十多年来,我认为主要是思维变化,当然现在文学思维还没有彻底变过来。现在出版者、写作者、读者、文学管理者,对文学的观念变化得各种各样,最基本的还是五六十年代的看法:时代的镜子呀、社会的记录员呀、人民的代言人呀、文学的几大要素呀、典型环境中的典型性格呀,这种对文学的看法,形成集体无意识的东西。这二十年来基本上是在改变这一方面做的斗争特别大。"[1]改变一个套路,借助民间文化中的神秘主义来表现自己的思想和观点,在贾平凹看来,的确是一个不错的选择,神秘主义的描写可以让他灵活自如地表露荒诞的世界感受、尴尬的人生况味,宣泄他悲天悯人的人生悲剧感,褒贬不便直接言说的时弊,这是写作的快乐,也是一个作家的责任。

从《废都》《土门》《高老庄》《怀念狼》到《秦腔》《高兴》,贾平凹的小说主题在不断扩大,他的忧患意识在不断上升,涵盖了五个

---

[1] 贾平凹、谢有顺:《最是文人不自由》,邰元宝、张冉冉编:《贾平凹研究资料》,天津人民出版社2005年版,第11—12页。

层面:个人的、西京的、民族的、国家的、人类的。这种忧患意识甚至让贾平凹产生过类似托尔斯泰阿尔扎马斯的恐惧。贾平凹曾说:"在我的体验中,这个世上肯定存在着一些神秘的东西,这恐怕有自然力量和精神力量的原因,感到莫名其妙,感到一种恐惧。"①他还说:"我已经近五十岁的人,越来越敬畏神灵,对定数的神秘,感到一种无法把握的可悲和恐惧……"②这种恐惧既有来自社会的原因,更主要的是来源于他的人生经历。十几年间向着成名作家目标的苦苦奋斗,饱含了多少艰难困苦不说,只是《废都》写作前后他的种种人生际遇也足以让他饱尝人生的苍凉和窘迫,其他还如乡村的破败、城市的疏远、身体的病痛、家人的不幸、家庭的破裂,所有这一切,都使他对冥冥之中的未知力量产生了敬畏,神秘也许就是历经人生困惑与磨难后的一种拯救方式,只有与窘迫的现实保持足够的距离,人才能够维持自身心理的平衡,而超现实的想象可以让他升华现实的苦难,把人生的悲剧化为创造的快乐,"知天命"的宿命观可以让他随遇而安、知足常乐,找到了人生的归宿。

　　四是拉美魔幻现实主义文学的影响。拉美魔幻现实主义是影响中国20世纪当代文学最大的国外现代主义文学流派之一。这个流派突出的艺术特征是采用古代美洲印第安人理解人生、认识世界的方式,广泛借用西方现代主义隐喻、象征、夸张、变形等超现实主义的艺术手法,造成梦幻与现实的混淆,打破时空、生死的界限,从神话思维的角度去表现神秘诡异、光怪陆离的拉美现实生活,旨在"化腐朽为神奇"、"变现实为魔幻而又不失其真"。在二十世纪六七十年代,拉美正经历急剧的现代化过程,拉美作家大力发掘本土文化资源,如印第安文化、黑人文化,最终以其独具"民族风味"的现代文学获得了西方世界的承认,二十余年后的中国也进入了现代化进程,中国文学也开始思考文学的民族性与世界化、文学的传统

---

① 贾平凹、谢友顺:《七盒录音带》,《美文》2003第3期。
② 贾平凹:《平凹画语·孤独之夜》,《散文》2002第6期,封二。

性与现代化的问题。加西亚·马尔克斯《百年孤独》获得诺贝尔文学奖被视为现代形式与民族风味的完美结合,被许多中国作家看作民族文学"走向世界"的成功范例。在这种思考中,中国的"寻根"文学思潮应运而生,许多作家都产生了走向世界的冲动。1986年前后,拉美魔幻现实主义进入中国时,贾平凹称之为一个"轰隆隆的响雷",这种小说观念与贾平凹的神秘主义文学观一拍即合,相互呼应,共同生长,并在他的创作中充分表现出来,让他的构思更加大胆,让他的想象更加丰富,既天马行空又不留人工斧凿的痕迹。在这种中外文化的交融中,贾平凹小说的神秘性主要表现在两个方面:一是民间巫鬼的,一是魔幻想象的。前者多是民间的巫鬼文化,皆有据可考,后者多是一种文学想象,是把现实中根本不存在的事物通过魔幻的形式表现出来,这种神秘性可以说是商州地域文化和拉美魔幻现实主义共同作用的结果。

  巫鬼文化是贾平凹从小耳濡目染的一种民间文化。从贾平凹的小说中,可以梳理出一整套极具巫楚色彩的丧葬礼俗,从最初的报庙、入殓停柩,历经引魂、唱孝歌,到踏穴、浮丘,到最后的下葬、祭祀,还有敬神、驱鬼,可见作家对民间鬼神信仰的关注和虔诚。"报庙"指的是将刚刚过世的人去世的消息报告给阎王爷的一种行为,《龙卷风》《远山野情》等作品里都有儿子把即将死去的父母的日常用品送至地方神庙去的情节,因为土地庙、城隍庙或者五道庙通常是通往冥界的入口,人死之后,灵魂首先是到这几个地方报到。接着是对死者遗体进行清洗装扮,在入殓之际,于棺中放置柏朵、灰包,以防魔怪食死者肝脑,《龙卷风》《西北口》中都详细地记述了这些民俗。人死之后魂魄相分,游魂不定,所以在将灵柩送往墓地之际,要有引亡魂之歌。公鸡是祭祀之物,民间以其引亡魂。《商州》里的珍子和刘成死后运回家乡时,棺材上都绑缚着一只白公鸡,《高兴》中五富死后刘高兴也为他买了只白公鸡引魂。唱孝歌是商州人的风俗,人死之后,人们围着棺材一边敲锣打鼓,一边唱孝歌,

《白夜》《怀念狼》以及散文《说死》等作品里都提及了这种丧俗,孝歌有云:"为人在世有什么好?说声死了就死了,亲戚朋友都不知道。亲戚朋友知道了,亡人已到奈何桥。阴间不跟阳间桥一样,七寸的宽来万丈高,大风吹得摇摇摆,小风吹得摆摆摇。"①下葬之前,则先要选好墓址。选墓址讲究深藏,"踏穴"尤为重要。《美穴地》中就是以柳子言勘踏坟地结构全篇,先是被请去为北宽坪的姚家掌柜踏坟地,姚家老爷子死后埋葬于此,姚家后来果然人丁兴旺、家业发达,这引起了姚家仆人苟百都的嫉妒,他破坏了姚老爷墓地风水,又抓柳子言去为自己家踏墓地,其母埋葬后,苟百都果然官路畅通,扶摇直上……先人墓地风水直接关系后人命运,且屡次应验,读来让人感觉神秘莫测。在中国人的观念里,人生际遇的好坏都与时辰有关,所以死之日与葬之日必须相配相济,而当一时寻找不到合适的日子安葬时则宁愿等一段时间,暂时将棺木安放在某处,待忌日之后再入土,这在商州称作"浮丘",浮丘不算正式埋葬,《浮躁》《晚雨》等诸多文本中都有关于此民俗的描写。葬礼的最后,代表死者的灵牌与其他祖先的牌位放在一起,至此,死者才被认为安息了。此后,在世的亲戚和子孙要不时去祭奠他,叫祭礼。从头七到七七,每七日举行一次祭祀,从一周年到三周年死者忌日也要举行盛大的悼念活动,尤其是以三周年最为隆重,《高老庄》就是以子路回乡为父亲做三年祭开篇的。

  在秦汉人的观念里,亡魂有三类。一类是得到子孙好好祭祀的亡魂,他们可以上升为家族的保护神。《商州再录》里《金洞》篇中的小儿和《死了才走运的老头》一文里的老头或因死后造福民众,或因生前有功于当地,死后都被视为神灵,香火不断。第二类是没有后嗣,不能得到供养,在阴间过着悲惨生活的鬼,或者是遭到横死的"孤魂野鬼"。《白夜》贯穿全篇的目连救母戏则属于公众为超度

---

① 贾平凹:《贾平凹文集》(第7卷),陕西人民出版社1998年版,第271页。

孤魂野鬼而进行的公祭仪式之一。第三类亡魂因生前罪孽深重或者含冤而死无法超生的，他们或者危害乡里，或者附着人体，对这类亡魂则要驱之。《古堡》中就有"送纸火"祭神趋邪的描写：寒冷的暮晚，男人在篝火边忘情失态地发狂跳巫舞，他们脱了身上的棉衣，甩掉帽子和头巾，将废纸撕了条子一条一条贴在脸上，举着钎子、镢头绕篝火堆跑。这些人都是横眉竖眼，龇牙咧嘴，似神鬼附身，如痴如疯。旁边的人就使劲敲打铁器，发出"嗨！嗨！"吼声。后来你从火这边跳过去，我又从火那边跳过来，用火灰抹脸，汗水流着，冲开灰土，脸恶得如煞神一般。《西北口》中小四生病卧床之际，"阴阳师就穿上神衣，挥动神鞭，在窑内窑外甩的'叭叭'价响，紧接着摇动三山刀，口中念念有词地请神。"①《秦腔》中，三婶在碗里立了筷子驱鬼。一碗水三根筷子拿上来……大婶就把筷子在碗中立起，三婶将水往筷子上淋，说："是你了你就立住！立住！"……筷子晃了晃，竟然站住了，直戳戳立在碗中，两个老太太都脸上失了颜色……纸烧完了，碗里的筷子还直直地站着，大婶说："他还没走！"三婶就拿了菜刀，说："你走不走？走不走。"一刀砍去，筷子被砍飞了，跳上柜盖，又跳到了地上。大婶将碗水从门里泼出去，说："滚！"（第321页）最严厉的形式是用桃枝驱鬼。如《浮躁》中，"有一个常年害病的女人……说着说着，旁边人就觉得不对，她一会儿扮的是州河淹死的白香香的口气……然后一一说出谁借了她多少钱，谁还欠她什么东西，要让这些人将钱如数交还她的母亲……有好事者，偏又不信，跑去问了说出的欠寡妇钱的某某，那些人满口应称是欠人家钱，连夜就退还寡妇母亲……女的男人就慌了，叫了阴阳师来，那簸箕覆盖头上，折了桃木条狠抽狠打，又以桃木棍夹住左右手的中指使劲压，拿女人方醒转过来，恢复了以往的口气。"②还有用镜子驱鬼，《远山野情》中跛子家出现太岁，阴阳师攘治的办法之一，就是做完法事后

---

① 贾平凹：《贾平凹文集》（第6卷），陕西人民出版社1998年版，第363页。
② 贾平凹：《浮躁》，人民文学出版社2009年4月版，第365页。

让香香双手拿一面镜子,名曰照妖镜,在火堆上跳。

　　从贾平凹的很多小说文本中都可以看出他对巫鬼神秘事项的偏好。《五魁》里,五魁以匹夫之勇闯入匪寨救下一个女人,就是以民间"青龙必须配白虎"的迷信思想,编造了一个谎言骗过山寨王唐景的。《浮躁》是占星和谶纬之术描写最多的文本,老百姓对阴阳风水的讲究,韩文举卜卦观天象的应验,梦中土地神与和尚的谈玄讲空,阴阳师线装书的神秘之语等,都是贾平凹不厌其烦叙述的神秘现象。甚至每当社会发生重大政治时局变革时,天体就会发生变异:"一九七六年,报纸上、广播上接连报道唐山地震,河南发水,东北某县降下大块陨石,这和尚就私下说不好了,天翻地覆,国要乱了。果然毛泽东、周恩来、朱德相继逝世。"并认为:"乡下人有乡下人的哲学,城里的文明人不承认,村民却信服。"①《龙卷风》中,赵阴阳可以破天机,夜观天象就能得知"明年成黑豆啊",第二年果然黑豆大获丰收。他临终时前预测出秃女的儿子会来盗墓,等不到秃女来他死都不闭上眼睛。《废都》中庄之蝶的老岳母,《土门》中的云林爷,《秦腔》中的中星爹,都是神神秘秘能通天地阴阳的人物。在《瘰家沟》中,神秘事象层出不穷:张家媳妇在瘰神庙祈祷后,果然生子;侯七奶奶临终预言会出现五个太阳,后来果然应验;炳根爷盗墓,看见墓底白绢准确预言盗墓日期,当场吓死墓中;牛过秤的魂灵买通鬼市,死而复活。《秦腔》中,引生爹与贫协主席在生前是对头,谁看谁都不顺眼,死了鬼魂在伏牛梁下的坟地一直在争吵,"吵的什么,听不真,但怪叫声一来一往,声调绝对是贫协主席和我爹的声调"。(第351页)

　　魔幻想象的神秘是贾平凹的一种想象性的再造。这种想象虽然与巫鬼文化有联系,但更多的是倾向于建构某种意象,以一种超现实的形式表达自己某种形而上的观念,并在想象中让自己的文思

---

① 贾平凹:《浮躁》,人民文学出版社2009年4月版,第57页。

真正飞扬起来。像许多著名作家一样,贾平凹写作时也有许多怪癖,喜欢关闭门窗,窗帘也要拉得严严实实,如果地下有个洞穴那就更好,这是作家进入写作状态的前提条件。刘勰云:"是以陶钧文思,贵在虚静,疏瀹五藏,澡雪精神。"[1]意为酝酿文思,贵在内心虚静摆脱杂念,要疏通心中的阻碍,洗涤净化精神。贾平凹的书房曾题名为"虚静村",追求的就是这种虚静的写作状态,仿佛写作时需要一种阴森的鬼气氛围方能进入神秘主义的情境,才能打破时空的局限,人神感应、幽明互通,由当下穿越上古,由阳世遁入幽都,由人类推及万物。

这种写作状态产生了大量魔幻化的小说文本。短篇小说集《太白山记》(1991年)被誉为"新聊斋",写尽了人生的无常、命运的神秘、万物的玄幻。《香客》中,香客丢了头到处寻找,同住的香客对他报以同情和关怀的哭声,最后香客的头突然失而复得又长在了肩膀上;《寡妇》中,死去的爹夜里还魂与守寡的娘过夫妻生活,而娘似乎浑然不知;《猎手》中,猎人与狼搏斗,紧紧抱住狼跌下悬崖后却发现对手是个男人;《杀人犯》中,木匠以斧劈人,砍下的人头竟是一层厚厚污垢结成的甲壳;《挖参人》中,吝啬的挖参人悬照贼镜以护家,却被妻子从镜中看出了他横死的结局;《公公》中,年轻的寡妇在水中沐浴时和一条极大的娃娃鱼嬉戏,竟然怀孕生下一个豁嘴女孩,而她的豁嘴公公在此期间正好失踪了;《村祖》中,200多岁的村祖一天忽然失踪了,此时村里的一个少妇产下一婴儿,婴儿嘴里掉出一枚金牙套,正是刚刚失踪的村祖的含物……

贾平凹的所有长篇小说,没有一部不采用魔幻手法的,尤以《废都》《高老庄》和《怀念狼》最为突出。《废都》的现实批判意味虽然很浓,生活描写也很实,但虚虚实实的"废都"最终给人的印象是一个百鬼狰狞、鬼魅横行的世界。作品一开篇就以三大奇异事象

---

[1] 刘勰:《文心雕龙·神思》。

为全书披上了一层魔幻色彩。那盆奇花和天上出现的四个太阳的奇异天象前文已有描述。第三大奇异事象是这样的：一日阴雨天气，孕璜寺的智禅大师想去看山门内那块奇石。奇石平日毫无色彩，凡遇阴雨石上就清晰显出一条龙的纹路来，惟妙惟肖。在半路上他看见一奇异天象：雷声中，西边天上，却有七条彩虹交错射在半空。智禅大师联想到那日天上出现四个太阳，知道西京又要出现奇异之事。果然，第二天从广播里听到距离西京二百里的法门寺发现了释迦牟尼的舍利子。《废都》的日常生活就在这样异象频出中拉开了序幕。《废都》用魔幻的笔法赋予了那头奶牛以人的思想和灵性，她的反刍沉思占了较大篇幅。是她，发现人类已经改变了自己的本性，变得越来越罪恶卑下；是她，察觉到了人类的两难困境，创造了城市文明，同时也制造了诸多弊端；是她，预知人类的未来可能走向共同毁灭。魔幻化的奶牛又鬼在说鬼："山有山鬼，水有水魅，城市又是有着什么魔魂呢？"（第137页）一部《废都》，所要表现的正是这个"城市魔魂"，世人都在这一"魔魂"纠缠下变得孤独、寂寞、浮躁、颓废，甚至走向死亡，摆脱不了命中注定的厄运。作为主人公的西京四大名人之首、大作家庄之蝶的生活笼罩着深深的鬼气，虽百般腾挪，最终还是没落颓废；龚靖元精神失常，自杀身亡；孟云房练气功瞎了一只眼睛，魔怔般地以为儿子就是气功大师，一起远走新疆；阮知非被抢劫犯刺瞎了眼睛，换了一双"滴溜溜地闪着黑光"的狗眼；汪希眠伪造字画，面临牢狱之灾。牛老太太也是一个魔幻化的人物，她行为怪异，人鬼不分，和死人对话，与鬼魂吵架。她明明活着，却要睡到棺材里，因为只有睡在棺材里，她才能感觉到自己还活着。在外人看来，她疯疯癫癫，做事一点也不合常理，即便大热天也关着门窗，满屋子充斥着闷气、死气、鬼气，但她的疯言疯语往往能够一语道破天机。《高老庄》里也充斥着神神道道的描写，从不断出现的飞碟，到神秘莫测的白云湫，从死而复生的再生人，到子路未卜先知的残疾儿子石头，极尽神魔鬼怪之能事，无不令人拍案称奇,心生敬畏。小说里还有个装疯卖傻的迷糊叔一天到晚唱着"家无三代富,清官不到头",仿佛是一句箴言,或者是对命运无常的参悟。所有这一切都给人一种神秘的感觉,整个作品始终笼罩在着一片神秘氤氲的鬼气之中。《怀念狼》可说是贾平凹最神秘诡异的一部小说,堆砌了诸多神秘而怪异的事象。小说一开头便讲述了一个神话般的故事,为小说中狼与人的斗争拉开了序幕。在叙述中,狡猾阴险的狼变成了人,前来报恩的母猴也变成了人,而雄耳川村民在狼绝种之后却集体变成了"人狼"。傅山随身携带的狼皮,具有某种神秘的未卜先知的功能,常常在有狼出现时高高耸起,扎人肌肤。动物也发生了畸变,鼠成了鼠精,猫则丧失了捕鼠的功能,狼也成了精,竟鬼使神差让鸡顺从地"站在灰狼的背上,双爪紧紧地抓着狼背",而"蠢笨的猪竟能跳过篱笆,那么甘愿地跟着狼走,像是它被解救似的"。这些诡异无比的神秘事象,使整部小说呈现出一派魔幻主义色彩。魔幻归魔幻,它们对应着的是一个充满矛盾、全面异化的现实世界,由此狼的象征意义也凸显了出来,让人类反思自己缺失了什么,让读者明白了为什么要怀念狼,正如费秉勋在谈到这部小说时所说的:"这荒诞魔幻的一笔,是作家对人类沉痛的棒喝。"①《秦腔》虽然是一堆"鸡零狗碎"的日子,但其里也夹杂着许多魔幻化的形象和情节:夏天义耍起老主任的牌子想方设法打开水库闸门为村民抗旱,引生发现水渠里始终有条大鱼,能与他对话,那形象就是夏天义的精变;狗剩因为在退耕还林的承包田里种菜被乡政府罚了款而服毒自尽,死前在伏牛梁的田里就被坟上的一个鬼盯上;横行霸道、唯利是图的三踅瞌睡时,一条蛇竟然钻进他的嘴里;夏天智梦到大哥房子漏水了,与三哥夏天义到坟上一看,坟上侧果然被老鼠打了一个洞,流水钻进洞里;疯疯癫癫的引生将自己阉割了;白雪生下了一个没有屁眼的孩子……作品通过一系列虚虚实实、

---

① 费秉勋:《怀念狼的主题思想》,《突发的思想交锋》,太白文艺出版社 2001 年版,第 254 页。

真真假假的超现实情景,营构了一个亦真亦幻的魔幻化世界,当然也出示了作者的某种价值判断。比如夏天仁只托梦给老兄弟,一是老兄弟的手足情是有名的,下一代中很难找到;二是自己的儿子君亭个性张扬,摩托车开得飞快,对堂兄弟可不算仁义,传统伦理美德的沦丧可见一斑。小说中多次描写刮到清风街的那充满邪气的大风,异常迅猛、铺天盖地,能吹断大树、能吹得碌碡乱滚,令人惊怵不已;清风街终日被太阳暴晒,似乎没有下过雨,而最后却下了一场百年不遇的大雨;七里沟出现了大面积的塌方,天葬了清风街的"土地神"夏天义。天象的异常只是一个隐喻,表达的则是作家对乡土世界存在境遇和变化趋势的审美化判断。是什么力量在改变着乡土世界,这种改变又是怎样的一个过程,作家没有明说,也没法说得过于明白,也许只有这种魔幻主义的表达方式,才能更形象、更有效地帮助作者与读者共同完成了对作品潜在意义的理解和构建。

神秘性当然可以增加小说的阅读观感,但这也不是贾平凹唯一的考虑,最主要的恐怕还是作家的价值观念所为。除了现实世界各种力量对人的制衡,作家笔下一直还有一种主宰世界的神秘力量存在,这种力量无影无踪,却能预知未来,解释命运,对人世间的一切执行着因果报应的价值原则。这种力量不管是来自传统的巫鬼文化,还是西方自然主义的万物有灵,作家首先肯定了人力不可主宰的另一个世界的真实存在,而且两个世界是相通的,善恶标准是相同的。同时,作家认为这个世界的属性是精神的,不是物质的,属于中国人的心灵疾患并不能在物质水平的提高中得到医治,只有那种无处不在的神秘力量或许能有效地对人的恶行起到某种宗教意义上的约束作用。作家自己从40岁后笃信禅宗,他相信神灵对人类精神的影响力,因此在文学创作上举起了神秘文化的大旗,对于喜爱猎奇刺激的消费时代的文学读者来说,这恐怕只是一个意外的收获,作家的本意并非如此。由此说来,贾平凹的神秘主义书写也算是一举两得、皆大欢喜了。

二、性描写

　　生殖崇拜是人类从上古延续至今的一个文化传统,它一般是以隐晦含蓄的方式象征性地表达人类本性使然的某种精神诉求。到了现代主义哲学家那里,精神分析心理学创始人弗洛伊德曾赋予一些典型的梦境(如骑马、飞翔、游泳等)以及一些典型的事物(如盒子、蛇、树等)以性的象征含义。弗洛伊德对文学艺术与性的关系有他独特的见解,他认为,作家艺术家都是性本能冲动异常强烈的人,同时又是一种具有内向性格的人,他们与神经病患者相差无几:"艺术家本来是这样一个人:他从现实中脱离出来是因为他无法在现实中满足与生俱来的本能欲望的要求。于是,他在幻想的生活中让他的情欲和雄心勃勃的愿望充分表现出来。但是,他找到了一种从幻想的世界中返回到了现实的方式:借助于他的特殊的天赋,他把他的幻想塑造成一种新的现实;人们把它们作为对现实生活的有价值的反映而给予公正的评价。"[①]弗洛伊德在这里论述了艺术家性表现的心理机制。从贾平凹的文化心理构成看,他自幼因个子矮小而性格孤僻,虽然成名后非常自信地以"我是农民"自居,但未成名前洗褪不掉的农裔身份,还是一定程度上造成了他文化心理中难以排遣的自卑。同时,贾平凹也是中国作家中出了名的病人,社会

---

① 弗洛伊德:《关于精神功能两个原理的理论》,《论文集》第四卷,第174页。

对肝炎本能的歧视一直成为他生活中挥之不去的阴影,作为一种痛苦的升华,贾平凹要从这种孤独、自卑与歧视中解脱出来,性就是他在文学道路中找到的一条曲径通幽的捷径,在文本世界放浪形骸的肉体狂欢中,他受挫的欲望得到了某种想象性的满足。

虽然没有考察过贾平凹对弗洛伊德的精神分析学,尤其是关于性的理论有过多少研究,但他的文本世界中的诸多意象和情节与弗洛伊德的理论多有契合。当然,作为一个民间意识非常强烈的作家,中国民间传统中的性意识对他的影响也不容忽视。

弗洛伊德认为:"对梦的解析越是深入,我们越是倾向于得出这样的结论:成年人的梦大多和性有关,是性欲望的一种表达……没有哪一种冲动像性冲动那样遗留下那么多和那么强烈的无意识欲望,而正是这些无意识欲望,在睡眠状态中导致了梦的产生。"[1]在《高老庄》中,子路和西夏在回到高老庄的当晚就来了一场性事,也许是意犹未尽,西夏接下来又做了一场春梦:"她看见了有一穗硕大的玉米棒子就挂在了白马的肚子上。西夏奇怪她怎么做这样的梦,子路一直在说她是大宛马的托生……西夏弄不明白那玉米棒子是怎么回事,竟无缚无系地就挂在了马的肚子上,玉米棒子的缨儿红艳艳的。西夏不去想了,在被窝里摸寻裤头,被窝里没有,却发现了就高高地挂在墙上的一个木头橛子上,不禁哧哧笑了。"(第28页)显然,文中的玉米棒子、木头橛子都是男性生殖器的象征。在祭日的当晚,子路在西夏别有用心的撺掇下,又来了一场性事。事有凑巧,西夏又做了个春梦:"梦里是一条黄褐色的蛇顺着炕角的墙基往上爬,后来就钻进炕上的被窝里,她好像是没有害怕,心里想,你不惹它,它也是不咬你的,就弓起腰来让蛇从身下爬过去了。"(第80页)梦中的"蛇"在古代是一种典型的性象征物,是先民们阳具崇拜的重要象征。子路解梦说,这个梦暗示着西夏想生孩子

---

[1] 阿尔伯特·莫德尔:《文学中的色情动机》,刘文荣译,文汇出版社2006年版,第158页。

了。《高老庄》还有一个借西夏的梦境来表现她潜意识中的勃勃性欲:"一个裸体的女人却搂抱了一只金黄皮毛的老虎,他们亲昵着,翻腾着,后来老虎就压在她的身上,满房子里有了一种和谐的音乐,那屋梁吊着的竹笼就晃动得厉害,看清了竹笼里装满了桃子,鲜红的,一触就破水儿的桃子,屋角的爬动声似乎更大了,竟爬过来三只乌龟……"(第104页)"老虎"与"乌龟"都是男性阳具的象征,鲜桃恐怕就是女性的性器官了。在弗洛伊德的性分析中,"还有些人完全不以生殖器为对象,而是把身体的某个其他部位当作欲望的对象,如女性的胸部、脚或发辫等。再有些人甚至认为身体的部位也毫无意义,而是以一件衣服、一只鞋、一件内衣来满足其性愿望——这些人是恋物欲者。"①《秦腔》中,当白雪决定嫁给夏风时,引生偷走了白雪晾晒在露天衣架上的乳罩,在欲望遇挫的绝望中,他对白雪的畸形爱恋终于以恋物癖的形式得到了想象性的满足,当然,也仅仅是想象性的满足。事情败露后引生招来了一顿狂揍,最终阉割了自己以谢罪,此事成了他一生中最大的丑闻。在《高兴》中,刘高兴对于女性身体象征物的迷恋,更多地寄托于自己婚姻失败中的一双始终没有送出的女式高跟尖头皮鞋。五富对他把一双女式皮鞋摆放在显耀的位置非常不理解,而在刘高兴眼中,这却是自己仅有的象征女性的物什,他把一只肾给卖给了城里人,他就是半个城里人,他带着这双高跟鞋来到城市的一大目的就是要寻找他的爱情,因为他坚信,能穿高跟尖头皮鞋的当然是西安的女人。于是,每晚擦拭高跟尖头皮鞋成为了他必修的功课,而且有时还会想入非非。直到有一天他发现美发店里美丽善良的孟夷纯有一双穿着和他买的一模一样的高跟皮鞋的脚,他的性想象终于才有了现实的着落。刘高兴似乎比引生更幸运,头脑更清醒,为人处世也比引生高了一个层次,但畸形的性想象和恋物癖与他如出一辙。

---

① 弗洛伊德:《精神分析导论讲演》,国际文化出版公司2000年版,第267页。

对民间性意象的关注应该是贾平凹的一大爱好。"鸟"是中国民间传统的一个性意象,郭沫若曾对"玄鸟生商"神话进行过考证:"'玄鸟旧说以为燕子','玄鸟就是凤凰',但无论是凤凰或燕子,我相信这传说是生殖器的象征,鸟直到现在都是(男性)生殖器的别名,卵是睾丸的别名。"[1]贾平凹的散文集《人草稿》中,这个性意象的描述近乎下流:"男的阳具是鸟,女的阴器是窝,要鸟进窝,进窝了又不停让鸟出鸟进几十次,数百次,询问鸟是否屙在窝里?"在《高老庄》中,作者描绘一个场景:西夏从一个掏鸟小孩手里讨要了一只小鸟准备回去送给石头,听见旁边院子有了奇怪的响动,原来在为母驴配种,当经过多方努力两只驴终于交配成功时,公驴的主人说了声"中!"这时,爬在墙外偷看的西夏也不禁松了口气,也说了声"中!","公驴每扑一次的时候,西夏就不自觉地为公驴用劲,一用劲,双手就握起来,当终于扑上去,她说了一声'中!'身子一松,小鸟从手里掉下来,才意识到自己还拿了小鸟,忙捡起来,小鸟已被握死了。"(第87页)西夏在大白天情不自禁地做了一次性幻想,那只该死的小鸟恐怕就是男人的阳具了。类似的性意象在贾平凹的作品中太多了。在《太白山记》中的《寡妇》中,作者借民间的性意象暗示了一次性交过程:"孩子发现爹贴在墙上的那个地方上,有一个光溜的木橛。""娘在被窝里换下待洗的裤衩,挂在那木橛上。木橛潮潮的,娘说天要变了,木橛上也有露水。"《佛关》中,"我是坐在山顶上的一块五月的将熟的麦田里。……看着已灌了浆的麦粒,突然觉悟每颗麦粒都是一个女性的生殖器!"以浆指涉精液,灌浆则暗喻性交成功。贾平凹甚至把性器与地理、物产等联系起来,他日记中曾写道:"按五行说,南为火,北为水,但北人刚南人柔,而且北人喜食麦面,麦为阴性生殖器形状,南人喜食大米,米为阳性生殖器形状,是一方水土养一方人物,人与物又相济吗?"[2]

---

[1] 郭沫若:《郭沫若全集》(第1卷),人民出版社1982年版,第328—329页。
[2] 贾平凹:《江浙日记》(之一·续),《雨花》1996年第5期。

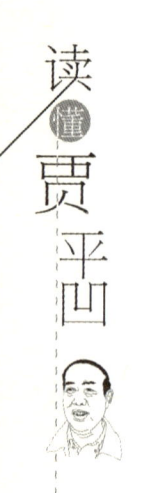

贾平凹在小说中多次写道，在中国民间的风水学中，好墓穴就如女人的生殖器，《秦腔》中，引生说："我爹说了，七里沟好就好在像个女人的 X。"赵宏声看了七里沟的地形，打趣道："七里沟是个女阴形，天义叔的坟正好在阴蒂位上，原来他来七里沟是要保护他这坟了么！"（第 355-356 页）贾平凹曾画过一幅漫画，在一石臼中，竖放着一根巨大的石槌。他解释说，这是农村妇女悲惨命运的真实写照。《秦腔》借引生之口进一步做了解释："下雨天是农民最能睡觉的日子，毯朝上地睡，能睡得头疼。但我那个晚上却睡不着，我的耳朵里全是声音，我听见了清风街差不多的人家都在干那事，下雨了，地里不干了，心里不躁了，干起那事就来劲，男人像是打胡基，成百下的吭哧，女人就杀猪似的喊。"（第 139 页）贾平凹的关于性意象的联想的确非常丰富，有趣的是路遥曾经以其人之道还治其人之身，打趣贾平凹的名字：平字是阳性生殖器形状，凹是女性生殖器形状，相济相生。虽是一则笑闻，表意倒是非常准确。

《废都》之后，贾平凹遭受到了许多正统的批评家和读者的否定性攻击，甚至被戴上了"流氓作家"的帽子。一个一度文风雅正的作家为什么会对性描写如此感兴趣？现在看来，对性意识的文化解读并不是贾平凹性描写的根本动力，对性意识的过度渲染也不是贾平凹性描写的原初本意。贾平凹的性描写是地域文化与消费阅读兴起等多种因素共同作用的结果，从些许荤黄的段子到《废都》的长篇大论，从赤裸裸的描写到文化的包装，贾平凹作品中的性描写还颇有与时俱进的风范，是消费阅读的文化语境造就了贾平凹，还是贾平凹在诱引文化消费时代的读者，这也许是一个耐人寻味的话题。

如前文所述，贾平凹的出生地商洛具有较为鲜明的楚地文化与秦地文化混合的特点。山地文化、水文化以及楚地文化的共同影响，造就了陕南隐秘、性灵、缠绵的地域文化特点，大量原生态的乡村文化在这里得以保存，脏话粗口一向是这里的古朴民风。如《西北口》中,"(安安)坐在一个黄土柱下。黄土柱直棱棱竖着,直指天空。小四说:'安安,你说这黄土柱像啥?'安安说:'柱子。'小四说:'还像啥?'安安说:'你知识高,你说呢?'小四说:'像男人那个!'"在恶劣的生存环境中,对性意象的超凡想象是乡民们缓解生活压力的一种自娱自乐。这种穷山恶水的山地文化也造就了陕南人性格中的匪气,在历史上,这里社会动荡频繁,奸淫抢掳、杀人放火的事件时有发生。小说集《逛山》里塑造了不少农民"土匪"形象,其中最具代表性的就是白朗了,这些土匪都与女人和性有关。在《佛关》中,风流倜傥的表哥只因得到了美貌的兑子的爱情而遭村人忌恨,人们"拳脚如雨地倾注在他的身上",并且割断了他的尘根。如今,"这尘根儿风干得很小,像指头粗的一根牛肉干"。当"我"将表哥的尘根扔到酒瓮中后,那尘根竟膨胀粗肿,"直立而起跃在瓮口,像一个竖起的萝卜,更准确地说像酒瓮里长出了一棵硕大异常的平头蘑菇!"从贾平凹上世纪80代作品中的性描写也不难发现,它们的确有清水的灵气、村野的俗气、山地的匪气。

在1980年前后,初登文坛的贾平凹就喜欢歌颂爱情,以《山地笔记》等为代表乡土小说中,作者唱的是农村青年男女事业和爱情的田园牧歌,塑造了满儿、月儿、文草、巧姐、小秀、阿秀、七巧儿等一系列纯情少女形象。她们基本都是"玻璃般的人儿",天真善良,纯朴可爱,但她们也勇敢地追求属于青春的性爱。他们未婚初恋,纷纷穿上"红布衫",大胆地把纯洁的爱情和处女的身子献给一个个憨厚木讷、说话脸红、一心一意搞农业科研的小伙子。在这种情爱模式中,爱与不爱取舍于对方是否志同道合、热爱科学、发家致富,每一个纯情少女对自己心目中恋人都像亲哥哥一样关心备至。在《夏诚与巧姐》中,巧姐与原来的恋人分手仅因为他不愿再和她一起搞果树科学栽培,和夏诚恋爱是因为他见了《园艺学》《果树栽培》就忘了一切。贾平凹这个时期的情爱作品中的每一个情爱故事,都是一首关于青春与事业的抒情小诗。80年代中期的《黑氏》

《冰炭》《人极》《金矿》《天狗》《西北口》等小说中,小说中的女主人公也随着作家的年龄长了几岁,她们已经没有少女的矜持,但也没有后期作品中妇人的放荡。故事模式基本上是一个丈夫有着这样那样缺陷的女人,慈母一般喜欢上了一个可怜的单身汉。《黑氏》中,黑氏在第一个家庭中完全是她的小男人丈夫的性奴隶,但她仍然想方设法维持这种原本就没有感情的婚姻,以传统女性的忍耐宽容着丈夫与乡长女儿的通奸,然而这并没有改变她最终被遗弃的命运。黑氏没见过世面,她的世界里只活跃着木犊和来顺两个靠苦力吃饭的单身汉,她同时喜欢他们,但她没有乱来,只想在两者中选一个。面对木犊的三百元和来顺的三百五十元聘礼,她很难做出自己的决定,"痴痴坐了半夜",终于嫁给了本村的木犊,但仍然念念不忘无人疼爱的来顺。遗憾的是,处于性蒙昧状态的木犊不可能给她性爱的满足,他们之间缺少健康完美的性爱,让青春少了一份激情。她经受不了这种痛苦折磨,最后还是觉得颇识风情的来顺更可怜、更可爱,便和他私奔了,他们之间很快走向情与性的完美交融。她给了自己私奔一个充分的理由:木犊已尝到女人的滋味,而来顺那么大年纪还是一个童男之身。《远山野情》(1985年)中的女主人公香香在那个生活艰难的时代与生产队长保持着暧昧关系,她的瘸子丈夫为了金钱默认妻子与其他男人的私情。吴三大虽是一个平凡的男性,但能在污浊不堪的环境中保持自己高尚的人格与纯洁的心灵,香香对他产生了爱慕之情,最后为他离家出走。性对象的转变对香香来说是一次心灵的蜕变和人性的升华。《冰炭》(1985年)则在一个特定的历史氛围中展示了男人对性的本能和渴望,女主人公白香来到从没女性光顾的劳改农场,她的女性气味让所有的男人都感到激动和惊喜,即使是那些凶神恶煞的犯人也概莫能外,满脑子阶级斗争观念的排长在美丽可爱的白香面前一样难以压抑性意识的冲动。但是,白香对身为犯人的秦腔演员刘长顺流露出了更多的同情与好感,刘长顺因此招致众多男性的妒忌。犯人逃跑的骚乱与两性之间情感纠葛相互交织在一起,结果造成白香、刘长顺被误杀和排长因失职悔恨而自杀的悲剧。至此,贾平凹对性爱的描写,情虽已乱,爱却犹存。

《浮躁》(1988年)可以看作贾平凹性爱描写的一个转折点,是由"远山野情"到"都市艳情"的一个过渡,既继承了前期创作中性爱描写的基本观念,又流露出随后《废都》性文化景观的最初萌芽。说是继承,是因为作者继续以社会改革作为大的背景,将性意识作为多棱镜折射出社会、人生与人性的方方面面,这里既有船工与暗娼之间的肉体买卖,也有利用手中权力奸污女性的乡村干部;既有情不自禁的婚外情,也有充满兽性的性发泄。但不管是美丽的小水、躁动的英英,还是艳丽的石华,在性爱问题上已都不再假装纯情,而是直截了当地在性爱的生命冲动中玩味人生。小水是作家笔下传统的、美丽的、理想的女性形象,她听凭父母之命、媒妁之言嫁给一位并不出色的小男人。她虽不爱自己的丈夫但仍尽力扮演好一个妻子的角色,虽从内心深处爱着金狗,在他面前也有性的骚动,但她视贞操为性命,只默许金狗的手伸进自己的胸脯揣一下,以缓解双方的性饥渴。她保持着作为一个良家妇女的操守,不幸的是她成了一个寡妇。当第三次爱情到来时,她变了一个人,在憨厚的福运面前一反常态地表现出狂野和主动。爱失落了,性却觉醒了。少女英英则敢于承认自己的生理需求,只要有需要,她都会自愿献身于她倾心的异性,性与她眼里,似乎与爱无关。石华则比较复杂,她既爱自己的丈夫,又对金狗一往情深,甚至以牺牲自己的爱情来拯救情人。婚外恋情发展到后来,金狗越来越胆小,石华却愈来愈胆大,但她对丈夫依然十分好。爱与性在她这里是分裂的,看起来十分混乱,又极具有包容性,爱可以接纳一切,与婚姻并无多少关联,有爱就可以有性,为了爱也可以容忍无爱的性。这三个女性的一个共同点是,性都从爱的规约中独立出来,突显出独立存在的价值,但也正如小说的题名,没有伦理和道德约束的爱,也只能是浮躁。而且,《废都》中那种低俗露骨的性描写在《浮躁》里已初露端倪,小水后来在性事上的狂野和主动,英英第一次和金狗发生"亲密接触"时就说:"金狗哥,我受不了了,下面已经湿了……"(第122页)其挑逗的色情程度使人难以置信是出自一个未出闺阁的"处女"之口,她们可以说是后来《废都》中唐宛儿们的前世今生。贾平凹自己也清楚地借金狗之口表达了他对女性的认识:"小水是菩萨,英英是小兽呀,人敬菩萨,人爱小兽。"(第123页)很显然,贾平凹既喜欢坐在高高莲台上让男人膜拜的菩萨似的女人,又倾心于赤条条的野性十足的满足男人性欲望的小母兽,滥情与纵欲已经成为一个时代浮躁的重要特征。

纵观贾平凹上世纪90年代之前的性描写,性只是一个探测社会、人生与人性复杂性的独特视角,他笔下人物的性心理有的虽然有违传统伦理道德规范,但性意识与性行为大体上未越过"发乎情止乎礼义"的限度,人物往往由内在生理本能的冲动最后走向由肉到灵、由情到理的升华,性爱追求虽历经磨难,最终基本还是走向了"有情人终成眷属"的大团圆结局。也可以这么说,性描写在贾平凹这个时期的小说叙事中,它们不致成为一种吸引读者眼球的技术性操作,观念性的东西还是占有绝对优势。中国社会进入20世纪90年代后,社会的市场经济转型与人文精神的失落,对金钱的攫取、对财富的迷恋,在市场经济体制和价值观念的遮掩下,成为一种合法合理的个人欲求,人的感官欲望的满足也自然成为这种价值观念的衍生品,身体作为一种可供消费的欲望化商品,一下子成为小说叙事走向市场的重要筹码,所谓的下半身写作就是在这个大背景下发生的。从这个意义上来说,《逛山》中的土匪形象不仅是作家写作题材的转变,也预示着作家性描写观念的变化。诚如作者在《逛山》后记中所说:"为匪是生存的一种","有的是心性疯狂,一心要潇洒自在;有的是生活所逼;有的其实是为了正经干一件惊天动地的事,正干不成而反干。他们其中有许多可恨可笑又可恶处,有许多真实的、荒诞的、暴戾的、艳丽的事,令我对历史有诸多回味,添诸多生存意味。""艳丽的事"自然与女人有关,与性有关。此前的作品,贾平凹刻意经营的是青年男女的爱情神话,爱情胜利了,"性"却由于种种的伦理规范的掣肘并没有获得充分的满足。而《逛山》中的女人们,似乎逃脱了文明社会的伦理规范,要求的已不仅仅是形而上的爱情,最直接的是形而下的"性"。在《逛山》系列中,女主人公"性"的开放意识全面强化,前期的"纯情少女"开始让位于生命压抑中的成熟女子。在《白朗》(1990年)、《五魁》(1990年)和《晚雨》(1992年)中,白朗、五魁、天鉴这三个土匪的命运都和女人有直接的关系:白朗没有压寨夫人的营救,早就被黑老七处死;五魁是因为失去了柳家女人才变态为匪;天鉴因为得不到王娘,才愤然自阉。这些作品中,贾平凹的性开放并不彻底,性观念与人性思考还有纠结,白朗的悲剧意在揭示人性之善,五魁的悲剧则意在揭示人性的脆弱,天鉴的悲剧意在揭示人性之恶。而在《美穴地》(1990年)中,仅看篇名就具有一语双关的淫乐心理。女主人公四姨太虽让人同情,却不可否定她的淫荡,第一次见到了来自己家的陌生男人,也就是风水先生柳子言,就朝他后脑勺上吐瓜子皮,之后又多次挑逗。她的丈夫姚掌柜性无能,她只能和一只名叫虎儿的狗过性生活,见了一个标致男人自然不会放过,好在她在乎的只是性欲的满足,狗和人也许没有什么差别的,无非都是性工具罢了。

有了前期的预演,《废都》就成为贾平凹性描写的一次大汇展。《废都》赤裸裸写到"性"的地方多达60余处,作者不惜笔墨着力渲染庄之蝶与他的四个女人的性爱周旋。严肃说来,贾平凹所要呈现的是知识分子在商品经济时代的精神沉沦,而文本阅读的实际观感却是一场场男欢女爱的肉体狂欢。当然,其中也不乏知识分子对于自身群体的精神自恋。《废都》中的庄之蝶是这样一个人:一点不高大,竟骑的是女式"木兰"车,更出奇的是一下车,并没有掏了梳子梳头,反倒用双手把头发故意弄乱;在妻子牛月清眼中的知名作家,有脚气,有龋齿,睡觉咬牙,吃饭放屁,上厕所一蹲不看完一张报纸不出来;小保姆柳月第一眼看到都不相信,慌神走眼,连声道:"你骗我,你哪里会是庄之蝶?他起码比你高,这么高!"(第48页)就是这么一个丑陋男子却是一场场肉体狂欢的主角。庄之蝶一开始在婚内性生活中是一个性无能者,跟自己的老婆睡觉,"知道自己耐力弱",老婆也嘲讽他"凭这本事,还想有私生子呀"(第60-61页)!可是,他在婚外性游戏中威力无比,锐不可当,能把两个女人的肚子搞大,连他自己都说:"今天简直有些奇怪了,我从来没有这么能行过。真的,我和牛月清在一块总是早泄我只说我完了,不是男人家了呢!"(第84页)性在这些女人的观念中不仅是两性之间的欢娱,更是一种交换的砝码,各有各的想法。唐宛儿面对那些暂时在她面前得意的女人们,"愤怒里就有了冷酷地笑:等着吧,哪一日知道我是庄之蝶的什么人了,看你们怎么来奉承我?我就须躁得你们脸面没处放的!"(第113页)她几次提出要庄之蝶离婚,以便取代牛月清成为庄家主妇,事情败露后都还想找到做主妇的感觉,以至于让庄之蝶在她身上又回到了与牛月清的性无能状态。柳月主动请求到了庄家做保姆,对庄之蝶百般照顾,甚至以身相许,她的想法是:庄之蝶是名人,经见的事多人也多,若是真心在我身上,凭我这年龄,保不准将来也要做了这里的主妇,即使不成,他也不会亏待了我,日后在西京城里或许介绍去寻份正经工作,或是介绍嫁到哪家。她也有取代牛月清的想法,发现不可能后立即挑高枝做了市长的儿媳,嫁了一个残疾人肯定不满足,后来居然找了一个高大的洋货。阿灿与庄之蝶的性关系也是因为后者的名人地位,虽然只是为了再美丽一次:"你让我满足,不光是身体满足,我整个心灵也满足了。你是不知道我多么悲观、灰心,我只说我这一辈子就这样完了,而你这么喜欢我,我不求你什么,不求要你钱,不求你办事,有你这么一个名人能喜欢我,我活着的自信心就又产生了!"(第236-237页)在这场性事中,不但看到了一个文化名人的精神自恋,也看到了一个弱小女人的颓废虚无。

对于庄之蝶来说,性压抑也是他的生命之"缺"的一部分,于是,他开始了"求缺"的冒险游戏,并把常常与唐宛儿幽会的场所命名为"求缺屋"。由此看来,庄之蝶是自恋、颓废的"反英雄"式文化形象的代表。小说让这些女人对庄之蝶怀着一种狂热的崇拜,性只是铺在他和一群女人之间的红地毯,庄之蝶自我感觉良好地在红地毯尽头的红纱帐里温存着他的黄粱美梦,接受美女们对文化名人或者是文化本身的崇拜。庄之蝶最后的出走意味着他所谓的"求缺"最终还是南柯一梦,性事上的"求缺"拯救不了精神之"缺",性神话对现代知识分子而言至多只是一场自欺欺人的精神自慰。所以,作者以"性"这一主题表现了庄之蝶这类知识分子灵与肉的分离,人格精神的分裂,生命力和创造力的衰竭,揭示了在文化交错的特定时空中的知识分子和精英文化,陷入了尴尬的生存困境和精神危机,皆处于一种无可阻挡的颓势之中。

不可否认,作家大肆渲染的性描写有着强烈的讽世冲动,但更多的恐怕还是出于媚世的情结,不管作家的写作动机是如何崇高,最终的结果还是使自我跌落在兽性的樊笼中难以自拔。在他的生命困顿、事业遇挫中发愤而成的这部轰动性巨著中,性是他宣泄自我的最佳突破口,是他抢占文化市场的制高点,也是他迎合消费社会、媚惑文化大众的制胜法宝。上世纪90年代文学的"边缘化",纯文学影响日趋减弱,大众文化渐成消费主流,有的作家投笔从商,有的作家坚守清贫、甘于寂寞。贾平凹却是另辟蹊径,用他的自信和才华制造了一次文化市场的巨大轰动。《废都》和大众通俗小说保持着足够的距离,以一种精英文化的面孔打起了一张"文化"牌。精英文化并不拒绝市场,并不拒绝媚俗,恰恰相反,它总是以一种标新立异的形式吸引大众的注意。对于市场化语境中的小说创作而言,如果要想有卖点,如果能够逃过文化管理部门的审查,更准确地说,如果文化能够包装好赤裸裸的性,

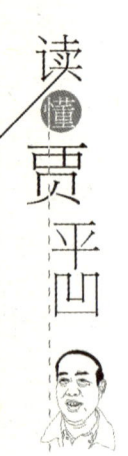

赤裸的性描写就是获得成功的最佳捷径。《废都》直接袭取《金瓶梅》对性过程的直露写法，《金瓶梅》洁本中写性行为时常出现的"□□□□□（下删××字）"，《废都》也如法炮制。《废都》全书共有46处性描写出现"□□□□"图样，作者不厌其烦地注明了此处删去多少字。据统计，最多一处删去995字，最少的为11字，总共删去7500余字。人们不禁要问作者和出版者是否还打算出版一字不删的足本？有没有这样一个足本？据接触过手稿的人士指出，原稿与现在发表的本子并无多大区别。最终结论只能是贾平凹开了作者自己"删节"的先河。而且，明眼人一眼就可以看出，这样一种拙劣、庸俗的推销策略，是一种"性包装"。如果仅有卖点，难免会被人斥之以粗俗，所以性必须作精美的文化包装。自《废都》问世以来，我们可以看到大量阐发文本严肃主题的批评文章，而且许多能够自圆其说，并非牵强附会。这样，最具卖点的性，再加上种种文化包装，最终的成品《废都》既能登大雅之堂，又能流行于市井百家。当然，这只是贾平凹一厢情愿的理论预设，一些正统的文学批评家们还是对作品展开了的尖锐抨击，最后被政府列入禁毁作品，成为中国当代文坛的一大重要事件。好在十余年后，这部争议不休的作品还是开禁了，这也使得《废都》式的叙事策略更具有争议，赤裸裸的性与沉重的文化，到底谁是《废都》的主题，这恐怕是一个说不完的话题。

　　《废都》之后，赤裸裸的性描写成为贾平凹小说叙事的新常态。《高老庄》中大学教授子路第一次看到西夏，就对她"高头大马"的身体产生迷恋。子路携西夏这个具有异域血统的"大宛马"回到高老庄时所洋溢出的沾沾自喜，源于他战胜了一种天生个头矮小的自卑。从喧闹城市回到偏僻高老庄的日子里，子路与西夏没有停止过性爱，这是一种征服欲念的驱使，是一个先天有生理缺陷男人的心理慰藉。一方面是人种退化的深深忧虑，一方面是不加节制的欲望宣泄，两者的矛盾浸透在《高老庄》的每一寸空间，就连一个饭局也不可放过。在乡干部请子路与西夏陪县里来的黄秘书吃饭的情节中，黄段子就是最好的下酒菜，由"三条腿"的人说到了白云湫的野人那根东西又粗又长，再说到了一个商人从窗子上往街上尿尿被一个小孩看成是一个大胡子叼了根雪茄，而且很不正经的苏红和他熟得很。最后由黄秘书和吴镇长把黄段子推向高潮。黄秘书说："去年我到美国去，我很有感慨，上厕所，黑人掏出来是双手端着尿的，白人掏出来是一只手举着尿的，咱们是两根指头夹着。"吴镇长说："咱们汉人是不行，说是一对男女晚上坐在黑地里谈恋爱哩，谈着谈着，男的就把他的东西悄悄地放在女的手里，女的说：谢谢，我不会抽烟！"(第173-174页)明明是"汤汤水水"的琐碎日常生活，有了这些荤黄的佐料，整个叙述也充满了万种风情、百般滋味，非常吸引读者的眼球。

　　《怀念狼》中的烂头就是一个欲望的化身，最大限度地享受生活是他人生的唯一意义，为此他不愿错过或放弃任何一次机会。有一次，与他同行的记者指责他胆子太大，不该在打麦场铺席睡觉猎艳。他竟用一个诙谐的故事来进行反击。说一群考官考老鼠的本领，第一只老鼠上场，考官们问他拿了老鼠药怎么办？这老鼠竟把多种鼠药放进嘴里，嚼得咯嘣响，这只老鼠就通过了。第二只老鼠进来，考官们让他试鼠夹，它抡起鼠夹表演了一段让人眼花缭乱的杂技后，一屁股坐下去将鼠夹压扁。轮到第三只老鼠了，考官们见老鼠不怕鼠药鼠夹，一时想不出合适的考题，那老鼠就有些不耐烦了。说：你们放快点呀，我还急着要去×猫哩！由此可见他对自己冒险猎艳的胆识十分得意。一只苍蝇飞过，他都想分出公母，只要有乐可图，他甚至可以与母狼交媾。只要有可能产生感官的刺激，《怀念狼》的文字叙述都不会放过，根据批评家李建军博士对《怀念狼》所做的统计："在这部不足二十万字的小说中，写及尿及屙尿、尿及溺尿的事象多达13次，写及屁股、屁眼(肛门)、放屁、洗屁股、痔疮的事象多达14次，写及人及动物生殖器及生殖器隐匿与生殖器展露的事象多达 20 次,写及精液及排精的事象有 5 次,写及性交(包括乌龟性交一次、人鸡性交一次、人"狼"性交一次)、手淫、强奸 10 次,写及尸体 4 次,写及月经带(经血带、经血棉花套子)、烂裤头 4 次,总共 70 次。"[1]在所有的欲望面前,人的信仰简直不堪一击,就如小说中那位陕北老革命所讲的故事:第一天,敌人给我上老虎凳,我甚也没说。第二天,敌人给我灌辣子水,我甚也没说。第三天,敌人给我钉竹签,把我的指甲盖儿一片一片都拔了,我还是甚也没说。第四天,敌人给我送来了个大美人,我把甚都说了。第五天,我还想说些甚呀,敌人把我杀死了。(第 132—133 页)这个故事也许是贾平凹关于自己性描写的寓言:它们无关乎沉重的话题,不要过分挖掘它们崇高的意义,再说白一点,不要太把它们当回事,逗逗乐增加点"卖点"而已。

---

[1] 李建军:《时代及其文学的敌人》,中国工人出版社 2004 年版,第 82 页。

第四部分

定 位

文学的世界性也许正是文学表现了全人类共通的东西,这东西当然不仅仅是政治。可以做一个定位,贾平凹已经是属于世界的贾平凹,并不需要得到人为操纵的某种规则的承认。

一、一个人的乡土小说史

贾平凹的小说,不管是取材于故乡商州的乡土小说,还是以西京为表现对象的都市小说;不管是对乡土现实的写实,还是对乡土文化的写意,乡土情结都是贯穿其小说创作、透视其文化意蕴、把握其审美追求最为重要的精神线索。在中国乡土小说日渐式微的当下文坛,贾平凹以他独特的方式撰写了一部一个人的乡土小说史。要评价贾平凹在中国乡土小说史上的地位,首先得简要回顾一下中国现当代乡土小说的发展历程和思维向度,为贾平凹的定位立下一个基本的坐标。

乡土小说在中国现当代文学中始终占据着突出的位置,关注与表现乡土是不同时期作家共同的叙事取向。但近百年的中国乡土小说总给人一个复杂的印象:既存的乡土小说虽不乏经典之作,整体上却显示不出乡土自在言说的主体意识和厚重而博大的精神力量,"乡土"总是作为一个被言说的"他者"而存在,成为各种观念和情感的"挂钩"。

发生期的乡土小说作家大多寄寓在都市,他们沐浴着现代都市的文明,领受着"五四"新潮的洗礼。现代文明和进步思想的烛照,引领他们的精神返身曾经逃离的乡土场域,用记忆中的人事展开对乡土文化观念的诊断,并开具出各自认为可行的药方。从最初始的价值层面来看,乡土小说是以西方人本主义思想和人道精神、平民意识为价值尺度,通过"将乡间的死生,泥土的气息,移在纸上"①,而表达一种情感层次的悲悯与忧愤情怀,对乡土社会给予道德式的否定,并不能在行动上有多少作为。

当启蒙演进为社会革命后,乡土便承载着具体的更深层次的文化和政治思考。从早期左翼乡土小说开始,对乡土历史文化的审美表述就深烙着阶级意识、民族意识、政治意识的印痕,到了抗战期间赵树理的"山药蛋派"、孙犁的"荷花淀派",政治斗争和战争故事便成为叙事的主宰。这种以革命为脉络的乡土小说,发展到合作化题材阶段,事实上其叙述者,如柳青和浩然,都转变为具有敏锐政治意识的全知者,在《三里湾》《山乡巨变》和《创业史》这些经典文本中,他们甚至以乡土小说作为输出革命理念的通道,乡土世界几乎成为他们把握政治斗争规律和最新发展动向的审美载体。

新中国成立以来的乡土小说的每一次艰难的迈进,也始终与国家政治运动与乡土社会变迁息息相关。上世纪80年代随着文化反思潮流的全面兴起,成千上万下乡知青和受到政治冲击的知识分子结束噩梦回到城里,他们以切身体验倾诉着心身的"伤痕",多灾多难的乡土地再次成为作家否定极"左"政治、声讨践踏人性野蛮行径的特有文化视角。从"凤阳"这块土地上发出的变革现实的呼声,很快席卷而为全方位的社会思潮。乡土小说在应和这一社会思潮的时候,仍然在套用"传统—现代"、"改革—保守"等二元对立的思维构架,把构成现代性掣肘的传统文化的解剖、批判建构在乡村与城市、愚昧与文明、进步与落后、贫穷与富裕等具体的二元对立上。一些接受现代文明洗礼的先觉者再也不愿受制于乌托邦化的召唤,再也不能无视落后贫穷,乡土现实生存的窘迫使人们"产生了对故乡的反叛情绪,一种仇恨的审视"②,逃离乡土、跳出"农"门立即成为一种普遍的时代情绪。上世纪80年代中后期的乡土小说

---

① 鲁迅:《中国新文学大系》小说二集序,《鲁迅全集(6)》,人民文学出版社1981年版。
② 丁帆:《中国乡土小说史论》,江苏文艺出版社1992年版,第30页。

所作的文化批判,还表现在文化的寻根上。虽然一些作家对乡土对立面的文化形态并没有一个明确的把握,但他们对现实乡土之恶的全面揭露和否定还是不遗余力的。从乡土小说这一发展支流中,我们可以解读出城乡二元结构中的差异和对立,它以城乡等级观念作为先在的前提,乡土的叙事者都是以一种文化先觉者的身份从事着对乡土文明的批判与反思,并试图以这种方式把乡土强行纳入现代化的历史进程。对于他们来说,乡土是反思、批判和倾诉的道具,是文化、观念和情感的挂钩,让乡土承载了太多的超越于其上的观念和思考。乡土,再也不是本源意义上的乡土。

现代文学史上,与投身革命热潮的乡土作家形成强烈反差的,是另一批执着于乡土身份、陶醉于田园风光的作家,其中成名于上世纪二三十年代的废名和沈从文最有代表性。实际上,面对20世纪风雨飘摇的中国乡土现实,任何一位乡土的叙事者,都无法完全回避革命风暴的洗礼和现代意识的侵袭。历史转动的力量总是大于个体操守的有限意志,这就决定了历史与个体之间的紧张关系是单个的人无法解决的。对于一些耽于想象的小说作家来说,解决这个难题的途径就是通过某种一厢情愿的变通,如沈从文一般用一种强于自我的异己力量——"湘西世界"去重造现实,以率真淳朴、人神同在和悠然自得的边缘性、异质性的乡土文化叙述,显示处于弱势边缘文化中沉静深远的生命力量,从而内在地对所谓文明社会的种种弊端构成某种超越性的批判。正如沈从文自己所言:"每个文学作者不一定是社会改革者,不一定是思想家,但他的理想,却常常与他们殊途同归。"①可以作为结论的是,这一支流的乡土小说作家,恰恰是在对乡土偏执的爱恋中疏离了乡土小说应有的品性。它给我们的启示是,如果乡土作家只是沉浸于乌托邦式的田园牧歌中,放逐应该承担的时代责任,放弃直面历史的机遇,他们失去的必

---

① 《沈从文文集》第12卷,花城出版社1982年版,第110页。

将是公正无私地对待苦难的态度,这就必然导致叙事者审美判断力的弱化和乡土小说悲剧精神的缺失,也势必扼杀担当民族厄运大气象作品的产生。

在乡土小说这种历史延续中,贾平凹开创的则是另一部个人化的中国乡土小说史。他对当代中国乡土的书写虽然承袭了中国现当代乡土小说传统,新时期每一个文学思潮中都留下了他的身影,乡土小说史上的诸多大家都给了他深刻的启迪,但我们仍然无法把贾平凹归类到任何一个文学流派。"贾平凹在我们这个时代是个向后转的作家,他多年以来一直拒绝在通行的语境里表现当下的生活。许多小说故意以非流行的话语隔绝时代与自己的时空关系,营造的是私人化的世界。"①关于所谓"反潮流",贾平凹自己也认为:"人活在尘世上的,每个人都顺着潮流往前走。大风来了所有的草都摇晃,但从事创作有时你得感应整个时代,要坚持自己的。我的写作似乎老同一些潮流不大合拍,老错位着呢,不是比别人慢半拍,就是比别人快半拍……我这不是有意为之,全是跟着自己的感觉和思考走。"②正是这种"自己的感觉和思考",最终确立了贾平凹自己的文学观念和表现技法,成就了只属于贾平凹的个人风格。

如众多评论家所论及,贾平凹的乡土书写,有一个从写实到写意的转变。

贾平凹是个土生土长的商州人,他的童年、少年都没有离开过这块土地。他与乡土的关系,有人说:"贾平凹是自然之子,平民之子,中国文化精神和美学精神之子,他生于汉江之侧,长于商洛大野,饱啜传统文化之雨露,——"③恰如福克纳之如约克纳帕塔法,沈从文之如湘西,商州就是他文学的发源地和精神的故乡。当我们

---

① 孙郁:《贾平凹的道行》,《当代作家评论》2006年第3期。
② 谢有顺:《尊灵魂,叹生命——贾平凹〈秦腔〉及其写作伦理》,《当代作家评论》2005年第5期。
③ 雷达:《贾平凹文集·前言》,中国文联出版公司1995年版。

返身回溯贾平凹的精神之旅，在它的源头，可以深深体味作家对于乡土执着的身份认同和刻骨铭心的家园情结。在那里，贾平凹以清新、质朴的乡土小说《满月儿》引起文坛的关注，收录该篇的小说集《山地笔记》给他带来了一个优秀乡土作家的声誉。在那里，贾平凹以一个刚刚出门远行的"乡下人"的单纯目光，细细打量着古朴、纯真的山地风情，善良、憨厚的商州子民，不管是清泉流水、茂林修竹，还是饲养室的火炕、铁匠炉的红火、林头的老碗会，不管是月光下伴着低低乡曲而旋转的纺车，还是村巷中飘然而逝的女子……关于故乡山水风物一切的一切都是那样的亲切和美好，温情脉脉的田园诗意甚至掩盖了这片古老土地的蛮荒闭塞。我们也永远忘不了《纺车声声》中的那位勤劳善良、坚韧顽强的母亲，生活的负担愈是沉重，她生存的信念愈是坚强，对丈夫与儿女的爱也愈是深沉。故乡的景物与人事给予我们一个深刻的印象：作家是在用一个游子的口吻，向我们讲述一个个关于故乡与母亲的温馨故事，或许它们本为一体：乡土就是母亲，母亲就是乡土。乡土情结就这样深厚浓郁地纠缠、沉淀在作家的内心深处。

在那场声势浩大的寻根文学思潮中，贾平凹多次以作家的身份往返于商州故地，因为他也坚信，中国文化之根存在于广袤的乡土，而他自己的根就在他的故土商州。多少年后，他回忆起当年告别农村时所做那个可笑的"彻底的了断"："我终于在偶尔的机遇中离开了故乡，那曾经在棣花街是一件惊天动地的事情，记得我背着被褥坐在去省城的汽车上，经过秦岭时停车小便，我说：'我把农民皮剥了！'可后来，做起城里人了，我才发现，我的本性依旧是农民，如乌鸡一样，那是乌在了骨头里的。"（《秦腔·后记》，第493-494页）他不得不承认，乡土就是父辈遗传给他的文化基因，使他从孩子时起就有了农民的德性。带着这种乡土情结，这个时期，他相继创作了中篇小说《商州初录》《小月前本》《鸡窝洼的人家》《腊月·正月》等等一个"商州系列"，这是一批给他带来盛名的文本，确立他在中国当代乡土小说史上的重要地位。"商州系列"呈现了秦川山地质朴淳厚、多姿多彩的民俗风情,浸润着浓郁的古商州乡土气息,弥漫着一缕缕淡淡的牧歌情调。并非作家没有感受到中国社会变革所引起的乡土人事和文化心理的裂变,恰恰相反,天真单纯的"小月"也开始有了无名的烦恼,"回回"完满自足的生活也开始出现了危机,作家清醒地认识到时代的剧变已经引起了世道人心的变化和复杂尖锐的矛盾冲突。但出于对故土的挚爱,贾平凹对这些变化表现了最大限度的接纳与宽容。更为重要的是,贾平凹极力赞美商州乡土世界混沌的自然、古朴的民风与淳厚的子民的根本目的,还是试图在困惑与浮躁中构筑起一块乡土圣地和精神家园,以之防御一切来自外界的现代文明的侵袭。

然而,在上世纪八九十年代中国社会的现代转型中,被商品经济唤醒了的各种欲望之肆虐总是大于个体坚守的有限定力,乡土社会日趋剧烈的变化和价值观念日益严重的失衡,使作家不得不重新思考和打量自己一度神往的乡村大地与生活于其上的乡土子民。当作家切实感受到现代文明的侵袭已经严重干扰了宁静平和的乡村生活,彻底打破了温情脉脉的乡土世界时,作家的浮躁情绪也就不可避免地产生了。在《妊娠·序》中,作家"对于严峻的丰富的又特别新奇的现实生活,我几度晕眩,迷惑,产生几多消沉,几多自信",到了《浮躁·序》中,作家就不得不说:"写《浮躁》,作者亦浮躁呀!"但无论如何,《浮躁》总体上仍然没有背离传统乡土叙事的成规,与乡土人事的亲情仍是作家坚守的叙事原则。美国美孚飞马文学奖评委会对其的评价是:"把握住了当代改革巨变生活的脉络,以及在经济、政治、文化、道德、心理等各个方面所经历的复杂的斗争,作品所描写的虽然只是中国偏远山区的生活,却相当典型地反映了具有传统文化氛围的当今农村现实。"①只有在都市文化中浸

---

① 费秉勋:《贾平凹论》,西北大学出版社 1990 年版,第 115 页。

润日久,作家感受到承受不了现代文明对乡土与城市的双重夹击后,困惑和绝望的情绪才跃然纸上。这样,《废都》的横空出世也就在情理之中了。

长期以来,人们对《废都》的争议总是纠缠于文本中醒目而实际上并无伤主旨的细节,而忽略了这个文本何以产生的接受心理和时代情绪。转型期的社会图景非常复杂,观念的嘈杂和心理的紊乱让人难以进入理性状态,这种文化生态无疑催生了文学的非理性表述方式,叙事的情绪化,就有可能成为社会转型期的一种可行性操作。从这个意义上来说,《废都》是一部被时代召唤出的优秀作品。作家并非刻意为之,而只是直接截取带有自身镜像色彩的一段生活,通过庄之蝶为首的西京四大文化名人沉溺于肉欲、金钱、名声的日常人事,向我们展示了一个转型时代归依无着、操守丧失的欲望化图景,我们已然感受到作家精神的滞重、困惑与绝望:一切都开始破碎了,一切都开始堕落了,一切都开始腐败、糜烂了。何以如此?作家并没有能力做出理性的思考,只给了我们一个非常情绪化的感性表述。可以理解,作为一个农裔作家,他的身子虽然寄居在都市里,但偌大的地方没有空间安妥他的灵魂。这样,《白夜》里进城的乡村青年夜郎,自然在都市中找不到一块安身立命之所;在《土门》中,作家虽然无数次地表征着土地精神,并沿着它去寻找精神的归依,但无论是古老的仁厚村赖以栖居的土地,还是那世外桃源般的民俗与亲情,都在拔地而起的钢筋水泥建筑中化为乌有。

带着对家园的追寻,在《高老庄》中,贾平凹再次踏上返乡的旅途。高子路还乡了,还带去了她的新任妻子西夏。这个女人可以说是贾平凹文化理想的形象代言人:她承载着中国乡土文化的优秀传统,又吸纳了现代文明的精华,从她身上完全有可能生长出一种有生命力的集传统与现代于一身的新型文化。但一个不期然的结果是,这也只是作家一厢情愿的理论预设。子路找到了什么呢?他看到的是村人的矮小丑陋,是家庭纷争、邻里失和的矛盾纠葛,是集体毁林、烧砸地板厂等社会乱象……高老庄容不下他流浪的身子,也安妥不了他漂泊的灵魂,他原本准备在这里繁殖后代,没想到却慢慢失去了繁殖的能力。语言是存在的家园,但他撕毁了那个记满了方言土语的笔记本,最终选择了逃离,具有反讽意味的是,他的逃离方向却是城市。到父亲的坟前告别时,他对故土表示出彻底的失望:"爹,我恐怕再也不回来了!"(第311页)借子路的言行,想表示的恐怕是贾平凹与乡土家园的彻底决裂。

在这种希望与绝望的反复纠缠中,贾平凹在他20世纪最后一部长篇小说《怀念狼》中,又让高子明、傅山和烂头带着不同的生命观念和家园情结,在大自然中展开了一场"寻狼"之旅。具有反讽意味的是,一次对狼的保持行动却导致了这个物种在乡土大地上的毁灭,一个对狼的保护的身份却最终变异为捕杀它们的猎手。它的明显喻义就是,在这个被工具理性操纵的时代,一种现代性的冲动带来的可能是一种悖反性后果,人类总是自以为是地无限拓展生存空间,结果却失去了有限的生存家园。如果支撑我们生命的精神不复存在,我们家园必将是一个没有摆设和内容的空壳。它的失落就不仅仅是有形的空间,更是一种无形的生命力与精神。这也意味着,家园的失落已经成为现代人的一种命定,它被连根拔起了,再也无迹可寻,无根可守。这样,在《秦腔》中,贾平凹不得不正式宣布家园的失落。

作家声称写《秦腔》"是为了忘却的回忆","决心以这本书为故乡树起一块碑子"(《秦腔·后记》,第497页)。作家要祭奠的,就是故乡的土地与秦腔。夏天义简直就是农业文明的一个象征符号,他与土地连为一体,为之而荣、为之而衰、为之而死,这个土地的精灵天葬七里沟的悲剧性命运,隐喻的是农业文明的衰微和解体。秦腔是根植于的三秦大地上的一个剧种,"八百里秦川黄土飞扬,三千万人民吼叫秦腔",它是秦地文化的载体,更是传统文明的象征。然而,在新一轮的城乡文化冲突中,这个处于弱势地位的民间戏曲,

不可避免地淡出了乡土的记忆,让位给了来自都市的流行音乐。这样,不管栖息人们血肉之身的土地,还是安妥乡民精神的文化,都一齐衰败了,作家到此也就不得不宣告自己家园的失落。作家能做的,也只能是一种精神性祭奠,"我以清风街的故事为碑了,行将过去的棣花街,故乡啊,从此失去记忆"(《秦腔·后记》,第499页)。至此,贾平凹也许真正完成了自身乡土文化立场的身份变异,由一个乡土文化的守护神蜕变为游离于城市的孤魂野鬼。到了《高兴》,作为乡土代言人的刘高兴被城市的强势话语彻底抛弃,但一个很有意思的问题是,贾平凹在文化态度上来了个180度的大转弯,让刘高兴"高兴"起来,与现代城市文明做了一场堂·吉诃德式的文化反击,精神虽然可贵,但实质上是一个被彻底击垮了的乡土叙事代言人的文化逻辑。好在贾平凹真的是一个天才的作家,他只安排了"高兴"背负一个"孤魂野鬼"还乡,这是现实的残酷,更接近于历史的真实。

从贾平凹乡土小说的整体阅读中,我们已然见证了一个离乡土渐行渐远的身影,然而,在他的乡土意识一步步的衰落中,又是什么东西在同步地托起他作品的审美品格呢?我们也不难发现,这就是他关于乡土的文化想象。

1980年贾平凹调到西安市文联,1983年开始专业创作。这对贾平凹来说,是一种身份的转变。中国当代乡土小说发展史上一个奇特的现象是,这种身份转变总是伴随着作家乡土意识的退化和叙事策略上的转型。如果说此前的非专业创作身份保证了贾平凹与乡土的在场性关系,而一个专业的作家身份,尤其是他日渐提升的文化地位,则有可能使他与乡土的关系出现某种疏离,作为一种替补,也就是小说叙事中的日益精深的文化思考。在写作《浮躁》时,他就在《序言》中透露了一个转变的信号:"我由朦朦胧胧而渐渐清晰地悟到这一部作品将是我三十四岁之前的最大一部也是最后一部作品了,我再也不可能还要以这种框架来构写我的作品了,换句话说,这种流行的似乎严格的写实方法对我来讲将有些不那么适宜,甚至大有了那么一种束缚。"①这或许是作家对乡土现实把握的无奈,或许是作家无法抵御意义的诱惑,乡土对于他而言有着更多、更深的文化思考和意义承载。在这种创作冲动下,贾平凹在他的小说中开始了意象化的营构,在接下来的《太白山记》《白朗》《烟》中,对神秘事象的虚构描绘甚至超过了对现实的精准把握。这也就是研究者对贾平凹的小说叙事谈论得最多的所谓从"写实"到"写意"的转变。

这种叙事转型对具有爱好故事天性的阅读者来说,真的不是投其所好,简直是在冒险,弄得不好,就会失去这些文学消费市场上的"上帝"。但贾平凹自有他的绝招:一是营构一个充满奇闻逸事、人鬼不分的超验的意象世界,并且把这个世界当作一个真实的实在来描写,这对接受者猎奇心的满足和感官兴奋度的维持绝对没有问题;二是改变以往全知全能的叙述视角,用第一人称叙述,集人物与叙述者于一身,自由联想、时空交错、虚实相生、潜意识的呈现,皆因"我"的在场而让人对他的意象世界深信不疑。这一方面使小说更好看,一方面更有利于携带作者的文化想象,比如"天人感应""魔幻现实"等等,这对于那些有命名嗜好的批评家是一个再好不过的交代。这样,作为对失去"故事"的一种补偿,接受者得到的"意象世界"和"文化观念"是绰绰有余的。

不过,从这种意象化的叙事转型中,我们很不情愿地发现了贾平凹叙事操作上的一个反比定律:乡土现实的身影愈模糊,他的"意象世界"就愈完满;距离乡土现实愈远,他的"文化观念"就愈宏大。在早期的《太白山记》《白朗》《烟》等中短篇小说中,他对意象的营构和文化观念的加载只是限于细节和局部的操作。《浮躁》作为一种时代情绪的象征,这种标题方式并非他的独创,而且这个长

---

① 贾平凹:《浮躁·序言之二》,人民文学出版社 2009 年 4 月版。

篇整体显示的仍是一种现实主义风格,是在写实的基点上把握了一个时代精神。只是到了《废都》,贾平凹才真正开始确立了他新的叙事范型,把"废都"打造成了由诸多意象聚集而成的意象世界,废都本身,埙、奶牛、牛母、拾破烂的,以及作品中每一个人物,它(他)们无一不是符号,不是意象。但在经过了一段时间距离的今天看来,这个当年轰轰烈烈的小说文本,对于贾平凹来说只能算是一次叙事操作上的大预演,在叙事操作的创新上并没有走得太远。这个文本的真正审美品质并不在于所谓的"意象世界"的营构和"文化观念"的内蕴上,恰恰相反,它在于转型期社会文化心理的深刻揭示,它的象征性手法丝毫掩盖不了它的现实主义精神。

如果说在《土门》的叙事结构里,我们很容易找到诸如村民反抗城市化这样的现实主题和作家再现社会历史转型的显在动机,那么在《高老庄》中,贾平凹就开始有意识地抛了这些现实主义手法,而更多表现为一种形而上的文化思考。这时的贾平凹坦言:"我无论写的什么题材,都是营造虚构世界的一种载体,载体之上的虚构世界才是我的本真。"(《高老庄·后记》,第317页)虚构的如白云湫的神秘传说,石头的未卜先知,实写的如子路的回乡与逃离,子路和菊娃、西夏的男女情事,高老庄的社会乱象,等等,无不承载着作家意象化的文化思考。当然,与《废都》把思考的基点落实在一种社会文化思潮的横断面上不同的是,《高老庄》开始了对一个民族文化的整体性思考,把作家的文化想象推向了一个更高的层次。高老庄不再是本原意义上的高老庄,而是一个民族的生存寓言,我们可以从中解读出中国文化的历史与现状,并以此对中国文化的再生之路进行可行性探索。我们甚至可以把贾平凹的这种探索作一个完全有可能的拔高:高老庄就是乡土中国的缩影,高老庄与外部世界的关系,就是在全球化语境中乡土中国与外部开放世界的关系;高老庄乡土文明所遇到的挑战及其命运,隐喻的就是在现代化、全球化进程中华夏文明所遇到的挑战及其命运。

长篇小说《怀念狼》的意象化色彩更为浓厚，可以说它本身就是一个现代人的生存寓言，恰如贾平凹自己所说的："怀念狼是怀念着勃发的生命，怀念英雄，怀念着世界的平衡。"①从这个文本的解读中，我们不难发现，狼并不具有实指意义，作者只不过是以"狼"的生存状态为话题，对"人"的生存境遇进行某种本体性思考，表达人类现代化进程中的心理内伤和精神诉求。这就使得小说确立了一种新的精神标高，寻找狼也就是寻找人之为人的生命力和本能冲动，确证人与外在世界相反相成的生态伦理。这种由文化层面上升到对人类生存境遇的本体性思考，不能不说是贾平凹文化思考的深度掘进。在意象的营构上，贾平凹也开创了一个新的境界，他自己也认为："《怀念狼》里，我再次做我的试验，局部的意象已不为我看重了而是直接将情节处理成意象。"（《怀念狼·后记》，第270页）

《秦腔》是贾平凹唯一以他的故土——棣花街为原型的长篇小说。多少年来，贾平凹几乎写遍了商州每一片土地，但他的笔从来不肯触及他心目中的这块热土，更不用说与他血肉相连的家族内部，贾平凹一直把它当作写作中的最后一块宝藏。但这部小说带来的不仅仅是题材上的变化，可以说，贾平凹把那种远离现实主义时间因果的承续、推论原则推向了极致。如果梳理一下贾平凹的叙事路径，我们会发现一种递进式小说结构观念。写作《废都》时，贾平凹就在实验一种生活碎片式的小说叙事结构，《废都》基本上没有什么情节故事，几个小的事件也处理得若断若续，吸引人的只是精彩刺激的性爱细节。《土门》的叙述更加散漫，作家只是把诸多富有情趣的生活片段很随意地连缀成篇，大概从这个时期开始，作家开始形成了理论性的叙事观念："碎片，或碎片连缀起来，它能增强象征和意念性，我想把形而下与形而上结合起来。要是故事性太强

---

① 廖增湖：《平凹访谈录——关于〈怀念狼〉》，《当代作家评论》2000年第4期。

就升腾不起来,不能创造一个自我的意象世界。"①这种叙事观念在《白夜》与《高老庄》中有着更精致的外观,特别是《高老庄》,完全表现了日常生活文本化的叙事特征,作家自己在后记中描述得非常到位:"《高老庄》里依然是一群社会最基层的卑微的人,仍然是蝇营狗苟的琐碎小事……没有扎眼的结构又没有华丽的技巧,丧失了往昔的秀丽和清晰,无序而来,苍茫而去,汤汤水水又黏黏糊糊……"(《高老庄·后记》)而《秦腔》干脆就是"一堆鸡零狗碎的泼烦日子"(《秦腔·后记》),彻底没有了戏剧性情节,没有了史诗性的宏大意图,有的只是细节,一段段时代剧变中清风街人的普通岁月。

在《秦腔》的碎片化世界里,贾平凹把他的"意象化"和"文化思考"发挥到了极限。他采取一种躯体修辞的叙事策略,让一个半疯半傻的被阉割了的"引生"充当叙事人角色。在小说叙事的现代操作中,由于傻子在认知上的非理性特征,没有人为过滤的逻辑和判断,这种叙事人就可以像一面镜子,反射出生活的原生态,实现作者对生活进行客观化再现的目的,而且,借助于傻子视角,作家的情感倾向和批判立场可以有效地隐匿,天马行空、最大限度地发挥意象化的意义呈现效果。相对于传统的现实主义的小说叙事,这种叙事操作无疑消解了叙事的价值倾向性和正向建构的维度,瓦解了传统叙事的理性思考和逻辑原则。在对乡土现实主义叙事原则的这种整体性颠覆中,贾平凹同时用他的文化想象构筑起了一个庞大而完整的意象化体系。除了前文所述的作为乡土文化最主要表征的土地和秦腔走向衰亡的意象化呈示外,《秦腔》中这种叙事方式和文化的隐喻比比皆是。首先,"清风街"的命名就具有一种反讽的意味,它的实指是一个乌烟瘴气的乡村小街。夏家老一代四兄弟夏天仁、夏天义、夏天礼、夏天智的名字分别取自儒家传统精神的精髓

---

① 邢小利、贾平凹等:《〈土门〉与〈土门〉之外——关于贾平凹〈土门〉的对话》,《小说评论》1998年第3期。

"仁、义、礼、智",它们可以视为儒家传统文化在乡土民间的寄寓方式,它们共同支撑着乡土社会的精神框架。"仁"的早逝可能是作家的一种先在判断,随着夏家其他老兄弟们心情颓然地相继辞世,老兄弟四人所代表的伦理道德观念和价值体系也象征地坍塌了。夏家第二代中的庆金、庆玉、庆满、庆堂的名字分别取自中国传统文化中"金玉满堂",这几个兄弟为亲情和金钱的争吵不休、钩心斗角也就意味着,温情脉脉的传统人伦关系也难以为继。

这样,连接乡土世界人与自然关系的物质性"土地",维系乡土世界人与人之间关系的精神性价值体系,及其所衍生的文化——秦腔,都共同走向了大毁灭、大沉寂。在贾平凹以前的作品里,这种文化的反思和否定里,他还预设了一种理想化的乡村乌托邦,如《土门》中的"神禾塬",说明贾平凹对自己记忆中的乡土还保持着纯真的幻想。到了《秦腔》这里,理想的乡村乌托邦已经化为乌有,而且作家也不打算重建,让它成为了一种永远的乌托邦。所以,《秦腔》简直就是对家园的摧毁,是从文化上掘根,让自己的身子连同精神一起在城乡之间流浪,由此也不难理解他会产生"故乡啊,从此失去记忆"的哀叹。不过,这是一种思考的深度还是一种情绪化的态度,确实值得商榷。

可以作为结论的是,贾平凹的乡土观念与他的文化想象构成了一个反比定律。随着他文化阐释深度的一步步掘进,他与乡土的疏离也在一步步显露出来,乡土意识在一步步弱化,作为一种替补的,也就是让乡土承载着他日益飞扬的文化想象。这种文化想象到底揭示了多少现代乡土存在与发展的辩证法,也是一个值得探讨的话题。但不管我们对此的理解有何分歧,丝毫不能否定贾平凹乡土文学创作的中国"底色",不能否定贾平凹表现出的具有中国特色"乡土经验"的文学史意义。对此,吴义勤在《秦腔》的评论中发表了他独特的见解,他认为,贾平凹在很大程度上反抗并突破了旧的叙事传统——厌乡和怀乡模式,"从精神指向和思维惯性来看,这两个模式在对'乡土'的态度上又有着内在的同一性",最终"却似乎总是令人失望地无法触摸得中国乡土经验的本质和内核,总是给人'不及物'之感……"《秦腔》的出现"正好是一个转折。贾平凹在这部小说中找到了一条反抗和突破乡土启蒙叙事的传统方式,找到了一条让'自我成为自我,乡土成为乡土'的方式"。或许,在这种"乡土经验"之下,当下的乡土叙事有可能"从启蒙叙事的偏执当中走出来",贾平凹自己也能"发现、宽容和理解这种美感,才会超越建筑在优越感基础上的伦理取向,而建构一种平等、宽容的乡土叙事新伦理"。① 在这里,吴义勤认为《秦腔》是以乡土中国为"底色"的,真正以乡土为本位,打破了中国乡土小说史上城乡二元对立的叙事模式,而对"乡土"的本性和"中国之心"的乡村形态进行了多维度的扫描,最终形成了一种书写乡土中国的"中国经验",在笔者看来,这种"中国经验"也就是前文着重阐述的贾平凹关于乡土的日常性书写和意象化叙述。

正是在此意义上,许多评论家对贾平凹在中国乡土文学史上的地位给予了充分肯定,陈思和认为:"贾平凹是当代文学极其重要的作家,他三十岁写出了《商州初录》和《浮躁》,四十岁时写出了《废都》,五十岁时写出了《秦腔》,他是对中国当代文学有贡献的人。三十多年来坚守文学,表现出雄厚的创作实力,而且能不断地在中国文坛上掀起一轮又一轮冲击波,这非常值得钦佩。他的创作全景式地反映了中国尤其是中国乡村急剧变化的生活,而且与时代情绪和心理暗合得非常紧密……"②张学昕则从叙事的视角,以《秦腔》为例,论述了贾平凹提供给我们的关于乡村的厚重的"中国经验":"最令我感动的是,贾平凹能以平凡而坚韧、深沉内敛而温暖有力的人格与叙事文体,建立起自己的正道、具有艺术穿透力的精

---

① 吴义勤:《乡土经验与"中国之心"——〈秦腔〉论》,《当代作家评论》2006 年第 4 期。
② 陈思和、丁帆、苏童等:《作家,是属于时代的——"贾平凹作品学术研讨会"发言摘要》,《当代作家评论》2006 年第 5 期。

神、审美维度,将我们引向真实、真诚和美好。尤其是,他在文本中提供给我们的关于乡村的厚重的'中国经验',令人宁静而难忘。"①也许,乡土中国在现代文明的侵袭下,真的无法避免"走向破败"的命运,贾平凹笔下的这条清风街,真的是乡土中国走向没落的一个缩影,陈晓明对此下的结论是"乡土叙事的终结"。② 至此,贾平凹用他绵密的文字书写,为中国乡土文化的没落画上了一个句号,也完成了一部只属于他一个人的乡土文学史。

---

① 张学昕:《回到生活原点的写作——贾平凹〈秦腔〉的叙事形态》,《当代作家评论》2006 年第 3 期。
② 陈晓明:《乡土叙事的终结与开启——贾平凹〈秦腔〉预示的新世纪的美学意义》,《文艺争鸣》2005 年第 6 期。

二、属于世界的贾平凹

从 1975 年在公开刊物发表第一篇文学作品算起，贾平凹已有近 40 年的写作经历。在这近 40 年间，中国文坛可谓思潮翻滚、潮涨潮落，但不管世事如何变化，贾平凹从未停止过手中的笔，成为当代中国为数不多的高产畅销作家，已出版发表长篇小说 15 部左右，中篇小说几十部，短篇小说上百篇，还有难以计数的散文、随笔、诗歌，乃至曲艺、题跋等，甚至在书法、绘画方面，也有广泛的影响，并靠这些"旁门左道"为自己创造了巨大的经济效益，使得他可以不为稻粱谋，能够安心于自己的文学创作。贾平凹几乎是一台写作机器，写作之于他早已成瘾，如同他的烟瘾一样。他至今拒绝用电脑写作而坚持手写，右手中指与食指间结了一层厚厚的老茧。他书房内消费量最大的是香烟和一次性圆珠笔，烟是几十条地存放，笔是几十盒地购买。在漫长的近 40 年的 15000 多个日子里，据保守估计，他平均每天大约写 2000 个字，如此推算，他的写作总量已超过 2000 多万字。据说全球有史以来著述最丰的作家是美籍俄裔作家艾萨克·阿西莫夫，一生出版了 470 多部各类著作，而目前中外各种出版机构出版的贾平凹作品，少说也超过 300 余种。贾平凹现在才六十出头，以他仍然旺盛的笔锋，将来成为全球著述最丰的作家也并非没有可能。

当然，一个作家的社会影响并不在于他的作品数量，贾平凹也从不靠作品的数量说话。1978年,贾平凹的短篇小说《满月儿》获得全国优秀短篇小说奖,他的文学天赋和作品风格就获得文学界的普遍认同。"贾平凹在20世纪80年代到达了他前半期文学创作的巅峰状态,一有小说问世就好评如潮,他被戴上了有前途的而且会越写越好的'优秀作家'的桂冠。"①他的多产和勤奋更是得到老一辈作家孙犁的欣赏:"我同贾平凹同志,并不认识……这位青年作家是一位勤勤恳恳的人。他的产量很高,简直令我惊异。我认为,他是把全部精力,全部身心,都用到了文学事业上来了。"②贾平凹觉得这种创作精神不值一提,因为创作就是他的生活,他说过:"作为一个作家,我就像农民,耕地播种长了庄稼,庄稼熟了就收获,收获了又耕地播种,长了庄稼又收获,年复一年,月复一月,日复一日。"(《怀念狼·后记》,第272页)就这样,贾平凹从上世纪70年代末在中国文坛崭露头角后,满载着累累的硕果一路走来,穿越了当代中国文坛日新月异的风云岁月。贾平凹近四十年的创作历程,既获得评论界和读者的广泛认可,也曾饱受争议甚至攻击非难,尤其是其1993年《废都》问世之后,批判的声音不绝于耳。好在随着时间的推移和社会观念的进一步开放,不管是个人的还是团体的、媒体的还是口头的、民间的还是官方的、国内的还是海外的,也不管是专家学者还是普通读者,都开始从历史、社会、文化和审美的角度,愈来愈强烈地意识到贾平凹坚韧的写作态度和执着的文学精神对当代中国文学的卓越贡献,贾平凹也在不同的接受视野中得到重新定位:王一川教授将贾平凹列入20世纪"九个半大师级作家"之内,与鲁迅并列;③陈晓明教授则认为贾平凹是中国文学和乡土文

---

① 程光炜:《批评对"贾平凹形象"的塑造》,《当代文坛》2010年第6期。
② 孙犁:《贾平凹散文集(月季)序》,《人民日报》1982-7-5。
③ 李星:《巍然矗立的艺术山岳——再谈贾平凹的文学意义》,《当代中国》2006第9期。

学"最后的大师";①《新浪网读书频道》"世纪文学印象"评选,贾平凹位于第六,依次为鲁迅、张爱玲、沈从文、老舍、茅盾,读者评分92分,专家评分94分,评选专家均为研究机构和高校的著名学者。②总而言之,贾平凹文学道路中的坚守与创新,虚静与求变,成果与不足,经验与教训,已经成为当代中国文学的一个重要存在,并且超越了国界,产生了越来越大的世界影响,其作品被译成英、法、德、日、韩、越等不同文字,受到海外读者和研究者的青睐,并多次获得了国际性的文学大奖。

目前能够提供全球图书馆收藏数据的 OCLC(Online Computer Library Center,Inc,联机计算机图书馆中心),是一个覆盖范围较大的世界性公益组织,总部设在美国的俄亥俄州,截至 2011 年年底,加盟图书馆数量已达到 23815 家,涉及全世界 112 个国家和地区,470 多种语言。OCLC 的数据能基本衡量出中国文学在当今世界的影响范围。在 2000 年至 2011 年间,作家出版社 2005 年、2007 年出版的贾平凹的《秦腔》《高兴》收藏图书馆数量分别达到 129 家、120 家,分列这 12 年间世界图书馆收藏中国文学图书数量的第 3 名和第 4 名。另据不完全统计,贾平凹的作品有大量海外译本,其中法语译本有 7 种、英语译本 5 种、日语译本 1 种、韩语译本 1 种。③ 这只是贾平凹世界性影响的一个缩影,具体到了单个作品,更能清晰地看到贾平凹在国外文坛的广泛认同和巨大影响。

《中国文学》和"熊猫丛书"曾经是中国作家走向世界的两个重要平台,被译介的中短篇多为新时期乡土小说,主题是反映"文化大革命"之后乡村中国的新面貌,描绘新时代农民的纯朴心灵和纯

---

① 陈晓明:《本土、文化与阉割美学——评从〈废都〉到〈秦腔〉的贾平凹》,《当代作家评论》2006 年第 3 期。
② 《"世纪文学 60 家"评选结果》,《铁凝精选集》,燕山出版社 2006 年版。
③ 何明星:《中国文学的世界影响——新世纪十年回眸》,《中国发书评论》2013 年第 1 期。

真爱情。

创刊于1951年的《中国文学》在20世纪80年代迎来了自己的黄金时代,成为中国文学对外译介的一个重要窗口,它翻译登载了大量反映新时期中国社会,尤其是农村新面貌的文学作品,贾平凹以其对中国农村生活的全新描写,赢得了《中国文学》的青睐,也由此走进了国外读者的视野。《中国文学》发表的最早一批翻译成英文的作品里,有许多贾平凹的作品:《果林里》(1978年第3期)、《帮活》(1978年第3期)、《满月儿》(1979年第4期)、《端阳》(1979年第6期)、《林曲》(1980年第11期)、《七巧儿》(1983年第7期)、《鸽子》(1983年第7期)、《蒿子梅》、《丑石》(1987年第2期)、《月迹》(1993年第2期)、《我的小桃树》(1993年第2期)等。这些作品大都是改革开放初期被翻译成外文的,可以说,贾平凹是改革开放后最早走出国门的作家之一。另外,1991年,外文出版社从《中国文学》选编若干作家作品,集结成小说选集出版,书名为《时机并未成熟:中国当代作家及其小说》,收录了贾平凹的《火纸》。

1981年"熊猫丛书"开始对外发行,在上世纪90年代由中国文学出版社先后出版了贾平凹的两部小说选集,分别是1991年出版翻译的《天狗》,收录了《天狗》《鸡窝洼人家》和《火纸》三则中篇小说,以及1996年出版的《晚雨》,收录了《晚雨》《美穴地》《五魁》《白朗》四个中篇。此外,外文出版社还出版了贾平凹的英文散文集《老西安:废都斜阳》。"熊猫丛书"发行到世界上150多个国家和地区,中国的许多作家,如莫言、余华,包括贾平凹在内,都是借此走出国门,产生世界性影响。

由海外汉学家编译、国外出版社出版的中国当代作家作品选集,也收录了贾平凹的很多小说。1988年,朱虹编译、美国Ballantine Books出版社出版的《中国西部:今日中国短篇小说》中收录了贾平凹的两个短篇:《人极》和《木碗世家》。1990年,萧凤霞编译、斯坦福大学出版社出版的《犁沟:农民、知识分子和国家,现代中国的故事和历史》收入了贾平凹的《水意》。1992年,马汉茂与金介甫编译,M.E.Sharpe出版社出版的《当代中国作家自画像》收录了贾平凹的《即便是在商州生活也在变》。汉学家吴漠汀编的《20世纪中国散文译作》收入了贾平凹的《秦腔》《月迹》《丑石》和《弈人》;英文版的"乡土中国"系列中《故乡与童年》收入了贾平凹的散文《春》。编译这些作品集的都是美国著名的汉学家,各种集子都有明确的主题,主要是新时期中国社会面貌的改变,而且学术化和专业化特征较为明显,其中选录的贾平凹小说也是聚焦于"文化大革命"之后中国西部农村社会的变迁和农民形象的改变,因为收录文本较多,对于贾平凹个人的文学风格和审美价值并没有分章别类地加以凸现。

国外出版社以单行本形式出版的贾平凹作品有1991年美国Louisiana University Press出版、葛浩文(Howard Goldhlatt)翻译的《浮躁》和1997年加拿大Yorkpress出版社出版的、罗少肇(Shao-PinLuo)翻译的《古堡》,这种译介形式对贾平凹在世界文学界的影响比较大。《浮躁》是贾平凹"商州系列"的第一部,奠定了他在中国文坛的地位,1988年,根据美籍华人作家聂华苓的提议将第八届美国飞马文学奖授予中国作家,经专家评选小组评定,《浮躁》一举夺魁。此后,美国出现了一股评价贾平凹的热潮,也正是在这股热潮中,美孚公司聘请葛浩文翻译此书,译作译笔精到,与原著相得益彰。1991年,为了祝贺《浮躁》英译本在美国首次发行,"飞马文学奖"顾问委员会邀请贾平凹夫妇访问美国,贾平凹在华盛顿、丹佛、洛杉矶等地朗读了《浮躁》片段,唱起了陕西民歌,浓郁的中国乡土气息和民族传统特色吸引了众多的美国读者,也大大提升了贾平凹在海外的文学声誉。九年后,由安波兰女士翻译、法国Stock出版社出版的《废都》获得1997年度法国国际"费米那文学奖",同时被法国《新观察》杂志评为1997年度"世界十大杰出作家"。"费米那文学奖"是法国的主要奖项之一,与龚古尔文学奖、梅迪西文学奖共称为法国的三大文学奖,每年奖励世界文坛中一部最优秀的作品,而且规定销售量要达到8万册以上才能入选,足以说明《废都》在法国的畅销程度。贾平凹是亚洲第一位获此奖项的作家。2003年,贾平凹又获得由法国文化交流部颁发的"法兰西共和国文学艺术荣誉奖",此奖是法国最高的荣誉奖之一,授予那些在文学艺术领域做出了创造性贡献的人。法国驻华大使在给贾平凹的贺信中说:"您的作品在法国影响很大,这项荣誉是授予您作品内容的丰富多彩性与题材的广泛性。"①Stock出版社于2000年以《被吞没的村庄》为名又出版了贾平凹的《土门》的法文译本,再次引起了西方媒体和学界对贾平凹的关注。贾平凹的作品被译成法语的作品集还有《背新娘的驮夫》,由《五魁》《白朗》《美穴地》三个中篇组成。另外,贾平凹的一些中短篇小说还收入了《中国新时期作品选》和《中国文学:过去与现在》等法文版的中国当代作品选集。在俄罗斯,贾平凹也曾受到高度关注,圣·彼得堡大学还设立了《中国当代著名作家贾平凹的创作与生平》研究专题,由俄罗斯著名的汉学家、世界汉语教学学会理事、圣·彼得堡俄中友好协会主席司格林·斯别什涅夫主持。新浪网2003年12月26日转载北京《晨报》消息,曾引起中国文坛"动荡"的贾平凹的小说《废都》,多年被封杀后又获准再版,将于2004年正式面世。海内外读者和研究者的目光再一次聚焦贾平凹。在"2012南国书香节暨羊城书展"中,贾平凹获得"最具国际影响中国作家"奖。

从20世纪90年代至21世纪,研究贾平凹的文章在著名英文刊物上陆续出现,其中以评论《浮躁》《废都》为多数。《浮躁》在国外可谓好评如潮,这与小说1988年获得美国的"美孚飞马文学奖"不无关系。英文版的《浮躁》出版后在西方世界立刻引起关注,出

---

① 《贾平凹荣获法国文学艺术荣誉奖》,《南方都市报》2003-7-8。

版当年(1991年)就有5篇书评分别在《新书推介》、《柯克斯评论》、《纽约时报》(2篇)、《图书馆学刊》上发表,1992—1993年又有5篇评论在《基督教科学箴言报》《威尔森图书馆学报》《选择》《现代中国文学》《今日世界文学》等报刊杂志上与读者见面。仅《评〈浮躁〉》的同题文章就可检索到6篇,作者分别是劳伦·贝尔法、保罗·哈钦、王德威、金克雷、卢恩。

这些研究文章对贾平凹小说的认知和接受大多集中于"乡土化""民族性"等关键词。当然,西方学者也各取所需,关注"文化大革命"以后中国乡村社会的急剧变化,历史传统和现代意识的碰撞,文学想象与政治文化的关联,对人性、人道与人情的观照,都是西方评论家解读贾平凹的着力点。西方评论家认为:"贾平凹在《浮躁》中所描述的商州,位于黄河文化的发祥地。自新中国成立以来,那里虽然发生了不小的变化,但至今仍保留着很多传统的东西,正是这些传统的东西吸引了众多的读者。"① 在 1991 年出版的英文版《浮躁》封二、封三上这样写着:"融史诗、爱情和政治寓言于一体的《浮躁》,让读者置身于一个《易经》和《毛泽东选集》和谐共处的世界,最狂热的理想和诱惑、放荡、政治交织在一起。但在小说中,人性超越了文化和政治差异,作家对农村生活的全景式观照——污秽、野蛮、欢乐、痛苦的大合唱,具有极强的说服力。读罢掩卷长思,挥之不去的是州河上静谧的月光、两岸摇曳的灯火,还有名为'看山狗'的鸟儿的叫声。"有的评论也把握到了《浮躁》的思想内容和艺术特色:"这是一部极为难得的描写中国一个小镇的农民,在后毛泽东时代的十年改革中所经历的浮躁生活的小说,作品情节曲折,充满着对生活的真知灼见。贾平凹以当地的方言和粗鲁的幽默,令人信服地描述了中国农村中支配农民精神和社会关系的价值观——忍耐。"澳大利亚华裔学者王一燕对《浮躁》表现出了更

---

① 转引自姜智芹:《欧洲人视野中的贾平凹》,《小说评论》2011 年第 4 期。本节西方对贾平凹作品的研究观点如无标注皆出自此文。

多与中国评论家相似的看法:"《浮躁》以对中国农村社会生活的关注独树一帜……'浮躁'首先指的是州河,描写州河能量无限奔腾咆哮,穿山越岭滋润田地摧毁家园。其次是指小说中男主人公金狗浮躁的心态,进而泛指中国八十年代末期广大农民的心态。社会变革带给农民可望可求的致富机会,村村寨寨都跃跃欲试,不再'安居乐业'。"她同时指出:"过去与现在的紧密联系在《浮躁》中……具体真实地存在着,乡村的经济改革显然受制于传统的中国政治的运作方式,现代性与传统激烈冲突,陕西南部的山村毫无疑问成为当代中国的缩影。商州州河的激流俨然是商州青年80年代胸中激荡的热情与希望,是中国社会当时对改革的向往。"①从这些评论中不难看出,贾平作品中进入新时期后中国农村的新生活、新气象、新人物吸引了大量西方读者,正如《图书馆学刊》上所指出的:"贾平凹描写20世纪80年代中国生活的小说……让所有的美国读者爱不释手。"

　　国外对《浮躁》的接受主要集中在英语世界,而《废都》在整个西方文学界都产生了巨大的轰动,仅《废都》书名的译法就可谓五花八门,英文的译法有译成《废都》的,也有译成《被抛弃的都城》《废墟上的都城》《陷落的城》《空城》《死都》的,法文的译法更是浪漫:《近乎没人要的都城》。日文版《废都》的译者是日本著名的翻译家、文艺批评家、京都大学教授吉田富夫。该书在日本首印就达到6万多册,刷新了除鲁迅著作之外外国文学在日本发行的新纪录。中国新时期小说译介到日本一般发行量为2000到4000册,最多到5000册。在日本学术界,从现当代中国文学专家到先秦汉唐的汉学家,几乎全部介入了对《废都》的研究,还举行了多次研讨会。② 贾平凹在日本受欢迎的程度可见一斑。

---

① 王一燕:《说家园乡情,谈国族身份:试论贾平凹乡土小说》,《当代作家评论》2003年第2期。

② 孙见喜:《贾平凹前传(第三卷)》,花城出版社2001年版,第252—421页。

"废"和"性"是《废都》两个重要的表现内容，与国内评论界纠结于"性"而予以否定和攻击不同，西方评论界对性非常理解和宽容，主导倾向是正面的肯定，着重于"废"的解读，即关注小说对中国社会转型期文化颓废、政治腐败现象的揭露。最典型的是日本学者池田的观点，他认为《废都》在日本的盛况不能理解为是性描写的功劳，根本的原因首先在于，日本读者从前看中国小说都是在说教，暴露人的心理很拘谨，总要回避肮脏，而《废都》最大的突破是艺术性地表现了特定时空里一群人的心理真实。其次，以前日本读者接触到的中国小说都是回答社会问题的，而《废都》不议论什么道理，只写生存状态。池田还认为："日本战后有《堕落论》，精神堕落下去重新寻找人文价值的生长点，《废都》是中国的第一篇《堕落论》，堕落就是废，废下去是很难的，是价值观念上完全颠倒的行为，是与主流价值反其道而行之，这意味着中国意识形态开始朝近代化前进。"[1]

《废都》出版后，海外英语国家的中国学者，如旅美华人查建英、哈佛大学的陈建华等国外的汉学家和中国文学研究者，都撰文发表他们的观点。

查建英为她研究《废都》的长文取了一个非常另类的名字——《黄祸》[2]，但内容很实在，文风也很朴实，以大散文的形式，委婉道出古都斜阳的种种景象、贾平凹的写作经历、《废都》的艺术特色以及出版前后鲜为人知的故事。她指出《废都》是贾平凹创作历程中的重大转向，此前贾平凹的作品以农村为题材，为乡村中国描绘出一幅幅清纯、温馨、五彩缤纷的画面。《废都》是他的陡然转向，是他的第一部以城市为题材的小说，第一部成熟的小说或中年小说。查建英也对"废都"题名进行了合理的阐释：小说之所以取名《废都》，如作者所说，历史上，西安是十三朝古都，虽然已经今不如昔，

---

[1] 转引自孙见喜：《贾平凹前传》（第3卷），花城出版社2001年版，第324-325页。
[2] Jianying Zha,"Yellowperil",Triquarterly,Iss.93,Spring1995.

但先人遗风还在,自豪与骄矜并存,造就出自卑与自豪相互混合的心态,因为无能,生发出冷峻的智慧,因为尴尬,生发出难言的痛苦,所以说西安人的文化心态最为典型,也可以说,西安乃中国的废都,中国乃世界的废都,世界乃宇宙的废都,写西安人的思维方式,也就是写一般中国人的思维方式。"小说以现实主义的笔触,用现实生活中的细节,痛快淋漓地一步一步揭开了一个在各方面都走向腐败的旧都城的生活画面,这个昔日繁华的都城如今到处充斥着贪婪、堕落、虚伪,迷信盛行,色欲涌动,权力扭曲。"如何看待其中的性描写,查建英引用了一个欧洲评论家的观点:"性描写是小说里最没意思的部分——贾对性行为所知无几,不过是取材中国的旧小说。小说诱人的精彩的地方,是以如此清晰的无情的文字描写出中国社会系统从里到外的运作方式……这是大家都熟悉的生活方式,他们知道所有的潜规则和社会规范。他们知道斗不过这个系统,他们也知道这种陈旧的游戏还可以继续玩下去。这就是中国!到目前为止,这幅画面,还没有哪个当代作家比贾平凹画得更好。""他不给你任何生活的庄严,他把是一个懦夫、一个骗子推到你的面前。""他表现的是大家都十分熟悉的生活,里面有各种各样的潜规则和心照不宣的行为规范。人们知道他们无法逃脱这种生活环境,也知道他们能和这种环境捉迷藏。"

　　哈佛大学的陈建华也认为《废都》中的性暴露问题不是主要的,它的价值在于"对当前大陆社会和文化形态的回应及其回应的方式,对知识分子挟裹在政治权势、残存意识形态和都市文化畸形关系之中这一特殊窘态的描写",并指出《废都》使一些批评者感到惋惜或愤怒的原因主要在于其反"理性"的方式,尤其是以自我"作贱"的方式弃绝对作家身份的认同,是明清各种通俗文类的后现代"覆影"——通过明清通俗文类这一镜像,映照出当代文人荒诞和颓废的众生相,使作品带有中华帝国晚期的美学情趣,是"后现代性"主体的自我揶揄与自我消解。英属哥伦比亚大学的研究者郑明芳也指出了《废都》的荒诞性主题:"《废都》主要刻画了城市里的一群文化人。时代的突变引起价值体系发生变化,造成人们无论道德上还是思想上都有无所适从之感,引发人们思考历史的荒诞性,思索当前的生活。时代突变中的人们丧失了道德和伦理基础,滑向堕落的深渊,而且在自身走向堕落的过程中也伤害着他们深爱的人。"

在这些西方批评家中,也有一些深谙中国文化底蕴的学者的见解比较深刻。王一燕认为:"《废都》将中国文化的历史中心设立在古城西京,又将当代中国的知识分子蜕化成文人骚客,并在此之上进一步制造当代文人传统及其身份特质和性行为方式。"主人公庄之蝶"以感官及性欲的满足来消解社会异化对他的无情打击",他"本人以及他的各路朋友都极为接近中国传统小说中的旧式文人","废却的都城隐藏着中国文化历史的集体记忆,又为中国文化史提供了空前'真实'的场景"。① 加拿大英属哥伦比亚大学的方金彩认为:"《废都》可看作中国男性知识分子寻找失去的男性气概的旅程。"主人公庄之蝶推崇道家和儒家,因而在"才子佳人"模式中寻找理想的男性气质。方金彩指出,《废都》里面隐含着古典"才子佳人"小说中一夫多妻的影子,对主人公庄之蝶来说,理想的家庭模式以男人为中心,在小说中,他和好几个女人有染——既有妻子牛月清,又有情人唐宛儿、柳月、阿灿,"性和女人实际上是庄之蝶寻找男性气概的象征,因为他拒绝向压迫人的现实社会妥协",但方金彩得出的结论是:以庄之蝶为代表的中国男性知识分子对男性气概的寻找最终一无所获,"因而《废都》只不过是一曲感伤中国男性知识分子失去男性气概的挽歌",而小说中的女性主人公是"男性重建男性气质的附庸",小说不是从欣赏女性出发的,女性是为了建构男性气质而存在的,她们是男性标准审视下的理想女性,不

---

① 王一燕:《说家园乡情,谈国族身份:试论贾平凹乡土小说》,《当代作家评论》2003年第2期。

仅是男人心目中漂亮迷人的尤物,还乐于为男人献身,"在庄之蝶的男性气质建构过程中,女人和性是他最后的防线,是他最后的存在形式"。庄之蝶试图借助女人和性来维护、留住男人的威权,但建立在弱者之上的力量不算是真正的力量,这就是为什么庄之蝶尽管有征服女人的快乐,但很快又陷入深深的恐慌和悲哀之中的原因。多伦多大学的汉学家司徒祥文认为贾平凹的"《废都》里面既有方言、俗语,也有文学语言、西化的散文句式和普通话。因此,从表面上看小说充满着矛盾,既是一本通俗小说,当然是基于生活真实的通俗小说,又是现代"文人小说"的典范,只有具有文学素养的人才能真正读懂它。"

美国杜克大学罗鹏(Carlos Rojas)教授对中国文学的译介成果颇丰,他除著有《长城:一部文化史》(2010年),《裸视:反省中国的现代性》(2009年)等文化著作外,还与妻子周成荫合译了余华的《兄弟》(2009年)和阎连科的《受活》(2012年)。2006年,他发表了《蝇眼:残垣与贾平凹的恋旧》长文。长文别开生面地阐释了文题之意。小说开始后,庄之蝶拾到一块城墙砖,以为是汉砖,妻子反驳说,一块城墙砖说是汉朝的,屋里的苍蝇也该是唐代的了!汉砖与苍蝇都成了历史遗存,它们都要被无法逆转的现代化进程彻底扫光,但苍蝇作为某种幽灵般的存在飞回来了,将现在和过去连接起来,为西安人感念昔日帝国的辉煌扮演证人的角色。在贾平凹那里,汉砖和苍蝇都是恋旧的依托,一边是永恒的历史,一边是被迫的遗忘,借着蝇眼,作家感受到的是一种夕阳残照式的颓废心态。小说中对历史遗迹的收藏不止于秦砖汉瓦,还有古镜和古钱。庄之蝶将一面古镜送与唐宛儿,唐宛儿爱不释手,仿佛镜中之人就是古代的美女。小说将要收尾时,庄之蝶又将另一面铜镜送与柳月,柳月发现它与唐宛儿的那面非常相似。与此相同,小说里的一枚古币,因为在庄之蝶和他的女人中间不停地流转。庄之蝶初来西京,汪希眠的妻子暗里取走了他的一枚古钱,挂在身上,十几年后她物归原主,并坦白说:"这不是完璧归赵……它浸蚀了我的汗,我的油,我的体味儿,完全成了我的命魂儿,送了你也让你知道我是怎样一个女人。"后来柳月在浴室里见水龙头上挂着一枚铜钱,觉得可爱,就装在兜里,后来庄妻也发现了这枚铜钱。一枚古钱币便把庄之蝶与其生命中的几个女人连在一起,不能不说这其中还有着恋旧的成分。不仅是庄之蝶,他的朋友阮知非也有大批的收藏,尤其是对女式皮鞋颇有癖好,实质上他收藏的是每一双鞋子后面与女人有关的故事。汪希眠收藏的是西汉的瓦罐,东汉的陶粮仓、陶灶、陶蝉壶,唐代的三彩马、陶俑,以及古瓶、古碗、佛头、铜盘。至于赵京五,他的得意收藏是历代名砚,而且每一方砚上都刻有使砚人的姓名。较之秦砖汉瓦,历史在他这里更为实在,更有质感,他几乎可以借着砚台与先人对话了。罗鹏指出,这种收藏癖并不一定就能有效地传承文明,西安人也好,一般意义上的中国人也好,他们能不能继往开来,才是症结所在。毫无疑问,庄之蝶他们还将继续颓废下去,无论是说西安的苍蝇是来自唐朝的,还是说西安的苍蝇的眼睛是双眼皮的,都无法改变古城落伍的事实。要是庄之蝶他们依然抱着恋旧心态不放,还暗自沾沾自喜,停留在历史的驿站上,他们自己迟早也将变成被他们收藏的文物。对此,贾平凹显然是有着先知般的预见,所以二十年后回望《废都》中的人物,不能不说这是一部警世良言。

在法国,法文版的《废都》于1997年出版后,一时成了法国文学界热议的主题。1997年10月17日的《世界报》发表《西安的底层》一文,认为《废都》"确实是一部了不起的伟大作品","是贾平凹描绘的一幅茅盾或巴金式的社会画卷"。法国《费加罗报》1997年12月11日刊登名为《堕落的丑闻》的文章评论《废都》,认为贾平凹给读者提供了一幅中国当代生活的巨幅画卷,"在这幅现代社会的巨幅画卷中,贾平凹用讽刺的手法,通过对知识分子和显贵阶层的细致分析,控诉了现代社会的精神饥荒。由于平庸、退让或者物欲,所有的人都一点点地在阴谋中沉沦、被吞噬,他们自己甚至对此毫无察觉"。① 在哈佛、悉尼、蒙特利尔、多伦多等地举办的一些亚洲研究会议上,贾平凹的《废都》也成了热门话题。比如哈佛大学的陈建华在 1996 年的"亚洲研究协会中国分会"会议上提交了题为《被放逐的幻想和悲剧:贾平凹的〈废都〉和顾城的〈英儿〉》;在 1997 年的"亚洲研究协会中国分会"会议上,蔡戎(音译)提交了《贾平凹〈废都〉中的变位与男性权威危机》;1997 年王一燕在澳大利亚不同的学术会议上分别提交了《语言、时间和自我反省:玛格丽特·阿特伍德和贾平凹比较研究》《国族小说和国族叙事》等论文,第一次用英文将贾平凹与外国作家进行比较研究;司徒祥文在北美不同的学术会议上分别提交了《贾平凹〈人极〉中的农民价值观》《贾平凹建立的中国知识分子新角色/身份》《古老山梁上流淌的现代水:贾平凹的本土身份》等论文。这些会议论文有力地扩大贾平凹在世界文学上的影响。

还有一些对贾平凹进行综合研究的专著和文章。仅就英语国家的博士论文来看,1998 年至 2004 年就有四篇以贾平凹为专题的研究论文,分别是悉尼大学王一燕的《叙说中国:〈废都〉和贾平凹的小说世界》、多伦多大学司徒祥文的《农民知识分子贾平凹的生活与早期创作的历史——文学分析》、加拿大英属哥伦比亚大学郑明芳的《贾平凹 20 世纪 90 年代四部小说中的悲剧意识》,方金彩的《中国当代作家张贤亮、莫言、贾平凹创作中的男性气质危机和父权制重建》。

王一燕的博士论文以霍米·芭芭的后殖民理论"国族叙述"(national narration)为理论框架,探讨了贾平凹的《浮躁》《废都》《妊娠》《逛山》《白夜》《土门》《高老庄》《怀念狼》等作品,修改后 2006 年以《叙述中国:贾平凹的文学世界》为书名出版,2012 年再版,收

---

① 转引自韦建国、户思社:《西方读者视角中的贾平凹》,《陕西师范大学学报(哲学社会科学版)》2004 年第 5 期。

入贾平凹 2006 年之后出版的《秦腔》《古炉》《带灯》,对贾平凹的重要作品、创作历程及文本美学进行了深入的研究,此书是迄今为止国外学者对贾平凹进行系统研究的第一部也是唯一一部英文著作。全书分十一章:第一章绪论,讲述贾平凹的成长历程、文化传承及与故乡的渊源;第二章写贾平凹从"乡土作家"走向城市的转变;第三章写《废都》及其文化背景;第四章写《废都》中才子佳人小说的盛行及其文化根源;第五章写《废都》及其女性人物在家庭中扮演的角色;第六章论《白夜》,分析小说的互文性;第七章写《土门》与故乡的失落;第八章写《高老庄》与反乌托邦的故乡;第九章写地方事件与《怀念狼》的关系;第十章研究贾平凹的诗歌、散文和文本个性;第十一章为结语。书后有贾平凹访谈、贾平凹生平创作年表、贾平凹自传与评传列表、贾平凹出版作品年表四个附录。王一燕的最后结论是,贾平凹的小说表现了自明末清初以来,中国现代小说本土主义的写作传统,这个文学范例将三个元素收容进来:一部有文学色彩的商州民族志;一部从中国古典叙事传统发端的叙事结构;一种拒绝欧化和政治话语、传递纯正汉语美感的叙事语言。王一燕的专著出版后,国外学者颇有好评。如汉学家、翻译家葛浩文指出,用一部专著研究一位作家,现如今已是明日黄花,这种现象不免让人感到遗憾,所以这部著作才让人格外稀罕。无论从哪个角度来说,他都喜欢这部材料充实、研究深入的著作,其特点是文字清新,结论公平,结构合理,译文可嘉。

司徒祥文的博士论文结合贾平凹的生活,主要从以下几个方面展开探讨:贾平凹的创作与中国古典文学名著比如《红楼梦》《金瓶梅》等的联系;贾平凹的创作和其他中国作家比如沈从文、高行健、阿成的关系;贾平凹作品中表现出来的道家和佛家思想;贾平凹作品中对待女性的态度。其后又以《农民知识分子:贾平凹早期作品论》研究贾平凹早期作品,深入揭示贾平凹的传统文人与现代知识分子这一混合身份形成的外部原因和内在原因。一方面,贾平凹将自己的文化传统视为写作源泉,一次次地从中借用、汲取、戏仿、消化,达到为我所用的目的,使其作品拥有了古典小说的审美质地;另一方面,贾平凹还在不断创新,将作品的触角指向现代社会生活的方方面面,对社会有所担当,与现实的存在保持着紧密的联系,进而形成一种少见的张力,在美学上达到一种古今杂糅的叙事效果,这也是贾平凹与众多其他作家不同的地方。

郑明芳的论文主要研究了贾平凹20世纪90年代创作的四部作品《废都》《白夜》《土门》和《高老庄》的悲剧意识,论文作者在梳理西方悲剧理论的基础上,剖析了贾平凹上述四部作品中主人公的生活、他们跨越城乡界限的努力以及小说对不同社会发展阶段的展示。作者的结论是:贾平凹具有一种悲剧意识,并且成功地将这种悲剧意识以艺术的形式传达出来。方金彩的论文从女性主义角度,在二十世纪八九十年代呼吁重建儒家父性权威的文化语境中,重新解读中国当代三位著名作家张贤亮、莫言、贾平凹的三部作品《男人的一半是女人》《红高粱》和《废都》,从历史发展的角度深入探讨了当代男性气质的重建依赖于女性的主要原因、重构理想男性气质的意识形态框架以及这些框架是如何建构男性的性别地位的,《废都》中的男权中心是其理论阐述的重要支撑。

除长篇小说外,贾平凹的一些中篇小说,如《古堡》《人极》等,也得到西方文学界的重点关注。《古堡》英文版出版后不久,尽管在翻译上问题较多,但《今日世界文学》给予的评论还是非常高:"这是二十世纪八十年代发生在中国农村的一个曲折微妙的故事。乡土习俗和诗学意象大大丰富了这部描写改革时期新旧之间中国的小说。""《古堡》是贾平凹1985—1986年发表的'商州系列'小说中最受欢迎的一篇……尽管贾平凹对贫瘠的黄土高原的文学描写中不乏粗粝的现实社会经济场景,但他对神话、象征和草莽英雄主义的娴熟运用赋予该小说一种史诗性特征,使它不仅赢得了广大读者的喜爱,还催生了很多根据他的小说改编的电影。"批评家

Lawrence N.Shyu 认为,小说"一下子就让读者深切地关注到农民根深蒂固的习性和传统,尤其是愚昧的民性,森严的父系宗族体制和乡村社会中冥顽的性别歧视"①。朱虹在将《人极》翻译成英语时这样评价:"中国西部作家创造了一种新的人物类型,即突破了模式化的社会主义英雄形象,这些新的先驱性形象既有传统的美德,又掌握新的致富本领,他们实实在在地造福当地人民,尽管在造福于民的过程中仍然受到种种限制。""该作品真正感动读者的是主人公试图建立起一种权威。"雷金庆撰写的长文《男阉:贾平凹小说〈人极〉中的男性政治》,从历史、政治、社会、经济、文化等角度,研究分析贾平凹的《人极》。他认为《人极》是贾平凹从性别和阶级角度对男性气质的张扬,塑造了农民光子的"硬汉子"形象,光子具有"硬汉子"的所有品质,坚韧、刚强,尽管在生活中受尽磨难,却永远保持道德的高洁,光子身上既打上了传统文化的烙印,也体现出新时代的特征。但雷金庆也指出,在封建传统、五四传统、"十七年文学"传统三种传统的裹挟下,凡是以性爱和性别为话题的写作,几乎无一不是经过男性来完成的。"《人极》中光子和亮亮的命运揭示出,不管是男人还是女人,如果不遵循传统分配给他们的性别角色,就会变得男不男、女不女。虽然阴阳论中强调阴、阳可以彼此调和,相互转化,但《人极》告诉我们,如果违反了阴阳的本分会带来什么样的后果。"由于长期为自己和家人的蒙冤奔走呼号,苦难的岁月把亮亮折磨得没有了女性的妩媚和温柔,成了一个粗糙的女人,患上水肿病,身体臃肿,脾气急躁,而光子也不能成为一个完完全全的男人,虽然他和亮亮结了婚,但由于亮亮身体有病,无法怀孕生子,光子也只能是一个无法完成父亲角色的男人。光子、拉毛、亮亮、白水,他们的青春和生命力都白白地掩埋在"文化大革命"政治的废墟之下,坚守道德底线的光子也好,被情欲压倒的拉毛也好,在

---

① 转引自吴赟:《〈浮躁〉英译之后的沉寂——贾平凹小说在英语世界的译介研究》,《小说译介与传播研究》2013年第3期。

传统观念和现实压迫面前,他们都不可能成为一个男子汉,都成了被"阉割"的对象。

贾平凹的创作既深受中华民族传统文化的熏陶和浸染,又自觉地在全球化的语境中审视本土文化,力求在自己的创作中"达到最高的人类相通的境界"①,表现出在世界文化层面上审视本民族文化的高度自觉,既有西方文学的大境界,又有浓郁的地域文化色彩,正如他自己所说:"我写作品,在境界上借鉴西方的东西,在具体写法上,形式上,我尽量表现出中国人的气派、作派,中国人的味。"②这使得他创作的民族性中渗透着鲜明的世界性因素,受到海外读者和研究者的重视也在情理之中。不过,与贾平凹实际创作成就相比,西方文学界对他的重视还远远不够,这里面的原因虽然非常复杂,但不能不说是中国作家和中国文学的一个巨大遗憾。

改革开放以来的三十多年间,日新月异的中国引起了全世界广泛的兴趣和关注,中国作家也一直保持着走出国门、走向世界的持久冲动。新时期初中国文学走向世界主要是通过三种方式:一是以外文局(中国国际出版集团)为主导的国家译介行为,这是当时中国对外宣传事业的一部分,通过《中国文学》期刊和"熊猫丛书"对外出版发行;二是由海外汉学家编译成集,由国外出版社出版;三是国外出版社翻译出版的单行本。步入新世纪以来,越来越多的中国当代小说被译介出去,书写了中国小说翻译的繁荣景象。不过,随着中国期刊和出版社的市场化转型,这种繁荣并未产生持久的效应。由于编译人才匮乏、出版资金短缺、市场效益不佳等原因,2001年,中国文学出版社被撤销,2002年,《中国文学》停刊,"熊猫丛书"也基本停止出版,使得中国作家走向世界的道路遭遇到重大的挫折。2012年底莫言获得诺贝尔文学奖,再度激发了世界阅读中国的热情,然而,在这样的大好形势下,对贾平凹这位中国著名作家及

---

① 贾平凹:《说舍得:中国人的文化与生活》,东方出版中心2006年版,第58页。
② 孙见喜:《贾平凹前传·神游人间》,花城出版社2001年版,第277页。

其作品的译介却陷入了一片沉寂。在《浮躁》和《古堡》之后,英语国家就没有对他的小说进行过完整的翻译。新世纪以来,贾平凹作品的翻译活动基本停止,代表他文学事业高峰的《高老庄》《怀念狼》《秦腔》《高兴》《古炉》等作品都没能及时、有效地走出国门,对它们的接受和评价都局限于狭小的汉学家范围内。尤其是《废都》早在1993年就已面世,但时隔二十年仍未能翻译成英文出版,不能不说是一大遗憾。最近几年,除了2008年8月刊登在《卫报》上由Nicky Harman翻译的小说《高兴》节选以及2011年刊登在"纸上共和国"(Paper Republic)上的Cannan Morse翻译的《古炉》节选,其他翻译作品很少能见到。

  其中的原因当然主要是译介不力所至。目前在中译英领域,以英语为母语的优秀译者寥寥无几,合格的本土译者则更是难以寻觅。《浮躁》的译者葛浩文翻译了莫言的几乎所有作品,此外还翻译了萧红、老舍、巴金、苏童、毕飞宇、冯骥才、李锐、刘恒、马波、王朔、虹影等约25位作家的40余本小说,使得中国当代小说英译差不多成了葛浩文一个人的天下。但这样的翻译家毕竟太少了,葛浩文在谈到了《废都》的翻译曾说:"有一年,夏威夷大学出版社的编辑交给我一份贾平凹《废都》的译稿,让我看看有没有可能修改得像样一些。是一个在美国留学的中国博士生翻的,他跑到西安找到贾平凹,自报家门,说他想翻译《废都》。贾平凹就同意了。可惜这位留学生的英文水平实在太差了,翻出来的东西让人根本读不下去,完全是一堆文字垃圾。"[①]葛浩文虽然翻译了《浮躁》,但要想继续翻译好贾平凹的作品也不是一件容易的事。葛浩文在谈到贾平凹作品时,曾说"《浮躁》里有些我看不懂的西安土话,我就一笔一画地写下来向作者请教,但据说作者因此认为'葛浩文不懂中文',甚至得出'只有中国人能翻中国书'的看法。"[②]文学评论家李星也

[①] 赋格,张英:《葛浩文谈文学》,《南方周末》2008-3-26。
[②] 赋格,张英:《葛浩文谈文学》,《南方周末》2008-3-26。

认为:"贾平凹采用的是中国传统的白描手法创作,还有很多独特的能保留作品的原汁原味,这对翻译家来说,太难了!"①当然,葛浩文最终选择了莫言而没看好贾平凹还有其他复杂的原因,作为一个西方翻译家,文本的政治性是他关注的最重要层面,葛浩文曾经就说过:"美国人对讽刺的、批评政府的、唱反调的作品特别感兴趣。"②即使是他翻译的《浮躁》,这部作品也只是客观地呈现中国社会的乡土生活,并没有明确的政治倾向性。与西方翻译家口味相反的是,贾平凹历来反对政治性的观念小说,认为"政治观念小说和哲学观念小说一样令人生厌"。③ 他说自己"是一个山地人,在中国荒凉而贫瘠的西北部一隅……我可能不是一个政治性强的作家,或者说不善于表现政治性强的作家。"④贾平凹后来的作品除了《废都》之外得不到西方更多的关注,政治性恐怕是最重要的原因,正如美国著名汉学家金介甫所说的:"翻译贾平凹等作家主要的障碍在于,虽然性解放和为个人权利而斗争的主题在中国具有新意,但是对于我们(美国读者)而言确实是陈词滥调。"⑤言下之意,只有鲜明的政治性作品,才有可能得到西方更多的关注。如此说来,《古炉》作为一部关于"文化大革命"历史的小说,也许是贾平凹走向世界的最后一击,甚至可以说是贾平凹冲击诺贝尔文学奖的最后补课,这部最具民族性也最具世界性的优秀长篇大作是不是对上了西方翻译家和评论界的胃口,能否得到他们的重点关注,我们只能拭目以待了。

当然,中国文学如此的走向世界仅仅是一个操作技术问题,不

---

① 张静:《评论家称贾平凹也有获诺奖实力:作品难翻译得多》,《西安晚报》2012-10-13。
② 罗屿、葛浩文:《美国人喜欢唱反调的作品》,《新世纪周刊》2008年第10期。
③ 孙见喜:《贾平凹前传(第三卷)》,花城出版社2001年版,第252-421页。
④ 贾平凹:《四十岁说》,《人极》,长江文艺出版社1992年版,第398-399页。
⑤ 转引吴赟:《〈浮躁〉英译之后的沉寂——贾平凹小说在英语世界的译介研究》,《小说译介与传播研究》2013年第3期。

能作为一个作家一以贯之的文学观念。贾平凹对文学的民族性与世界性问题有自己的看法，有自己的信念。1995年12月2日，贾平凹在香港"天地长篇小说创作奖文学座谈会"上说："我认为，中西文化在最高境界上是相通的，云层之上都是阳光。越有民族性地方性越有世界性，这话说对了一半。就看这个民族性是否有大的境界，否则难以走向世界。"①什么是"大的境界"？早在二十多年前，贾平凹就对此有一个说法："要作为一个好作家，要活儿做得漂亮，就是表达出自己对社会人生的一份态度，这态度不仅是自己的，也表达了更多的人乃至人类的东西。作为人类应该是大致相通的。我们之所以看懂古人的作品，替古人流泪，之所以看懂西方的东西，为他们的激动而激动，原因大概如此。"②文学的世界性也许正是文学表现了全人类共通的东西，这东西当然不仅仅是政治。可以做一个定位，贾平凹已经是属于世界的贾平凹，并不需要得到人为操纵的某种规则的承认。

---

① 孙见喜：《贾平凹前传（第三卷）》，花城出版社2001年版，第252-421页。
② 贾平凹：《四十岁说》，《人极》，长江文艺出版社1992年版，第398-399页。

参考文献

1. 赖大仁:《魂归何处——贾平凹论》,华夏出版社 2000 年版。
2. 韩鲁华:《精神的映象——贾平凹文学创作论》,中国社会科学出版社 2003 年版。
3. 李星、孙见喜:《贾平凹评传》,郑州大学出版社 2004 年版。
4. 雷达主编:《贾平凹研究资料》,山东文艺出版社 2006 年版。
5. 杨毅:《从"文化的自觉"到"自觉的文化"——贾平凹艺术追求轨迹探寻之二》,《当代文坛》2001 年第 3 期。
6. 唐先田:《写不尽的世态风情——略评贾平凹去年的几个中篇》,《安庆师范学院学报》1986 年第 3 期。
7. 曾军:《贾平凹与九十年代长篇小说》,《小说评论》1998 年第 5 期。
8. 张川平:《贾平凹小说的结构迁衍及其意象世界》,《河北学刊》2001 年第 3 期。
9. 黄世权:《自然化生:论贾平凹长篇小说的情节模式》,《河北师范大学学报(哲学社会科学版)》2012 年第 5 期。
10. 魏华莹:《文变染乎世情——"〈废都〉批判"整理研究》,《文艺研究》2013 第 2 期。
11. 邓天杰、林宝玲:《论〈废都〉的隐喻性》,《长春师范学院学报(人文社会科学版)》2011 年第 1 期。

12.陈汉云:《〈废都〉的神幻色彩及其悲剧寓意》,《小说评论》2003年第3期。

13.郭惠芳:《隐逸与逃遁——论〈废都〉、〈白夜〉、〈土门〉中知识分子形象的特征》,《郑州大学学报(哲学社会科学版)》1998年第6期。

14.孟繁华:《面对今日中国的关怀与忧患——评贾平凹的长篇小说〈土门〉》,《当代作家评论》1997年第1期。

15.陈国恩、王俊:《中国乡土知识分子的心路历程》,《文艺评论》2004年第5期。

16.高玉:《〈怀念狼〉:一种终极关怀》,《四川大学学报(哲学社会科学版)》2002年第5期。

17.吴尚华:《贾平凹〈怀念狼〉的生态批评解读》,《安徽师范大学学报(人文社会科学版)》2002年第5期。

18.叶立文:《开启文化寓言之门——评贾平凹新作〈高老庄〉》,《小说评论》1999年第1期。

19.何清:《关于〈秦腔〉中的精神困惑》,《文艺争鸣》2007年第10期。

20.王春林:《乡村世界的凋敝与传统文化的挽歌——评贾平凹长篇小说〈秦腔〉》,《海南师范学院学报(社会科学版)》2005年第5期。

21.刘同兵、王治国:《真实的乡村迷茫的情感——解读贾平凹长篇小说〈秦腔〉》,《商洛学院学报》2008年第1期。

22.李丽:《〈高兴〉的别一番"城市"叙事》,《佳木斯大学社会科学学报》2012年第5期。

23.侯业智:《〈高兴〉对当下农民工小说的启示》,《海南师范大学学报(社会科学版)》2009年第2期。

24.李志孝:《"柔软而温暖"的底层叙事——贾平凹长篇新作〈高兴〉》,《文艺评论》2008年第4期。

25.吴义勤,张丽军:《"他者"的浮沉:评贾平凹长篇小说新作〈高兴〉》,《西安建筑科技大学学报(社会科学版)》2008年第3期。

26.陈一军:《不一样的"精神胜利法"——刘高兴与阿Q精神之比较》,《宁夏社会科学》2013年第4期。

27.李新亮:《"文革"小说中"文革"记忆的转变》,《当代文坛》2011年第4期。

28.周会凌:《读〈古炉〉:历史阴影下的人性写意》,《延河》2011年第11期。

29.李遇春:《"说话"与贾平凹的长篇小说文体美学——从〈废都〉到〈带灯〉》,《小说评论》2013年第4期。

30.李遇春:《作为历史修辞的"文革"叙事——〈古炉〉论》,《小说评论》2011年第3期。

31.刘宁:《民间鬼神信仰与贾平凹的"魅性"审美》,《海南师范大学学报(社会科学版)》2013年第2期。

32.张器友:《贾平凹小说中的巫鬼文化现象》,《当代作家评论》1989年第4期。

33.蒋正治、贾三强:《巫楚文化其骨秦汉文化其表——贾平凹文学创作之文化背景》,《社会科学家》2011年第3期。

34.王达敏:《论当前小说性描写热与性描写艺术原则》,《当代作家评论》1994年第5期。

35.赵学勇、王鹏:《欲望的纵情与狂欢——贾平凹20世纪90年代以来的欲望叙事》,《兰州大学学报(社会科学版)》2011第3期。

36.张静芝:《论贾平凹八十年代小说创作中的性描写》,《名作欣赏》2011年第15期。

37.史国强:《〈废都〉二十年:贾平凹小说在国外的研究》,《东吴学术》2013年第6期。

38.吴赟:《〈浮躁〉英译之后的沉寂——贾平凹小说在英语世界

的译介研究》,《小说译介与传播研究》2013年第3期。

39.姜智芹:《欧洲人视野中的贾平凹》,《小说评论》2011年第4期。

40.韦建国、户思社:《西方读者视角中的贾平凹》,《陕西师范大学学报(哲学社会科学版)》2004年第5期。

41.韦建国:《贾平凹谈民族文学的世界性》,《咸阳师范学院学报》2005年第1期。

42.何明星:《中国文学的世界影响——新世纪十年回眸》,《中国图书评论》2013年第1期。